ПРЕСТУПЛЕНИЕ И НАКАЗАНИЕ

푸른숲
징검다리
클래식
027

죄와 벌

ПРЕСТУПЛЕНИЕ И НАКАЗАНИЕ

표도르 M. 도스토옙스키 지음
이규환 옮김

푸른숲주니어

| 기획위원의 말 |

'푸른숲 징검다리 클래식'을 펴내며

어린 시절, 할머니께서 조근조근 들려주시던 옛날이야기는 새로운 세상과 통하는 작은 창이었다. 상상의 날개를 달고 떠나는 창 너머 세상으로의 여행은 들어도 들어도 질리지 않는 재미와 마음속 깊은 곳을 울리는 감동을 선사해 주곤 했다. 그뿐 아니라 우리의 삶을 어떻게 꾸려 가야 하는지 곰곰이 생각해 보게 하는 지혜를 가르쳐 주었다. 말하자면 우리는 그 이야기들을 통해 '삶'을 배운 셈이다.

우리가 문학 작품을 읽어야 하는 까닭 또한 '삶을 배운다'는 점에서 크게 다르지 않다. 우리는 한 편 한 편의 문학 작품을 만나 사랑을 배우고, 우정을 배우고, 진실을 배우고, 지혜를 배운다.

그런 점에서 '푸른숲 징검다리 클래식'은 참 의미가 깊다. 오랜 세월을 거치며 각 나라의 문학사에 확고히 자리매김한 작품들을 한데 모았기 때문이다. 문학을 사랑하는 사람들이 즐겨 읽어 세계적인 명저로 일컬어지는 작품들……. 이를테면 우리 부모 세대, 아니 그 이전 세대부터 즐겨 읽었던 작품들로 많은 이들에게 삶의 의미와 가치를 일러주고, 또 '인생'이란 망망대해에서 등대 역할을 담당했던 것들이다.

세월이 흘러 사람들이 사는 모습도 달라지고 생각도 달라졌다. 그러나 시대와 장소를 뛰어넘어 변하지 않는 것이 있다. 바로 '삶'이다. 사람이 있는 곳이라면 어디든지 존재하는 삶은 항상 저마다의 무게를 떠안고 있다. 그 무게는 진실이라는 옷을 입고 문학 작품 속에 영원한 생명을 불어넣는다. 우리는 그것을 '고전'이라 부른다.
　그러나 제아무리 훌륭한 고전이라 해도 독자가 읽고 소화할 수 없다면 아무런 소용이 없다. 지나치게 방대한 분량과 길고 어려운 문장은 책을 읽으려는 청소년들의 의지를 꺾을 뿐 아니라 좌절감마저 불러일으킨다.
　'푸른숲 징검다리 클래식'은 바로 그러한 점을 염두에 두고 기획된 세계 명작 시리즈이다. 작품이 본디 지닌 맛과 재미를 고스란히 살리면서 우리 청소년들이 읽고 소화하기 쉽게 글을 다듬었다.
　그리고 본문 뒤에는 현직 국어 교사들이 직접 쓴 해설을 붙였다. 작가나 작품에 대한 풍부한 설명은 물론, 그 작품들이 지니고 있는 현재적 의미까지 상세하게 짚어 보이고 있다. 아울러 해설 곳곳에 관련 정보를 담은 팁과 시각 자료를 배치해, 읽는 재미를 넘어 보는 재미까지 만끽할 수 있도록 했다.
　아무쪼록 '푸른숲 징검다리 클래식'을 통해 우리 청소년들의 삶이 더욱더 깊고 풍성해지기를…….

2006년 4월
기획위원 강혜원·계득성·전종옥·송수진

| 차례 |

기획위원의 말   004

제1장   위험한 계획 ················ 009
제2장   어머니의 편지 ············· 033
제3장   두 번의 살인 ·············· 052
제4장   악몽 ······················ 063
제5장   잘못된 증거들 ············· 082
제6장   다시 노파의 집으로 ······· 096
제7장   마르멜라도프의 죽음 ····· 112
제8장   다시 만난 가족 ··········· 122
제9장   의심 ······················ 147

제10장	넘어서는 안 될 선	166
제11장	소냐의 발에 입을 맞추다	192
제12장	의외의 자수	204
제13장	미심쩍은 선행	219
제14장	고백	240
제15장	나는 미국으로 간다네	260
제16장	속죄	291
제17장	에필로그	303

《죄와 벌》제대로 읽기 313

제 1 장
위험한 계획

찌는 듯 무더운 7월 초의 어느 날, 해 질 무렵이었다. 한 청년이 K다리를 향해 천천히 걷고 있었다. 오늘은 다행히도 집에서 나올 때 주인아주머니와 마주치지 않았다. 오층 꼭대기 다락방에서 거리로 나서려면 문이 활짝 열려 있는 주인집 부엌 옆 계단을 지나가야 했다. 그때마다 그는 두려움을 느끼곤 했다. 방세가 밀려 있어서 주인아주머니와 마주칠까 봐 겁이 났던 것이다.

그렇다고 그가 원래 겁 많고 소심한 사람은 아니었다. 오히려 그 반대였다. 하지만 언제인가부터 부쩍 조바심이 늘었고 혼자만의 세계에 빠져 사람 만나기를 꺼렸다.

가난이 괴로워서 그런 것은 아니었다. 다만 주인아주머니와 마주치면 밀린 방세 때문에 독촉을 받아야 하고, 또 사과와 변명을 늘어놓아야 하는 것이 견디기 힘들었다. 그런데 막상 거리로 빠져나오자 주인아주머니를 그렇게 두려워한 자신이 우스워졌다.

'그런 엄청난 일을 계획하면서 이 정도로 하찮은 일을 두려워하다니! 사람의 힘으로 못할 일은 없어. 지레 겁을 내니까 일을 망치는 거지. 사람들은 새로운 시작을 가장 두려워한다니까. 그나저나 내가 왜 이렇게 중얼대는 거야? 이러니까 아무것도 못하는 거지. 아니, 아무것도 못해서 이렇게 중얼거리는 걸까? 혼잣말하는 버릇이 생긴 건 한 달 동안 방구석에 누워서 공상만 했기 때문이야. 내가 정말 그 일을 할 수 있을까? 그게 바람직한 일일까? 아냐, 전혀 그렇지 않아. 이건, 부질없는 생각으로 스스로를 위로하려는 장난에 지나지 않아. 그래, 장난이야!'

거리는 지독하게 더웠다. 별장이 없어서 휴가를 떠나지 못하는 상트페테르부르크 사람이라면 누구나 다 아는 여름의 악취. 그것이 오늘따라 더욱 그의 신경을 건드렸다. 준수한 청년의 얼굴에는 참을 수 없다는 듯 혐오의 빛이 스쳐 지나갔다. 그는 아주 궁핍한 사람조차도 도저히 입을 엄두가 나지 않을 것 같은, 너절한 옷차림을 하고 있었다. 그러나 거리에는 그보다 더 놀랄 만한 풍경들이 많았기 때문에, 그런 옷차림으로도 사람들의 시선을 끌기가 쉽지 않았다. 게다가 그의 가슴속에 적개심과 경멸이 뒤엉켜 있었던 탓에 자신의 모습을 부끄럽게 여길 겨를이 없었다.

그때였다. 커다란 말이 이끄는 짐마차에 실린 채 자기가 어디로 가고 있는지도 모르는 주정뱅이가 청년을 향해 손가락질을 하며, "야, 이 독일 병거지야!"라고 소리를 질렀다. 청년은 흠칫 놀라 우뚝 멈춰 서서는 모자를 꼭 움켜쥐었다. 챙이 높고 둥근 모자는 짐메르만 공장에서 만든 것이었다. 낡아 빠진 데다 색도 바랬고, 구멍까지 나 있었다. 그러나 그가 모자를 그러쥐었던 것은 수치심이 아니라 놀라움 때문이었다.

"내 이럴 줄 알았어."

그는 당황해서 중얼거렸다.

"원래 사소한 것이 계획을 망쳐 버리게 마련이지. 이런 모자는 사람들 눈에 띄기 십상이야. 누더기 옷에는 학생모가 어울리는데……. 이렇게 괴상한 걸 쓰고 있으면 멀리서도 사람들이 알아보고 기억할걸. 대수롭지 않은 게 중요한 증거가 돼서 결국 일을 망쳐 버리는 거야."

목적지까지는 그다지 멀지 않았다. 그는 집 앞에서 그곳까지 몇 걸음이나 되는지도 알고 있었다. 정확히 칠백서른 걸음이었다. 그는 자신의 계획을 검토해 보려고, 드디어 그곳으로 가는 길이었다. 걸음을 내딛을 때마다 가슴이 울렁거렸다. 심장은 얼어붙을 지경인 데다 온 신경이 팽팽하게 당기는 느낌이었다. 그는 한쪽 벽은 시궁창을 향하고 다른 쪽 벽은 거리를 향해 있는 큰 건물로 다가갔다.

건물은 여러 개의 작은 셋방으로 나뉘어 있었다. 셋방에는 재봉사, 철공 기술자, 요리사, 잡일로 먹고사는 독일 사람, 몸을 파는 여자, 하급 관리 등이 살고 있었다. 덕분에 출입구와 안뜰은 늘 드나드는 사람들로 북적거렸고, 경비원도 서넛이나 되었다. 청년은 그중 누구와도 마주치지 않은 것을 다행으로 여기며, 사람들 눈에 띄지 않도록 어둡고 좁은 문을 재빨리 지나 오른쪽 계단 위로 숨어 들어갔다. 주위가 워낙 어두워서, 아무리 호기심 많은 사람이 있다 해도 눈에 띌 염려는 없어 보였다. 건물의 내부 구조를 미리 파악하고 있던 그는 무엇보다 이런 조건이 마음에 쏙 들었다.

사층에 다다르자 제대한 군인으로 보이는 짐꾼들이 아파트에서 가구를 끌어내고 있었다. 독일 출신의 관리인 가족이 살던 방이었다.

'이사를 가나 보군. 그렇다면 사층에는 당분간 노파 혼자만 남겠는걸. 아주 잘된 일이야……'

그는 노파의 집 대문에 달린 양철로 된 초인종을 눌렀다. 잠시 뒤, 문이 빠끔히 열리더니 방문객을 경계하는 노파의 눈동자가 문틈으로 반짝였다. 노파는 계단 쪽에 사람들이 많은 것을 확인하고 나서야 안심한 듯 문을 활짝 열었다. 청년은 문턱을 넘어

칸막이가 쳐진 어두운 현관으로 들어섰다.

노파는 의심스런 눈초리로 청년을 바라보았다. 그녀는 몸집이 작고 비썩 마른 데다 눈빛은 심술궂고 날카롭기 그지없었다. 코는 조그맣고 뾰족했으며, 숱이 적고 희끗희끗한 머리는 기름을 잔뜩 발라 번지르르했다. 닭 다리처럼 가늘고 긴 목에는 낡은 플란넬 스카프를, 어깨에는 날씨와 좀체 어울리지 않는 누렇게 바랜 털 조끼를 걸치고 있었다.

"라스콜리니코프라는 학생입니다. 한 달 전에도 왔었지요."
"알아요. 젊은이를 아주 잘 기억하고 있어."
노파가 의혹의 눈길을 거두지 않으며 말했다.
"실은 지난번과 같은 용건으로……."
라스콜리니코프는 머뭇거렸다.
"들어와요, 젊은이."

노란색 벽지가 발려 있는 방에는 제라늄 화분이 놓여 있었다. 창가에는 모직 커튼이 드리워져 있었는데, 때마침 석양이 그 틈으로 방을 환하게 비추었다.

'그때도 이렇게 석양이 비추겠지.'

문득 이런 생각이 머릿속을 스쳐 갔다. 그는 방의 구조를 기억해 두려고 애썼지만, 특별히 눈길을 끌 만한 것은 없었다. 가구는 모두 심하게 낡았지만 살림살이들은 하나같이 윤이 날 정도로 깨끗했다. 조그마한 성상 앞에는 촛불이 켜져 있었다.

'노파의 여동생이 날마다 쓸고 닦는 모양이야. 누가 고약한 과부 아니랄까 봐 깔끔하게도 해 놓았군.'

라스콜리니코프는 옆방으로 통하는 문에 드리워진 커튼을 곁눈질했다. 노파의 침대와 서랍장이 놓여 있었는데 아직 한 번도 들어가 본 적은 없었다.

노파가 물건을 보여 달라고 하자, 라스콜리니코프는 주머니에서 납작한 은시계를 꺼내 들었다. 뒷면에 지구의가 새겨져 있고 쇠줄이 달린 오래된 시계였다.

"이런 시계는 얼마나 쳐주나요, 알료나 이바노브나?"

"변변찮은 물건만 가져오는군."

"사 루블만 주세요. 꼭 찾아갈 거예요. 아버지의 유품이거든요. 돈도 곧 생길 거고요."

"일 루블 오십 코페이카 주겠소. 이자는 먼저 제하고……."

"일 루블 오십 코페이카라니요!"

그는 기가 막혔다.

"싫으면 말고."

노파는 시계를 도로 내밀었다. 라스콜리니코프는 그대로 나와 버리고 싶었지만 달리 갈 데도 없는 데다, 또 여기 온 목적이 따로 있다는 걸 생각하고는 마음을 고쳐먹었다.

"그렇게 해 주세요."

노파는 주머니에 손을 넣어 열쇠를 꺼내면서 커튼 뒤의 방으로 갔다. 라스콜리니코프는 서랍장이 열리는 소리를 들으며 노파의 손놀림을 상상하기 시작했다.

'저건 윗서랍이야. 열쇠는 전부 쇠고리에 끼워서 오른쪽 주머니에 넣고 있어. 다른 열쇠보다 세 배는 큰 톱니 모양 열쇠는 서랍장 열쇠가 아니야. 보석함이나 궤짝이 따로 있겠지. 궤짝 열쇠란 게 대체로 그런 모양이니까. 그건 그렇고, 내가 왜 이따위 비열한 생각을 하고 있는 거야?'

이윽고 노파가 돌아왔다.

"그러면 일 루블의 한 달 이자가 십 코페이카니까 그것부터 제하고, 지난번 이 루블에 대한 이자가 이십 코페이카니까 이자만 삼십오 코페이카군. 모두 일 루블 십오 코페이카가 되겠소. 자, 받아요."

"뭐라고요? 겨우 일 루블 십오 코페이카라고요?"

"정확해요."

라스콜리니코프는 실랑이를 관두고 돈을 받았다. 그러나 아직 할 말이 남았다는 듯이 노파를 물끄러미 바라보다가 겨우 입을 뗐다.

"알료나 이바노브나, 어쩌면 며칠 내로 물건을 하나 더 가져올 수도 있습니다. 은으로 만든, 꽤 괜찮은 담뱃갑인데요."

"그건 그때 가서 이야기해요."

"그럼 이만……. 그런데 늘 혼자 계시네요. 동생 되시는 분은 어디 갔나요?"

그는 최대한 자연스러워 보이게 애쓰며 물었다.

"내 동생한테 무슨 볼일이라도 있나요?"

"아니에요. 그냥 물어본 겁니다. 당신은 이제 곧……. 아니, 안녕히 계세요!"

라스콜리니코프는 허둥대며 밖으로 나왔다. 당황한 나머지 몇 번씩이나 걸음을 멈추었다. 가까스로 거리로 나와서는 소리 내어 중얼거렸다.

"아아, 얼마나 혐오스러운 짓인가. 내 머릿속에 그런 무서운 생각이 떠올랐다니! 이 끔찍한 생각을 꼬박 한 달 동안이나 하다니……. 정말 싫다! 아아, 끔찍해!"

노파를 찾아갈 때부터 가슴을 짓누르던 끝없는 혐오감이 점점 더 그를 압박해 왔다. 괴로움에 못 이겨 취객처럼 휘청거리다가 문득 어느 선술집까지 와 있다는 사실을 깨달았다. 마침 술 취한 사나이들이 욕을 해 대며 술집 계단을 올라가고 있었다.

라스콜리니코프는 머리가 어지러운 데다가 목이 타는 듯해 차가운 맥주라도 한잔 마시고 싶었다. 술집으로 들어가 어두침침하고 지저분한 구석 자리의 끈적거리는 탁자 앞에 자리를 잡아 앉았다. 그는 맥주를 단숨에 들이켰다. 그러자 마음이 한결 편해지고 정신이 맑아졌다.

'침착하자고! 몸이 약해져서 그런 거야. 맥주 한 잔에 설탕 한

조각이면 생각이 분명해지고 또 의지도 견고해지지!'

그는 어떤 무거운 짐을 내려놓기라도 한 것처럼 갑자기 홀가분해져서 술집 안에 있는 사람들을 둘러보기 시작했다. 사람들과 어울리는 것을 꺼리는 편이었지만, 지금은 왠지 사람이 그리웠다. 하지만 그런 마음 상태도 자신이 건강하지 못하다는 증거임을 막연히 짐작하고 있었다.

이 세상에는 첫눈에 호감을 느끼게 되는 사람이 있다. 저쪽에 떨어져 앉은, 퇴역 관리로 보이는 손님이 그랬다. 라스콜리니코프는 줄곧 그 관리를 흘낏거렸다. 그쪽에서도 자꾸만 자기를 바라보는 것 같았다.

그는 거만하고 경멸에 찬 표정이었다. 주인을 포함해 여기 있는 다른 사람들은 신분도 교양도 보잘것없으므로 상대할 가치조차 없다는 듯한 태도였다. 이미 쉰을 넘은 듯한 그는 중간 키에 다부진 몸집이었고, 희끗해진 머리는 이미 벗어져 있었다. 밤낮 술독에 빠져 있어서 그런지, 푸석한 데다가 누렇다 못해 푸르스름해진 얼굴에는 자그맣고 불그스레한 눈동자가 빛나고 있었다. 몸에 걸치고 있는 검정 프록코트는 다 낡아 빠져서 누더기처럼 보일 지경이었다.

마침내 그가 쩌렁쩌렁한 목소리로 라스콜리니코프에게 말을 걸어왔다.

"저, 대화를 좀 청해도 될까요? 내 경험으로 짐작건대, 당신은 교양이 높은 데다 술도 많이 안 하시는 것 같은데요. 나는 평소에 성실하고 교양 있는 분을 존경해 왔습니다. 9등 문관 마르멜라도프라고 합니다. 실례지만 관리이신가요?"

"아닙니다, 학생입니다."

라스콜리니코프는 상대의 과장된 말투에 약간 놀랐다. 조금 전까지만 해도 누군가와 대화를 나누고 싶었지만, 막상 누가 말을 걸자 괜스레 불쾌해졌다.

"그럼 대학생이겠군요. 아니면 예전에 대학생이었거나!"

그가 소리를 지르듯이 말했다.

"그럴 줄 알았어요. 학생 아니면 학자일 거라고 생각했지요! 잠깐 실례 좀 하겠습니다……."

남자는 비틀거리며 자기 술병과 잔을 들고 와서 라스콜리니코프의 옆자리에 비스듬히 앉았다. 그는 이미 꽤 취해서 주절주절 끊임없이 떠들어 댔다.

"존경하는 선생."

그가 진지하게 말문을 열었다.

"가난은 죄가 아니라는 말은 진리입니다. 술에 취해 사는 게 옳은 일이 아니라는 것도 맞고요. 그러나 완전히 빈털터리가 되면 달라집니다. 그건 죄악이지요. 사람이 정도껏 가난하면 고결한 성품을 지킬 수 있지만, 아예 알거지가 되고 나면 고상함과는 거리가 멀어지니까요. 그쯤 되면 자기가 먼저 스스로를 모욕하려 들지요. 그런데 선생! 한 달 전쯤에 레베쟈트니코프가 내 아내를 때렸습니다. 아내는 저와 격이 다른, 고상한 사람인데도 말입니다. 아시겠어요? 잠깐, 한 가지 물어보고 싶은 게 있는데, 혹시 네바 강의 건초 운송선에서 지내본 적이 있습니까?"

"아니요, 없습니다만······."

"나는 거기서 오는 길입니다. 닷새 밤이나 거기서 보냈지요."

그의 이야기는 시시했지만, 술집에 있는 사람들의 주의를 끌기에는 충분했다. 계산대 뒤에서 소년들이 킥킥대기 시작했고, 주인 역시 하품을 하면서도 일부러 위층에서 내려와 자리를 잡고 앉았다. 마르멜라도프는 이 술집의 단골인 게 분명했다.

"이봐, 어릿광대!"

주인이 목청을 높였다.

"관리라면서 왜 출근을 안 해, 응?"

"왜 출근을 하지 않느냐고요, 선생?"

마르멜라도프는 마치 질문한 사람이 라스콜리니코프인 것처럼 그를 보며 말했다.

"이렇게 허송세월을 하는 내 마음은 편한 줄 아십니까? 레베쟈트니코프가 한 달 전에 내 아내를 때렸을 때도, 나는 술에 취해 누워 있었습니다. 그때 내 마음이 괴롭지 않았을까요? 젊은 선생, 희망도 없이 돈을 꾸러 다녀 본 적이 있습니까?"

"있지요. 그런데 희망이 없다는 건 무슨 뜻이죠?"
"절대로 꿔 줄 리가 없다는 것을 빤히 알면서도 돈을 빌리러 가는 것 말입니다. 하긴 왜 빌려 주겠습니까? 내가 갚을 능력이 없다는 것을 잘 알고 있을 텐데요."
"그럼 뭐 하러 가는 겁니까?"
라스콜리니코프가 궁금해 했다.
"찾아갈 만한 사람이 없어서, 더 이상 찾아갈 데가 없어서지요! 누구에게나 어디 한군데쯤 찾아갈 만한 곳은 있어야 하지 않겠습니까? 어디로든 꼭 가야만 할 때가 있으니까요. 하나밖에 없는 내 딸이 처음으로 노란 딱지(창녀의 신분증)를 받고 거리로 나갔을 때, 그때도 갔었지요……. 내 딸은 노란 딱지로 살고 있어요……."
사람들이 그를 비웃었지만, 그는 개의치 않는 듯 담담하게 말을 이었다.
"괜찮아요. 뭐, 새삼스러울 것도 없으니까요. 상관없습니다. 비웃는 사람들을 경멸하느니 차라리 겸손하게 받아들이려고요. 그런데 젊은 선생, 당신은 할 수 있을까요? 지금 내 모습을 보면서 '당신은 돼지가 아니라 인간이다.'라고 말해 줄 용기가 있습니까?"
라스콜리니코프는 대답하지 않았다.
"그런데 말입니다……."

남자는 다른 사람들의 웃음소리가 잦아들기를 기다렸다가, 한층 더 위엄 있는 어조로 말을 이었다.

"나는 돼지라고 욕먹어도 상관없지만, 내 아내는 귀부인입니다! 나는 짐승 같은 놈이지만, 내 아내 카테리나 이바노브나는 장교의 딸로 태어난 교양 있는 사람이죠. 난 비열한 놈이지만, 내 아내는 고결한 마음씨와 고상한 감정을 지닌 여자입니다. 그래도 아내가 나를 좀 더 가엾게 여겨 준다면……! 물론 그 여자가 내 머리채를 잡고 끌고 다니는 게 나를 가엾게 여겨서라는 걸 모르는 건 아니지만, 그래도 말입니다. 그 여자가 한 번이라도, 단 한 번이라도……. 아닙니다, 다 쓸데없는 얘기죠. 결국 나는 본성이 짐승 같은 놈입니다."

"당연한 소리!"

술집 주인이 하품을 하며 말했다. 마르멜라도프는 주먹으로 탁자를 내리쳤다.

"이게 내 본모습입니다. 선생, 아시겠어요? 난 아내의 양말까지도 술로 바꿔 마셔 버렸습니다. 선물 받은 염소털 목도리까지 팔아먹었지요. 덕분에 아내가 이번 겨울에 감기에 걸려서 피를 토할 정도로 기침을 하고 있답니다. 아내는 아침부터 저녁까지 부지런히 쓸고 닦고 애들 셋을 씻깁니다. 지금은 폐병을 앓아요. 내가 마시면 마실수록 더 괴로운데도 계속 술을 마시는 건 아내가 겪는 고통을 함께 겪으려고, 함께 괴로워하기 위해서입니다."

그는 잠시 멈추었다가 다시 고개를 들어 말을 계속했다.

"그런데 젊은 선생, 당신 얼굴에서 왠지 슬픔이 느껴지는군요. 당신이 여기 들어왔을 때부터 그렇게 느꼈어요. 그래서 말을 건넨 겁니다. 구질구질하게 신세타령을 늘어놓은 것도 내 사연을 빤히 알고 있는 사람들을 즐겁게 해 주려는 것이 아니라, 내 얘기를 이해해 줄 너그럽고 교양 있는 분을 찾았기 때문입니다.

내 아내는 유서 깊은 귀족 학교에서 교육을 받았습니다. 졸업할 때 주지사를 비롯한 높은 분들 앞에서 춤을 추고 메달과 상장까지 받았지요. 메달은 나 때문에 내다 팔았지만, 상장은 지금도 아내가 궤짝 속에 고이 보관하고 있습니다.

아내는 애가 셋 딸린 과부였어요. 어느 보병 장교와 사랑에 빠져서는 집을 뛰쳐나와 결혼했지요. 그 남자를 몹시 사랑했던 모양입니다. 하지만 그놈은 도박에 미쳐 재판을 받다가 죽어 버렸지요. 말년에는 아내에게 손찌검까지 했던 모양이에요. 아내는 지금도 전남편이 생각나면 눈물을 흘리고 내게 욕을 퍼붓지요. 그래도 나는 아내가 상상 속에서나마 예전엔 행복했다고 믿는 게 기뻐요.

전남편이 죽자, 아내는 애들 셋을 데리고 내가 있던 시골로 왔답니다. 그때의 비참한 꼴이란 이루 말할 수 없었지요. 그런데 말입니다, 저도 열네 살 먹은 딸아이가 있는 홀아비였는데, 지금의 아내에게 청혼을 했습니다. 그 딱한 모습을 보고 차마 지나

칠 수가 없어서요. 아내처럼 뼈대 있는 가문의 여자가 나 같은 사람의 청혼을 받아들인 것만 봐도, 형편이 얼마나 나빴는지 알 수 있겠지요?

결혼 후 일 년 동안 가장으로서 의무를 다하려고 열심히 일했습니다. 보드카 따위는 거들떠보지도 않았어요. 그런데 갑작스럽게 실직을 했습니다. 그건 내 잘못이 아니라 감원 때문이었어요. 그때부터 여기저기 떠돌아다니며 고생을 하다가 여기 온 지 일 년 반이 되었습니다. 다른 일자리를 구했지만 곧 쫓겨났습니다. 그놈의 술 때문이었지요.

지금은 아말리야 표도로브나 리페베흐젤이라는 여자의 집에 구석방을 빌려 살고 있습니다. 무슨 돈으로 생활하고 어떻게 방세를 치르는지 나는 전혀 모릅니다. 그 집에는 우리 말고도 여럿이 살고 있지요. 차마 눈 뜨고는 볼 수 없는 처참한 곳이에요.

전처에게서 난 내 딸, 소냐는 이제 어엿한 처녀가 되었습니다. 그동안 그 애가 계모한테 어떤 구박을 받았는지는 말하지 않겠습니다. 소냐는 교육도 제대로 받지 못했어요.

선생, 여기서 질문 하나 하겠습니다. 가난하고 순결한 처녀가 정직하게 일해서 하루에 얼마나 벌 수 있을 거라고 생각합니까? 아무리 부지런히 일해도 겨우 십오 코페이카입니다. 하루는 아이들이 집에서 쫄쫄 굶고 있고, 볼에 붉은 반점이 생긴 아내는 손을 쥐어뜯으며 방 안에서 왔다 갔다 하고 있었습니다. 폐병 환자한테는 흔한 증상이죠. 아내가 소냐한테 '이 기생충 같은 것, 편안히 앉아 놀고먹으면서 잠도 퍽 잘 오겠다.' 이러더군요. 어린 것들도 사흘 동안 빵 부스러기 하나 구경하지 못한 판에 소냐가 먹긴 뭘 먹었겠습니까?

하지만 그때도 나는 술에 취해 있었지요. 소냐는 금발에 얼굴이 창백하고 몸은 가냘프답니다. 그 애가 나직하고 순순한 목소리로 이러더군요. '어머니, 그럼 어떻게 해야 해요? 제가 그런 일을 하길 바라세요?' 그런 일이란 다리야 프란초브나라고 가끔 경찰에도 걸려 들어가는 악독한 여자가 집주인을 통해 여러 번 권한 일입니다.

아내가 말하더군요. '그래, 못 갈 건 또 뭐냐? 뭐가 그렇게 대단하다고?' 자기 몸이 아픈 데다, 아이들이 배고프다고 울어 대니까 홧김에 튀어나온 말일 겁니다. 카테리나 이바노브나는 어린 것들이 칭얼거리면 기어이 두들겨 패고야 마는 성격이거든요.

저녁 다섯 시가 넘자 소냐가 외투를 입고 나가더니 여덟 시가 지나서야 돌아오더라고요. 그러고는 말없이 카테리나 이바노브나한테 삼십 루블을 내놓고 숄로 머리와 얼굴을 감싼 채 조용히 침대 위에 누웠습니다. 소냐는 부들부들 떨고 있었어요. 그런데 말입니다, 선생. 카테리나 이바노브나가 말없이 소냐한테 다가가더니 밤새도록 무릎을 꿇고 앉아서 그 아이의 발에 입을 맞추는 거예요. 결국 두 사람은 꼭 껴안고 잠이 들었습니다. 나는 줄

곧 취한 채로 누워 있었지요."

마르멜라도프는 잠시 입을 다물고 있다가 다시 운을 뗐다.

"그런데 말이에요, 사람들이 소냐를 신고했어요. 다리야 프란초브나 짓이었죠. 그 여자는 자기가 무시당했다고 생각한 거예요. 그때부터 소냐는 우리와 지낼 수 없게 되었어요. 그 전에는 소냐를 팔아먹으려고 다리야 프란초브나와 수작을 부리던 여주인이 일이 이렇게 되니까 같이 못 살겠다고 한 거죠. 소냐를 호시탐탐 노리던 레베쟈트니코프도 점잖은 사람이 어떻게 그런 여자와 한 지붕 밑에 살 수 있겠냐며 태도를 바꿨어요. 레베쟈트니코프랑 아내가 싸운 게 바로 그 때문이었죠.

소냐는 어둑어둑해진 뒤에야 잠깐씩 와서 집안일을 거들기도 하고 이것저것 보내오기도 하지요. 그 애는 재봉사인 카페르나무모프 집에 방 하나를 빌려 살고 있습니다. 나는 아내가 레베쟈트니코프에게 맞은 다음 날 아침에 허름한 옷을 걸치고 기도를 올린 다음, 이반 아파나시예비치 각하를 찾아갔습니다.

그분을 아세요? 하느님 같은 분이죠. 각하는 제 사정을 끝까지 다 들으시더니 눈물까지 글썽이면서 '마르멜라도프, 자네는 이미 내 기대를 저버렸지만 다시 한 번 기회를 주겠네.' 하셨지요. 그때 마음속으로는 그분의 발에 붙어 있던 먼지까지 핥았어요."

마르멜라도프는 취할수록 말이 많아지는 사람이었다. 게다가 일자리를 얻은 기억이 그에게 생기를 불어넣은 것 같았다.

"그게 오 주일 전이었습니다. 카테리나 이바노브나와 소냐가 그 사실을 알고 난 뒤, 나는 천국에 온 것처럼 대접받았습니다. 취직이 되고부터 아내는 발끝으로 걸어 다니면서 아이들에게 '아버지께서 일 때문에 피곤해서 쉬고 계시지 않니?' 하며 떠들지도 못하게 하더군요. 아침에는 커피를 대령한다 크림을 내온다 야단이었죠.

소냐는 자기가 집에 자주 오는 게 남 보기에 좋지 않다며 돈을 보냈습니다. 그 뒤에 어떤 일이 벌어진 줄 알아요? 글쎄, 카테리나 이바노브나가 다시는 보지 않을 것처럼 싸웠던 주인 여자를 초대해 차를 대접하더군요. 둘은 두 시간 동안이나 소곤거렸습니다.

'요즘 우리 그이가 직장에 나가 월급을 타 온답니다. 각하께서 몸소 나오셔서 우리 그이의 손을 잡고 서재로 안내하셨다는 거 아니겠어요?' 모두 지어낸 말이지만, 아내는 그렇게 공상하고 찰떡같이 믿고 있는 것이지 허풍을 떠는 게 아니랍니다. 그래서 아내를 나무라지 않았습니다.

엿새 전, 내가 첫 월급 이십삼 루블 사 코페이카에서 한 푼도 쓰지 않고 가져왔을 때, 아내가 이런 말을 하더군요. '이 귀염둥이 양반!' 내가 언제 남편 구실이라도 제대로 했던가요? 도대체 어디가 귀엽단 말입니까?"

마르멜라도프는 말을 멈추고 미소를 지으려고 했지만 갑자기

턱이 덜덜 떨리기 시작했다.

"그런데 그 꿈 같은 일이 일어난 바로 다음 날, 그러니까 닷새 전입니다. 나는 카테리나 이바노브나의 궤짝 열쇠를 훔쳐서 내가 가져다 준 월급을 꺼냈습니다. 얼마가 남아 있었는지 기억도 잘 안 나요. 집에서는 나를 정신없이 찾고 있었을 겁니다. 결국 직장에서도 쫓겨나, 걸치고 있던 옷도 다리 옆에 있는 선술집에 팔아 버렸습니다……. 모든 게 끝났어요."

마르멜라도프는 주먹으로 제 이마를 치더니, 팔꿈치를 탁자 위에 얹고 잠깐 눈을 감았다. 그러다가 이내 얼굴에 교활한 빛을 띠고는 라스콜리니코프를 보고 웃었다.

"오늘 소냐한테 돈을 뜯으러 갔다 왔지요. 이 보드카 반 병도 그 애 돈으로 산 겁니다."

마르멜라도프는 라스콜리니코프를 보면서 말했다.

"소냐가 삼십 코페이카를 주더군요. 가지고 있던 걸 모두 털어 주었어요. 돈을 달랬더니 나를 잠자코 쳐다보기만 하더라고요. 아비를 조금도 비난하지 않는 게 더 마음에 걸립니다. 그 애도 돈이 필요할 텐데……. 몸치장을 해야 할 처지니까요. 내가 딱한가요? 아닌가요? 흐흐흐!"

"당신 같은 사람을 누가 동정해!"

술집에 있던 사람들이 야유를 퍼부었다. 그러자 그가 벌떡 일어나서 말했다.

"그래, 동정할 필요가 전혀 없지. 나 같은 놈은 십자가에 못 박혀도 시원찮으니까. 못 박는 건 좋지만 그다음에는 나를 불쌍히 여겨 다오. 그래 준다면 내 발로 못 박히러 갈 테니……. 내가 바라는 건 즐거움이 아니라 슬픔의 눈물이라오.

주인 양반! 내가 좋아서 보드카를 마셨다고 생각하나? 내가 술병에서 찾은 건 슬픔과 눈물뿐이야. 우리를 가엾게 여길 분은 하느님뿐이지. 하느님만이 유일한 심판관이시다. 최후의 심판 날이 오면 그분이 물으시겠지. '폐병 앓는 악한 계모와 배다른 동생들을 위해 몸을 판 딸은 어디 있느냐? 지상의 주정뱅이 아비를 불쌍히 여긴 딸은 어디 있느냐?' 그리고 말씀하실 테지. '오라! 나는 이미 너를 용서했노라. 너의 많은 죄는 용서받을 것이다. 너는 아주 큰 사랑을 베풀었으니!' 하느님이 모두를 심판하고 용서해 주신다. 착한 사람도 악한 사람도, 지혜로운 사람도 어리석은 사람도 모두 용서해 주신다. 주여, 주의 나라가 이 땅에 임하소서."

그는 기진맥진한 듯 의자에 주저앉았다. 사람들이 그의 말에 감동을 받았는지 잠시 동안 주위가 조용해졌다. 그러나 이내 "허풍이 그럴듯한데?", "역시 관리라 거창하게 나오는군." 하는 비난과 욕설이 터져 나왔다.

"자, 갑시다. 선생, 나를 집까지 좀 바래다주시오. 코젤의 집 뒤쪽입니다. 카테리나 이바노브나에게 가야 할 시간이거든요."

라스콜리니코프는 진작부터 밖으로 나가고 싶었다. 물론 그를 도와줘야겠다고도 생각하고 있었다. 마르멜라도프는 말은 힘차게 했지만, 이미 다리에 힘이 풀려 그에게 맥없이 기대 왔다. 이삼 백 걸음 정도를 걸어야 했다.

집이 가까워 지자 마르멜라도프는 두려운 기색이 짙어지면서 어쩔 줄 몰라 했다.

"난 지금 카테리나 이바노브나를 두려워하는 게 아니에요. 아내가 내 머리를 쥐어뜯을까 봐 겁나는 게 아니란 말입니다. 다만 그 여자의 눈이 무서워요. 뺨에 난 붉은 반점도……. 당신은 폐병에 걸린 사람의 숨소리를 들어 본 적이 있나요? 특히 화가 났을 때 말입니다. 아이들이 우는 것도 두려워요. 소냐가 동생들을 챙기지 않았다면 지금쯤 어떻게 됐을지 몰라요. 아내한테 맞는 건 겁나지 않아요. 두들겨 맞기라도 하지 않으면 나도 견딜 수 없을 테니까요. 아, 다 왔군! 저기예요. 저기가 코젤의 집입니다. 그는 자물쇠 제조공인데 돈이 아주 많아요. 독일 사람이지요. 저리로 데려다 주세요."

둘은 안뜰을 지나 사층으로 올라갔다. 계단 끝에 시커멓게 그을린 작은 문이 열려 있었다. 촛불이 켜져 있어서 입구에서도 누추한 방 안이 훤히 보였다. 모든 것이 어수선하게 흩어져 있었다. 아이들의 누더기 옷이 유난히 눈에 띄었다. 새장같이 다닥다닥 붙어 있는 방들 가운데 한 칸을 빌려서 살고 있었다.

라스콜리니코프는 단박에 카테리나 이바노브나를 알아보았다. 아름다운 밤색 머리칼에 키가 크고 굉장히 야위었다. 들은 대로 뺨 여기저기에 붉은 반점이 있었다. 두 손을 가슴에 모으고 왔다 갔다 하는 모양이 영락없는 폐병 환자의 모습이었다. 기껏해야 서른 살 정도로 보이는 그녀는, 얼핏 보기에도 마르멜라도프의 짝으로는 과분한 상대였다. 대여섯 살쯤 된 막내딸은 마룻바닥에 웅크린 채 잠들어 있었고, 그보다 한 살쯤 많은 듯한 남자아이는 방금 두들겨 맞았는지 방구석에서 온몸을 떨며 울고 있었다. 열 살쯤 돼 보이는 제법 큰 여자아이가 가늘고 긴 팔로 우는 남동생을 안아 달래고 있었다. 그 아이는 맨살에 구멍이 난 낡은 외투를 두르고 있었다.

마르멜라도프는 문 앞에 버티고 서서 라스콜리니코프를 방 안으로 떼밀었다. 그의 아내는 낯선 사람이 어째서 자기 집 안에 들어와 있는지 잠시 생각하는 것 같았다. 그러다가 문지방에 무릎을 꿇고 있는 남편을 보고는 고래고래 고함을 지르기 시작했다.

"들어왔구나, 이 도둑놈! 이 악당아, 돈은 어디 있어? 주머니 속에 있는 것 다 내놔. 옷도 바뀌었네? 뭐라고 말 좀 해 봐!"

그녀의 기세에 눌린 마르멜라도프는 고분고분 두 팔을 벌렸다. 그러나 어디에도 돈은 없었다.

"아아, 이 인간이 돈을 죄다 써 버렸구나. 궤짝 안에 십이 루블이나 있었는데…….”

그녀는 남편의 머리털을 잡아채서 방 안으로 끌어당겼다. 마르멜라도프는 순순히 기어가며 아내의 수고를 덜어 주었다.

"다 써 버렸어. 술 마시는 데 몽땅 써 버렸어!"

그녀가 절망적으로 울부짖더니 별안간 라스콜리니코프에게 덤벼들었다.

"네 놈도 같이 있었지? 당장 꺼지지 못해!"

라스콜리니코프는 아무런 대꾸도 하지 않고 서둘러 그곳을 빠져나오려 했다. 그 순간 다른 방문들이 차례로 열리면서 호기심 어린 시선이 일제히 쏟아졌다. 사람들은 마르멜라도프가 머리채를 잡힌 채 방으로 끌려 들어가면서도 "이런 게 내 기쁨이야!"라고 부르짖는 모습을 보고 웃음을 참지 못했다.

라스콜리니코프는 술집에서 거슬러 받은 일 루블에 남은 동전까지 싹싹 긁어모아 창턱에 놓아두고 그 집을 나섰다. 그러나 계단을 다 내려오기도 전에 아까운 마음이 들어 잠시 머뭇거렸다.

'도대체 내가 무슨 짓을 한 거야? 저들에게는 소냐가 있잖아. 그 돈은 나한테도 필요하다고!'

그러나 이내 손을 한 번 내젓고는, 다시 집을 향해 걷기 시작했다.

'아, 가엾은 소냐! 그 사람들은 아무리 퍼다 써도 끝없이 물이 나오는 멋진 우물을 판 셈이야. 그녀를 이용하는 거라고! 처음

에 아주 잠깐은 슬퍼했겠지만 사람이란 원래 비열한 법이거든. 어떤 상황에든 금방 익숙해지지!'

생각에 잠겨 있던 라스콜리니코프가 갑자기 무의식적으로 외쳤다.

"만약 내가 잘못 생각한 거라면!"

그는 다시 속으로 중얼거렸다.

'만약 인간이 본질적으로 악한 존재가 아니라면? 그렇다면 나머지 생각은 편견이고, 꾸며 낸 공포에 불과해. 거기엔 그 어떤 장애물도 있을 수 없고 또 있어서도 안 돼!'

제 2 장
어머니의 편지

 다음 날 아침, 느지막이 잠에서 깬 라스콜리니코프는 여전히 초조하고 불쾌한 기분이었다. 증오가 가득 어린 눈초리로 방 안을 둘러보니, 새장같이 쪼그만 방이 때에 찌든 벽지 때문에 더욱 초라해 보였다. 천장은 또 얼마나 낮은지, 조금이라도 키가 큰 사람은 머리를 부딪히지 않도록 허리를 굽혀야 할 정도였다.

 그는 방의 절반을 차지하는 볼썽사나운 누더기 소파를 침대로 쓰고 있었다. 하도 불결해서 사람이 산다고 믿기 어려울 정도였지만, 어수선한 그의 심리 상태에서는 차라리 편안하게 느껴졌다.

 "일어나요! 왜 이렇게 잠만 자는 거예요?"

주인집 하녀인 나스타샤였다.

"배 안 고파요? 차를 가져왔어요."

"주인아주머니가 차를 주셨나?"

"그랬을 리가요!"

나스타샤는 이가 빠진 찻잔과 누런 설탕 두 덩이를 그 앞에 놓았다.

"수프 좀 드실래요? 어제 끓인 양배추 수프를 남겨 놓았는데."

나스타샤는 곧 수프를 가지고 올라왔다. 라스콜리니코프가 수프를 먹기 시작하자, 그 옆에 앉아 재잘대기 시작했다.

"주인아주머니가 당신을 경찰에 고발하려고 해요."

"경찰에? 무슨 일로?"

"방세도 안 내면서 눌러앉아 있으니까 그런 거죠. 예전엔 애들도 가르치더니 요즘은 왜 이렇게 빈둥거려요?"

"나도 일하고 있어."

그가 퉁명스레 대꾸했다.

"어떤 일을 하고 있는데요?"

"생각하는 일."

나스타샤는 그 말에 큰 소리로 웃었다.

"애들을 가르치자니 신고 갈 구두가 있어야지. 더구나 그런 푼돈은 벌어 봤자 쓸 것도 없고."

"참, 내 정신 좀 봐. 어제 편지가 왔어요. 내가 대신 삼 코페이카를 우체부한테 줬어요. 갚을 거죠?"

R지방에 사는 어머니에게서 온 편지였다. 편지를 받아 드는 순간 그의 얼굴이 창백해졌다.

"나스타샤, 여기 삼 코페이카야. 이제 자리 좀 비켜 줘."

그는 편지에 입을 맞췄다. 어린 시절, 그에게 글자를 가르쳐 준 어머니의 조그맣고 비스듬한 필체를 오래도록 들여다보았다. 그의 얼굴에 알 수 없는 두려움이 서렸다. 깨알 같은 글씨가 빼곡한 두 장의 편지는 '사랑하는 나의 아들 로쟈'로 시작되고 있었다.

편지로 너와 이야기를 나눈 지도 벌써 두 달이 지났구나. 이 어미는 소식을 자주 전하지 못하는 게 마음에 걸려서 밤에 잠도 제대로 이루지 못한단다. 하지만 내가 너를 얼마나 사랑하는지 잘 알고 있을 테니 서운해 하지 않으리라 믿는다. 학비도 없고 일자리도 없어 몇 달 전에 학교를 그만두었다는 소식을 듣고 얼마나 마음이 아팠는지 모른단다. 얼마 안 되는 연금으로 살아가다 보니 돈을 보내기가 무척 벅차구나.

로쟈, 네 누이 두냐는 한 달 반 전부터 나와 살고 있단다. 덕분에 그 아이의 고생도 이제 끝났지. 그동안 어떤 일이 있었는지, 이제 모두 털어놓아야겠구나. 사실은 두냐가 가정교사로 들어갔던 스비드리가일로프 씨 댁에서 얼마나 억울한 일을 당했는지 모른단다. 하지만 지난해 네게 보낸 육십 루블을 갚느라 함부로 나올 수도 없었어. 처음에는 스비드리가일로프 씨가 하도 무례하게 굴어서 두냐가 많이 힘들어했지. 나중에 알고 보니 그 뻔뻔한 인간이 두냐를 짝사랑한 나머지, 그 마음을 감추려고 도리어 함부로 굴었던 거란다.

그 사람이 끝내 제 감정을 이기지 못하고 두냐에게 수작을 걸었는데, 그걸 오해한 스비드리가일로프 씨의 부인인 마르파 페트로브나가 두냐를 무지막지하게 때리고는 쫓아내 버렸지. 그걸로 끝이 아니었어. 그 부인이 온 마을 사람들에게 두냐를 흉보고 다니는 바람에 우리는 교회도 다니지 못했단다. 다행히 하느님의 보살핌으로 스비드리가일로프 씨가 모든 걸 뉘우치고 사실을 털어놓아서 우리의 고통이 끝나게 되었지.

스비드리가일로프 씨가 부인에게 두냐의 편지를 보여 주었던 거야. 편지에서 두냐는 그의 행동이 얼마나 고결하지 못한지, 한 집안의 가장으로서 얼마나 비열한 짓인지 엄하게 꾸짖었더구나. 그렇게 두냐의 결백이 밝혀지자 마르파 페트로브나는 성모상 앞에 무릎을 꿇고 기도한 뒤, 우리 집으로 달려와 용서를 빌었단다. 또 마을 사람들한테 그 편지를 읽어 주어 두냐의 명예를 회복시켜 주었어.

이 일이 계기가 되어서 좋은 일이 생겼단다. 마르파 페트로브나가 다리를 놓아서 어떤 사람이 두냐에게 청혼을 했거든. 두냐도 기꺼이 그 청혼을 받아들였단다. 신랑감의 이름은 표트르 페트로비치 루진이라고 하는데, 장래가 보장된 사람이야. 직장도 두 군데나 되고, 재산도 꽤 모았다더구나. 마르파 페트로브나의 먼 친척이고, 훌륭한 7등 문관이란다. 나이가 마흔다섯이나 되는 데다, 무뚝뚝하고 거만해 보이는 게 약간 흠이지만, 그것 말고는 괜찮은 사람이야.

너에게 의논도 하지 않고 결정을 해서 미안하구나. 처음에 그 사람이 찾아왔을 때는 우리도 망설였지만, 두 번째로 왔을 땐 이미 마음이 기울어 버렸지 뭐냐. 그 사람은 고생을 해 봐서 가난을 아는 아가씨를 아내로 삼고 싶었다더구나. 처갓집 덕을 안 보는 남편이어야 아내한테 은인처럼 존경을 받을 수 있다면서 말이야. 물론 그 사람은 내가 쓴 것보다 훨씬 부드럽게 말했지만, 대강 그런 뜻이었어.

참, 루진이 상트페테르부르크로 간다는 말을 내가 했던가? 그 사람은 거기에서 변호사 사무실을 열고 싶어 한단다. 두냐와 나는 네가 그 사무실에서 비서로 일했으면 좋겠다고 운을 떼어 놓았지. 아직 확답을 준 건 아니지만, 두냐가 그 사람을 설득할 수 있을 거라고 하더구나.

또 한 가지 기쁜 소식이 있단다. 조만간 우리 셋이 한자리에 모일 수 있을 것 같아. 두냐의 결혼 소식으로 내 신용이 좋아져서 상트페테르부르크로 가는 여비와 너에게 줄 돈을 얼마쯤 마련할 수 있을 것 같구나. 마을에서 기차역까지는 이웃집 농부의 짐마차를 얻어 타고, 그다음부터는 삼등차로 편안하게 갈 생각이야. 루진은 짐 옮기는 비용이라도 대겠다고 하지만, 어쨌든 여윳돈 한 푼 없이 먼 길을 갈 수는 없지 않겠니? 그래서 돈이 생기더라도 너에게 많은 돈을 보낼 수는 없을 것 같구나. 어쨌든 이르면 다음 주에라도 네 곁으로 갈 수 있을 거야.

　사랑하는 로쟈, 하나밖에 없는 네 누이에게 고마워하렴. 두냐는 너를 취직시킬 수 있다면 루진과 결혼할 수 있다고 하더라.

　우리의 희망이며 기대인 아들아, 곧 만나자꾸나.

　멀리 고향에서 너에게 따뜻한 포옹과 입맞춤을 보낸다.

　　　─ 평생토록 변함없는 너의 어미, 풀헤리야 알렉산드로브나

　편지를 읽기 시작한 순간부터 마칠 때까지, 라스콜리니코프의 얼굴은 줄곧 눈물로 젖어 있었다. 그의 얼굴은 곧 창백하게 일그러지더니 침울한 미소가 어렸다. 가슴이 세차게 두근거리고, 궤짝처럼 좁고 지저분한 방이 숨 막힐 듯 갑갑해졌다. 결국 그는 모자를 움켜쥐고 밖으로 나섰다.

　'이 결혼은 내가 살아 있는 한 절대로 이루어질 수 없다. 루진 따윈 꺼져 버리라고 해! 두냐, 세상 물정을 잘 아는 사람한테 시집을 가겠다는 거구나. 겉보기엔 그럴싸하겠지. 하지만 사람을 알려면 주의 깊게 살펴야 해.

　루진은 안 봐도 속이 훤히 들여다보이는 인물이야. 역까지는 멀지 않으니까 농부의 짐마차를 타고 간다고 해 두자. 하지만 거기서 상트페테르부르크까지는 상당히 멀어. 루진, 당신은 뭐

하는 사람이지? 두냐는 당신의 신부가 될 사람이라고! 삼등차를 타고 그 먼 길을 가는 예비 신부와 장모가 그 여비도 겨우 마련했다는 사실을 설마 모르지는 않겠지.

하긴 당신처럼 노련한 사람은 그럴듯하게 꾸미는 법을 알지. 짐 옮기는 비용이야 두 사람의 차비에 비하면 몇 푼 되지도 않잖아. 당신은 겨우 그걸로 생색을 내겠다는 속셈인 거야. 이건 성품이 아니라 태도의 문제라고! 결혼 후에 드러날 태도…….

그나저나 어머니는 상트페테르부르크에 왜 오시겠다는 거지? 루진은 어머니와 함께 살려고 하지 않을 텐데 도대체 누구를 믿고 그러시는 걸까? 고작 돈 몇 푼을 쥐고……. 어머니는 그렇다 쳐도 두냐는 대체 뭐하는 거지? 두냐는 늘 총명하고 강인한 아이였어. 가난에 찌들어 있다고 해서 속물 같은 남자와 결혼할 아이가 아니라는 것쯤은 내가 잘 알아. 그 앤 어머니와 나를 위한답시고 자기를 희생하려는 거야! 나, 로지온 로마노비치 라스콜리니코프를 위해서 말이야. 절대로 그런 일은 없어야 해. 어머니! 절대로 당신과 두냐를 희생양으로 삼지 않겠어요!'

골똘히 생각에 잠겨 있던 그는 갑작스레 걸음을 멈췄다.

'그러면 어떻게 하겠다는 거지? 결혼을 못 하게 할 셈인가? 대체 무슨 권리로? 내가 무엇을 약속해 줄 수 있지? 공부를 마치고 일자리를 얻으면 내 장래를 전부 가족을 위해 바칠 건가? 그렇게 마음먹는다 해도 그건 '불확실한 미래'의 일일 뿐이야. 지금

당장 무슨 뾰족한 수가 있지? 나는 두 사람한테 빌붙어 살고 있 잖은가!'

라스콜리니코프는 여러 질문들로 자신을 들볶았다. 하지만 그 물음들은 갑자기 생겨난 것이 아니라, 이미 오래전부터 그를 괴롭혀 오던 것들이었다. 아주 오랫동안 그의 이성과 감성을 괴롭히던 질문들이 어머니의 편지를 계기로 한꺼번에 닥쳐왔다. 이제 예전처럼 공상만 하고 있을 수는 없다. 하루빨리 무슨 일이든 해야 한다.

'누구에게나 어디 한군데쯤 찾아갈 만한 곳은 있어야 하지 않겠습니까? 어디로든 꼭 가야만 할 때가 있으니까요.'

불현듯 마르멜라도프의 말이 떠올랐다. 무서운 생각이 머릿속을 스쳐 지나갔다. 어제까지만 해도 그 생각은 망상에 지나지 않았다. 그런데 지금은 달랐다. 망상의 테두리를 벗어나 무시무시한 모습으로 그 앞에 나타난 것이었다.

'내가 어디로 가고 있던 중이었더라? 아, 라주미힌한테 가고 있었지. 바실리예프스키 섬에 있는 녀석의 집.'

라주미힌은 대학 시절의 친구였다. 라스콜리니코프가 사람을 멀리하는 탓에 친구가 드물었지만, 라주미힌과는 뜻이 잘 맞았다. 그는 때때로 아둔하게 굴기는 했지만, 꽤 영리한 사람이었다. 키도 크고 훤칠한 데다, 검은 머리칼에 수염을 텁수룩하게 기르고 있었다. 가끔 술을 마시고 짓궂은 장난을 치기도 했지만,

시련을 헤쳐 나가는 용기가 남달랐다. 지금은 잠시 학업을 쉬고 있는데, 곧 복학할 계획을 세우고 있었다.

'얼마 전에도 찾아가려고 했지. 그런데 그 친구가 해 줄 수 있는 게 뭘까? 라주미힌이라면 가정교사 자리를 찾아 주고, 마지막 남은 동전도 나누어 주겠지. 하지만 그 푼돈으로 뭘 할 수 있겠어? 그래, 라주미힌을 찾아가긴 하겠지만, 지금 당장이 아니라 '그 일'을 끝내고 난 다음에, 그래서 모든 것이 새롭게 시작될 때, 그때 찾아가는 거야.'

여기까지 생각하고 나자 정신이 퍼뜩 들었다.

"'그 일'을 끝내고 난 다음에라니? 정말 하겠단 말야?'

그는 온몸에 한기가 든 것처럼 부들부들 떨렸다.

'아아, 무서운 일이다. 사람을 도끼로 내리쳐서 죽이고 돈을 훔치려고? 오, 주여! 제가 갈 길을 보여 주시옵소서. 그러시면 무시무시한 망상을 떨치겠나이다.'

그가 센나야 광장을 지나간 것은 아홉 시 무렵이었다. 노점 상인들은 슬슬 물건을 거두어들이며 집에 갈 채비를 했다. K골목의 뒤쪽 모퉁이에서 실과 수건, 옷감 따위를 팔던 부부도 집으로 돌아가려고 물건들을 챙기다가, 마침 그곳에 들른 여인과 이야기를 나누느라 좌판을 그대로 벌여 놓고 있었다.

훗날 라스콜리니코프는 그 시각에 그 광장을 지났던 것이 자신의 인생을 송두리째 바꾸었다고 생각했다. 그만큼 인생에 지대한 영향을 끼칠 운명적 순간이, 마치 기다리고 있었다는 듯 나타난 것이었다. 부부와 이야기를 나누던 사람은 다름 아닌 전당포 노파인 알료나 이바노브나의 여동생, 리자베타 이바노브나였다. 그녀는 서른다섯 살의 노처녀였다. 언니를 위해 노예처럼 일하는데도 이따금 매를 맞기까지 한다는 소문이 돌았다. 뜻밖에 그녀와 마주친 라스콜리니코프는 긴장하기 시작했다.

"내일 일곱 시에 꼭 와요."

옷감을 파는 여자가 말했다.

"내일요?"

리자베타가 망설이는 기색으로 물었다.

"저런, 알료나 이바노브나가 무서워서 그러는군요? 정말이지 어린아이 같네요. 그 여자는 친언니도 아니면서 당신한테 너무 고약하게 구는 거 아니에요?"

"어쨌든 이 일은 당신 언니한테 알리지 말아요. 꼭 비밀로 하고 내일 들러 봐요. 무조건 남는 장사라니까. 언니도 나중에는 좋다고 할 거예요."

여자의 남편도 끼어들었다.

"내일 일곱 시예요. 그 사람들도 올 거니까 잘 생각해 봐요."

"좋아요. 갈게요."

리자베타는 겨우 마음을 굳힌 뒤 자리를 떴다. 라스콜리니코프는 그들의 대화를 한마디도 놓치지 않으려고 애쓰면서 천천히 그 자리를 벗어났다. 처음에는 단순히 놀라움뿐이었지만, 점점 공포에 사로잡혔다. 내일 저녁 일곱 시, 노파의 여동생 리자베타가 집에 없다. 노파가 전당포에 혼자 있는 것이다. 앞으로도 이런 기회는 좀처럼 찾아오지 않겠지!

라스콜리니코프는 오랜 시간이 지난 후에야 왜 그 상인 부부가 리자베타를 불러들였는지 알게 되었다. 알고 보면 별로 이상할 것도 없는 일이었다. 다른 마을에서 이사 온 사람이 살림이 어려워져서 가구와 옷가지 따위를 팔기로 했다. 그런데 시장에 내다 팔면 밑질 게 뻔해서 그 물건들을 대신 팔아 줄 사람을 찾고 있었다. 리자베타는 적은 수수료만 받고 정직하게 일을 처리해 주기 때문에 단골이 많았다. 그녀는 말수가 적고 온순하며 겁이 많았다.

요즘 들어 라스콜리니코프는 미신에 유난히 집착을 했다. 그래서 이번 일은 물론이고, 어떤 일에든 특별한 힘과 우연의 일치 같은 것이 존재한다고 믿었다.

지난겨울, 알고 지내던 포코레프라는 대학생이 하리코프로 떠나면서 노파가 있는 전당포를 소개해 주었다. 당시에는 먹고 사는 데 별 문제가 없었지만, 한 달 반 전 일거리가 끊기면서 그곳을 찾았다. 그는 아버지가 물려준 은시계와 누이동생이 헤어질 때 건네준 붉은 보석이 박힌 금반지를 갖고 있었다. 반지를 들고 전당포에 찾아갔을 때, 노파를 처음 본 순간부터 알 수 없는 혐오감을 느꼈다.

노파에게서 얼마 안 되는 돈을 받아 들고 집으로 돌아오는 길에 싸구려 술집에 들렀다. 그때 마침 옆 테이블에서 어느 대학생과 젊은 장교가 노파 이야기를 하고 있었다. 이런 우연한 사건 하나하나가 그에게는 예사롭지 않은 암시처럼 느껴졌다.

"참 대단한 노파야. 유대 인처럼 돈이 많아서 언제든 큰돈을 꿔 줄 수 있다더군."

대학생이 친구 사이로 보이는 장교에게 말했다.

그들의 대화를 놓치지 않고 듣고 있던 라스콜리니코프는 노파가 동생인 리자베타를 하녀처럼 부려 먹는 데다, 리자베타가 밖에서 일하고 받은 돈이며 바느질을 해서 번 품삯을 모두 노파에게 갖다 바친다는 것, 심지어 리자베타가 매질을 당하면서 노예처럼 산다는 사실까지 알게 되었다. 그뿐이 아니었다. 노파가 유언장을 준비해 두었는데, 리자베타 앞으로는 한 푼도 남기지 않고, 자신이 죽은 뒤 추도 비용으로 쓰기 위해 전 재산을 수도원에 기부하기로 했다는 것이다.

"난 그 악랄한 노파를 죽여도 전혀 양심의 가책을 느끼지 않을 것 같아."

대학생이 흥분하며 말했다. 장교는 웃음을 터뜨렸지만, 라스콜리니코프는 몸을 떨었다.

"물론 농담이지만, 생각을 해 봐. 다른 사람들한테 해만 끼치는 탐욕스럽고 무가치한 노파가 있어. 자기가 왜 사는지도 모르고, 또 얼마 안 있으면 어차피 죽을 목숨이야. 다른 한편에는 도움이 절실하게 필요한 젊은이가 있지. 그런 사람은 곳곳에 널렸어. 수도원에 기부하기로 한 돈만 있다면 다시 살아날 수천 가지의 좋은 사업과 계획이 있다고! 과연 이 고약한 노파의 삶이 그에 비해 가치가 있을까? 단 한 번의 범죄를 수천 가지의 선행으로 용서받을 수는 없을까?"

"물론 그 노파는 살아 있을 가치가 없어. 그렇다 해도 자연의 법칙이란 게 있잖나?"

장교가 조심스레 대꾸했다.

"이봐, 자연의 법칙도 인간이 조정하고 변화시키는 거야. 의무니 양심이니 말들은 하지만, 문제는 우리가 이것을 어떻게 이해하고 있느냐지."

"잠깐만."

장교가 말을 가로막았다.

"자네 손으로 노파를 죽일 수 있단 말인가?"

"그건 아니지. 나는 다만 정의를 위해서……."

"자네가 그 일을 직접 하겠다는 게 아니라면 정의고 뭐고 없어. 자, 당구나 한판 더 치자고."

라스콜리니코프는 흥분에 사로잡혔다. 그건 평범한 젊은이들의 일상적인 토론에 불과했다. 그런데 왜 하필 자기 머릿속에 같은 생각이 떠오르고 있던 그때, 노파에 대한 이야기를 듣게 된 걸까? 마치 운명이라는 듯이…….

센나야 광장에서 집으로 돌아온 뒤, 라스콜리니코프는 아무 꿈도 꾸지 않고 오랫동안 잠을 잤다. 이튿날 아침 열 시쯤, 나스타샤가 그를 흔들어 깨웠다. 차와 빵을 준비해 왔다.
"지금까지 자고 있었어요? 차 마실래요?"
"아니, 나중에."
라스콜리니코프는 눈을 감고 다시 벽 쪽으로 돌아누웠다. 나스타샤는 잠시 그를 지켜보며 서 있다가 하는 수 없이 나가 버렸다. 두 시쯤 되어서 그녀가 다시 수프를 가지고 들어왔다. 그는 여전히 나스타샤에게 눈길도 주지 않고 누워 있었다.
"왜 이렇게 잠만 자는 거예요? 어디 아파요?"
"제발 나가 줘."
그가 힘없이 손을 내저었다. 나스타샤는 딱하다는 표정으로 그를 보다가 밖으로 나갔다. 얼마 뒤 그는 자리에서 일어나 차와 수프를 먹어 보려고 서너 번 숟가락질을 하더니 다시 자리에 누웠다. 여전히 식욕은 없었지만, 두통은 조금 나아졌다.
라스콜리니코프는 줄곧 환영에 시달렸다. 눈앞에 아프리카나

이집트의 오아시스 같은 풍경이 펼쳐졌다. 낙타가 엎드려 있었고, 주위에는 야자나무가 무성했다. 졸졸 흐르는 샘물에 엎드려 물을 마음껏 마시고 나니 기분이 아주 상쾌해졌다. 기묘할 정도로 푸른빛을 띤 차가운 물이 단단한 돌과 금빛으로 빛나는 모래 사이로 흐르고 있었다…….

그때였다. 어디선가 시계 종소리가 들려왔다.

라스콜리니코프는 몸을 한 번 부르르 떨면서, 고개를 들어 창밖을 내다보았다. 그리고 몇 시쯤 되었나 생각해 보다가 갑자기 벌떡 일어나더니 조심스레 문을 열고 아래층을 살피기 시작했다. 심장이 쿵쾅거렸다. 아래층은 쥐 죽은 듯이 고요했다. 모두 잠들어 있는 게 분명했다. 그는 자신이 어제부터 아무것도 하지 않고 정신없이 잠만 잤다는 사실이 놀라웠다. 알 수 없는 초조함이 온몸을 사로잡았다. 심장이 여전히 강하게 고동쳐서 숨 쉬는 것조차 힘들 정도였다.

라스콜리니코프는 실수가 없도록 아주 세세한 부분까지 미리 생각해 두었다. 먼저 헝겊으로 고리를 만들어 외투 안쪽에 꿰매 놓았다. 도끼를 들고 거리를 돌아다닐 수는 없으니까. 도끼의 머리 부분을 고리에 걸고 손으로 외투 바깥쪽을 누르면 길을 걷는 동안에도 안전할 터였다. 라스콜리니코프가 보름 전에 이미 생각해 둔 계획이었다.

고리를 꿰맨 뒤에 소파와 마루판 사이에 난 좁은 틈에서 예전부터 전당포에 가져가려고 준비해 두었던 물건을 꺼냈다. 은제 담뱃갑처럼 보이지만 사실은 비슷한 크기의 나무토막이었다. 얼마 전, 공사장에서 주운 것이었다. 라스콜리니코프는 담뱃갑에 길에서 주운 얇은 철판을 대고 실로 단단하게 묶었다. 그러고는 한 번에 풀기 어렵게 휜 종이로 여러 번 꽁꽁 싸맸다. 철판을 댄 것은 노파가 은제 담뱃갑이 아니라는 것을 얼른 눈치채지 못하게 하려는 속셈에서였다.

이 모든 것은 소파 밑에서 때를 기다리며 고이 모셔져 있었다. 그런데 갑자기 마당에서 누군가 외치는 소리가 들렸다.

"일곱 시가 지난 게 언젠데!"

"벌써? 이거 야단났군."

그는 먼저 바깥 상황을 살폈다. 그러고는 모자를 움켜쥐고 고양이처럼 발소리를 죽여 계단을 내려가기 시작했다. 가장 중요한 일은 도끼를 훔치는 것이었다. 보통 이 시각이면 나스타샤가 시장에 가거나 이웃집에 놀러 가느라 부엌이 텅 비어 있었다. 거기서 도끼를 슬쩍 꺼냈다가 한 시간쯤 뒤에 일을 끝내고 제자리에 갖다 놓으면 그만이었다.

그런데 계단을 채 다 내려가기도 전에 사소한 문제가 생겼다. 활짝 열려 있는 부엌 안을 곁눈질했더니 뜻밖에도 나스타샤가 일을 하고 있었다. 통에서 빨래를 꺼내 줄에 널고 있는 그녀를 보고 그는 짐짓 모르는 척 지나쳤다. 계획은 수포로 돌아갔다.

도끼를 구하지 못했으니…….

'아아, 모처럼 좋은 기회였는데!'

그가 서 있는 곳의 맞은편은 경비실이었다. 두어 걸음 떨어진 경비실 의자의 오른쪽 아래에서 무언가 번쩍였다. 그는 몸을 부르르 떨었다. 도끼였다. 주위를 둘러보니 아무도 없었다. 나직하게 경비원을 불러 보았지만 대답이 없었다. 그는 의자 밑 두 개의 장작개비 사이에 놓인 도끼를 집어 들어 외투 안쪽의 고리에 걸었다. 그러고는 양손을 주머니에 찔러 넣고 황급히 경비실을 나왔다.

'이성이 시키는 게 아냐. 이건 악마의 짓이다!'

그의 얼굴에는 알 듯 말 듯한 웃음이 번지고 있었다. 이 우연한 일이 그에게 용기를 불어넣어 주었다. 그는 의심을 사지 않으려고 차분하게 걸었다. 그런데 느닷없이 모자 생각이 났다.

'이런! 학생모 사는 걸 잊었구나! 사흘 전부터 돈을 가지고 있었는데도!'

마음속에서 저주의 말이 튀어나왔다. 가게 앞을 지나치다 힐끗 들여다보았더니 벽시계가 일곱 시 십 분을 가리키고 있었다.

'서둘러야 한다. 밖으로 돌아서 집 안으로 들어가야 하니…….'

예전에는 이런 일이 엄청나게 두려울 것이라고 막연히 짐작했다. 그러나 실제로는 전혀 그렇지 않았다. 이 순간 그의 마음을 사로잡은 것은 지금 하려는 일과는 전혀 상관없는 것들, 이를테면 유수포프 공원 옆에 분수를 설치하면 광장의 공기가 얼마나 상쾌해질까 하는 생각이나 오래전에 센나야 광장을 산책했을 때의 기억들 따위였다.

'왜 내가 이런 쓸데없는 공상을 하고 있지? 차라리 아무 생각도 하지 않는 게 낫겠어! 사형장으로 끌려가는 사람도 이렇게 모든 것을 곱씹어 보지 않을까?'

그는 번개처럼 스치고 지나가는 생각들을 곧 지워 버렸다. 어느새 노파의 집 근처에 이르렀다. 어디선가 시계 종소리가 한 번 울렸다.

'뭐야, 벌써 일곱 시 반이란 말인가? 아냐, 그럴 리가 없어. 틀림없이 빠른 시계일 거야!'

라스콜리니코프는 노파의 집 문간을 무사히 통과했다. 마침 건초를 실은 짐마차가 지나가면서 대문으로 들어서는 그를 완전히 가려 주었다. 마차 건너편에서는 여럿이 다투는 소리가 들렸지만, 그를 본 사람은 아무도 없었다. 그는 어느새 노파의 집으로 통하는 오른쪽 계단 위에 서 있었다. 라스콜리니코프는 두근대는 가슴을 한 손으로 누르고, 다시 한 번 도끼를 매만진 다음 조용히 계단을 올라갔다.

계단은 텅 비어 있었고, 문이란 문은 모조리 닫혀 있었다. 건물 이층의 비어 있는 방에서 일꾼들이 페인트칠을 하고 있었지만, 그들은 좀처럼 밖을 내다보지 않았다. 이윽고 사층에 다다랐다. 맞은편 아파트를 건너다보았지만 역시 사람이 보이지 않았다. 문패가 없는 것으로 보아 이사를 간 것 같았다. 숨이 턱턱 막혀 오기 시작했다.

'지금이라도 돌아갈까?'

그러나 이런 생각도 잠시, 그는 곧 노파의 집 앞에 서서 동정을 살폈다. 심장의 빠른 고동 소리는 좀처럼 가라앉지 않았다. 그는 더 이상 견디지 못하고 손을 뻗어 초인종을 눌렀다. 삼십 초쯤 기다려 보다가 다시 한 번 울렸다. 이번에는 아까보다 조금 더 세게.

그러나 여전히 대답이 없었다. 노파가 워낙 의심이 많은 데다 지금은 혼자 있기 때문인 듯했다. 그는 문에 귀를 댔다. 지나치게 예민해진 탓일까? 자물쇠를 만지는 소리와 옷자락이 스치는 소리가 들리는 것 같았다. 노파 역시 문 안쪽에서 숨을 죽이고 문에 귀를 댄 채 바깥의 움직임을 살피는 모양이었다. 그는 숨어 있는 것처럼 보이지 않으려고 몸을 크게 움직여 기척을 냈다. 그리고 세 번째로 초인종을 울렸다. 드디어 빗장을 푸는 소리가 들렸다.

제 3 장
두 번의 살인

문이 빠끔히 열렸다. 날카로우면서도 미심쩍어 하는 기색의 눈동자가 어둠 속에서 그를 쏘아보았다. 라스콜리니코프는 당황한 나머지 하마터면 큰 실수를 저지를 뻔했다.

밖에 사람이 없어서 노파가 겁을 먹거나, 아니면 자신의 차림새가 노파의 의심을 살 수 있겠다는 생각이 들었다. 그래서 노파가 달아걸지 못하도록 문을 홱 잡아당겼다. 그 바람에 손잡이를 꼭 쥐고 있던 노파를 계단 앞까지 끌어낼 뻔했다. 라스콜리니코프는 소스라치게 놀란 노파를 밀치면서 집 안으로 성큼성큼 걸어 들어갔다.

"안녕하세요, 알료나 이바노브나?"

짐짓 자연스럽게 말하려 했지만, 그의 목소리는 조금씩 떨리기 시작했다.

"물건을 가져왔어요. 저기 밝은 쪽으로 가서 보시는 게 좋겠군요."

그는 노파의 허락도 받지 않고 곧장 방 안으로 들어갔다. 노파가 뒤쫓아 오면서 묻기 시작했다.

"세상에, 도대체 무슨 일이죠? 당신 누구요?"

"죄송합니다, 알료나 이바노브나. 라스콜리니코프입니다. 일전에 약속드린 물건을 가지고 왔습니다."

노파는 물건을 힐끗 본 뒤, 다시 불청객을 노려보았다. 의심에 찬 눈초리였다.

"왜 그렇게 보세요? 마음에 들면 전당을 잡아 주세요. 아니면 다른 데로 가 보겠습니다."

불쾌한 기색으로 단호하게 내뱉는 그의 말투가 그녀를 안심시킨 것 같았다.

"젊은이가 성급하기는……. 이게 뭐죠?"

"은으로 만든 담뱃갑입니다. 저번에 말씀드렸지요."

노파가 손을 내밀었다.

"그런데 왜 그렇게 안색이 나빠요? 손까지 떨고……. 감기라도 든 거요?"

"열이 좀 있어서요. 게다가 아무것도 먹지 못했어요."

그의 말투는 사실이라는 느낌을 주었다. 노파가 물건을 집어
들었다.
"은 같지는 않은데······. 어지간히도 꽁꽁 묶었군."
 노파는 끈을 풀려고 갖은 애를 쓰면서 창 쪽으로 돌아섰다. 바야흐로 그녀는 라스콜리니코프를 등지고 있었다. 그는 외투 단추를 끄르고 고리에서 도끼를 빼냈다. 하지만 아직 꺼내 들지는 못하고 오른손으로 붙들고만 있었다. 손이 뻣뻣하게 굳어 가는 것 같았다. 자칫 도끼를 떨어뜨리지나 않을까 겁이 나기도 했다.
"어쩜 이렇게 꽁꽁 묶어 놓았담?"
 노파가 짜증스레 내뱉으며 그를 향해 몸을 돌리는 순간, 라스콜리니코프는 두 손으로 도끼를 빼들어 노파의 머리를 내리쳤다. 도끼는 정확하게 노파의 정수리를 맞혔다.
 가느다란 신음 소리가 새어 나왔다. 노파는 두 손을 간신히 머리 위로 쳐들었지만 이내 주저앉고 말았다. 한 손에는 여전히 담뱃갑을 꼭 쥔 채로······. 그는 온 힘을 다해 도끼 등으로 노파의 정수리를 두어 번 더 내리쳤다. 엎어진 물잔에서 물이 콸콸 흐르듯 피가 마구 쏟아졌다. 노파의 몸이 힘없이 나동그라졌다. 노파는 이미 숨이 끊어진 듯했다. 눈은 금방이라도 튀어나올 것처럼 부릅떴고 얼굴은 무섭게 일그러져 있었다.
 그는 도끼를 시체 옆에 내려놓고 흐르는 피에 닿지 않도록 조심하면서 노파의 주머니에 손을 넣었다. 며칠 전, 노파가 열쇠를

꺼내던 오른쪽 주머니였다. 그는 완전히 이성을 되찾았지만, 손은 여전히 떨고 있었다.

열쇠는 지난번처럼 하나의 쇠고리에 주르르 연결되어 있었다. 그는 열쇠 꾸러미를 들고 곧바로 침실로 뛰어 들어갔다. 침실 서랍장에 열쇠를 집어넣자 철컥 하는 소리가 울려 퍼졌다. 그러자 온몸이 뻣뻣하게 얼어붙는 것 같았다. 그 순간, 모든 것을 내팽개치고 당장 그곳에서 벗어나고 싶은 충동에 휩싸였다. 그러나 그것은 한순간의 감정일 뿐이었다. 도망치기엔 이미 너무 늦었다.

'노파가 죽지 않고 다시 깨어난다면?'

갑자기 불안감이 밀려왔다. 다시 노파에게로 달려가 도끼를 치켜들었지만, 차마 내리칠 수는 없었다. 노파는 분명 죽어 있었다.

언뜻 노파의 목에 달려 있는 끈이 눈에 띄었다. 무언가 짚이는 구석이 있었다. 좀처럼 끊어지지 않는 끈을 손과 도끼에 피를 묻혀 가며 톱질하듯 해서 기어이 끊어 냈다. 짐작했던 대로 지갑이었다. 나무와 구리로 만든 십자가 두 개와 에나멜 성상, 그리고 손때 묻은 자그마한 지갑이 끈으로 묶여 있었다. 그는 미처 살펴볼 겨를도 없이 그것들을 주머니에 넣고는 침실로 향했다. 다시 열쇠를 서랍장 자물쇠 구멍에 집어넣었다. 그러나 열쇠는 맞지 않았다.

문득 다른 열쇠들과 함께 달랑거리고 있는 톱니 모양의 열쇠가 눈에 띄었다. 그것은 왠지 서랍장이 아니라 궤짝 열쇠 같다는 생각이 들었다. 궤짝 속에 모든 것이 숨겨져 있으리라. 그는 노인들 대부분이 침대 밑에 궤짝을 놓아둔다는 사실을 떠올렸다.

짐작한 대로 침대 밑에는 길이가 1아르신(1아르신은 71.12센티미터)이 넘고, 볼록한 뚜껑에 여러 개의 강철못이 박힌 궤짝이 놓여 있었다. 톱니 모양 열쇠는 궤짝에 꼭 맞았다. 뚜껑을 열어 맨 위에 있는 옷가지들을 걷어 내니, 모피 외투 아래에서 금시계가 튀어나왔다. 옷가지 사이사이에도 금붙이가 숨겨져 있었다. 아마도 전당잡은 물건들일 것이다. 그는 물건들을 닥치는 대로 바지와 외투 주머니에 쑤셔 넣었다.

그러다 갑자기 손을 멈추고 숨을 죽였다. 노파가 쓰러져 있는 방에서 누군가의 발자국 소리가 들리는 것 같아서였다. 그러나 주위는 여전히 고요했다. 잘못 들었겠거니 하는 순간, 가느다란 외마디 비명이 들렸다. 잠시 숨 막히는 듯한 정적이 흘렀다. 라스콜리코프는 도끼를 들고 밖으로 나갔다.

리자베타였다. 그녀는 큰 보따리를 든 채 방 한가운데에 넋 나간 얼굴로 서서 죽은 언니를 내려다보고 있었다. 그러다 갑자기 나타난 라스콜리니코프를 보고는 오들오들 떨기 시작했다. 그녀는 겁에 질려 벽 쪽으로 뒷걸음질치면서도, 단 한마디도 하지 못했다. 그는 감히 손을 들어 막으려고도 하지 못하는 그녀의 머리를 도끼로 내려쳤다. 리자베타는 머리가 쪼개진 채 그 자리에서 고꾸라졌다.

라스콜리니코프는 그녀의 보따리를 집어 들었다가 다시 팽개쳐 버리고 정신없이 현관 쪽으로 뛰쳐나갔다. 그는 의도하지 않았던 두 번째 살인으로 공포에 사로잡혔다. 그때 그가 자신의 상황이 얼마나 절망적인지 미리 알았더라면, 앞으로 얼마나 많은 어려움을 겪어야 하는지 깨달았더라면, 경우에 따라 이보다 더 나쁜 짓을 저질러야 할지도 모른다는 걸 예상했더라면 서슴없이 자수하러 나섰을지도 모른다. 자신을 걱정해서가 아니라 자기가 저지른 일에 대한 공포와 혐오감 때문에 말이다. 그러나 지금은 부엌에 있는 양동이에 물이 반쯤 채워져 있는 걸 보고, 손과 도끼를 씻어야겠다는 생각이 떠올랐을 뿐이었다.

라스콜리니코프는 손을 씻고 도끼날을 닦았다. 도끼 자루에 묻은 피를 한참 동안 비누로 씻어 내고는 다시 도끼를 외투 안 헝겊 고리에 걸었다. 그러고는 자신의 모습을 유심히 살폈다. 특별히 눈에 띄는 것은 없었다. 구두에 묻은 얼룩은 조심스레 닦아 냈다. 그래도 다른 사람의 눈에 이상하게 보이는 것은 없을까 곰곰이 생각하며 거실 한가운데에 서 있었다. 괴롭고 암담한 심정이었다. 그때였다. 도저히 믿을 수 없는 광경이 눈앞에 펼쳐졌다. 현관에서 계단으로 나가는 바깥문, 그가 초인종을 울리고 들어왔던 문이 활짝 열려 있는 게 아닌가.

'나가야 한다. 여기서 빨리 빠져나가야 해!'

그는 집에서 나와 계단 아래쪽을 조심스레 살폈다. 어딘가에서 두 사람이 다투는 소리가 들렸다. 조용히 기다렸다 밖으로 나가려는데, 갑자기 누군가 노래를 흥얼거리며 계단을 내려가는 모습이 보였다. 그는 좀 더 기다리기로 했다.

드디어 인기척이 사라져 밖으로 나가려는 순간, 새로운 발소리가 들려왔다. 맨 아래층에서 들려오는 소리였지만, 그는 발소리의 주인이 사층 노파의 집으로 올 것이라고 확신했다. 묵직하고 규칙적이며 느긋한 발소리는 이미 삼층을 지나고 있었다. 드디어 방문객이 사층에 다다랐을 때, 라스콜리니코프는 다시 노파의 집 안으로 들어가 본능적으로 빗장을 걸었다. 발소리의 주인이 초인종을 울리고 잠시 기다리더니 손잡이를 힘껏 잡아당겼다. 라스콜리니코프는 금방이라도 빗장이 열릴 것 같아 공포에 휩싸였다.

"안에서 뭘 하고 있는 거야? 자는 거야, 아니면 죽기라도 한 거야?"

사내가 투덜거리기 시작했다.

"늙어 빠진 마귀할멈 알료나 이바노브나! 절세 미녀 리자베타 이바노브나! 당장 문 열지 못해? 젠장, 벌써 자는 건가?"

그는 신경질적으로 초인종을 울려 댔다. 그때였다. 다른 사람이 내는 가벼운 발걸음 소리가 들렸다.

"안녕하세요, 코흐 씨!"

뒤에 온 사람이 쾌활하게 인사했다. 젊은 사람인 것 같았다.

"집에 아무도 없습니까?"

"글쎄, 어찌 된 일인지……. 문을 부숴 버릴 뻔했소. 그런데 나를 아시오?"

"엊그제 감부리누스에서 내기 당구를 칠 때 나한테 계속 졌던 거 기억 안 나세요?"

"아, 그랬지."

"안에 아무도 없어요? 이상하군요. 노파가 어딜 간 거죠? 급한 일이 있어서 왔는데……."

"나도 마찬가지요."

"돈을 좀 융통해 볼까 해서 왔는데……. 에이 참!"

젊은 사람이 중얼거렸다.

"할 수 없군. 자, 돌아갑시다."

"아니, 잠깐만요!"

갑자기 젊은 사람이 외쳤다.

"이것 보세요. 잡아당기면 문이 덜걱거리는 게 보이죠?"

"그래서요?"

"이건 누군가 안에 있다는 뜻입니다. 둘 다 밖에 나갔다면 바깥에서 자물쇠를 채웠을 테니까 빗장을 지를 수가 없잖아요. 그런데 이렇게 빗장 소리가 들리죠? 안에서 잠근 걸 보니 집 안에 사람이 있으면서 문을 열어 주지 않는 거예요."

"아! 문을 왜 안 열어 주는 걸까요?"

코흐가 다시 문을 힘껏 잡아당겼다.

"잠깐만요, 그러지 마세요. 아마도 무슨 일이 생긴 것 같아요. 경비원을 불러올 테니 잠깐만 여기 계세요."

젊은 남자가 말했다.

"왜 여기 남아 있으라는 거요?"

"무슨 일이 생길지 모르지 않습니까?"

그가 다급히 계단을 내려가 버린 뒤, 혼자 남은 코흐는 다시 초인종을 울려 댔다. 열쇠 구멍 틈으로 안을 들여다보기도 했지만, 안쪽 구멍에 열쇠가 꽂혀 있어서 아무것도 볼 수 없었다. 라스콜리니코프는 꼿꼿이 선 채로 도끼를 꽉 그러쥐었다. 너무 긴장해서 거의 졸도할 지경이었다. 시간이 꽤 흘렀는데도 누구 하나 얼씬대지 않자 코흐는 답답해지기 시작했다.

"제기랄!"

그는 좀이 쑤신 나머지 아래층으로 내려가 버렸다.

'이제 어쩌지?'

라스콜리니코프는 빗장을 풀고 슬그머니 문을 열었다. 아무 소리도 들리지 않았다. 그는 천천히 계단을 밟기 시작했다.

"야, 이 나쁜 자식아! 거기 서지 못해?"

별안간 고함 소리가 나더니 누군가 아래층 복도로 뛰어나와 구르듯이 계단을 내려가는 소리가 들렸다. 또 다른 누군가가 목이 터져라 악을 써 댔다.

"드미트리, 드미트리! 이 나쁜 놈, 두고 보자!"

주위가 다시 고요해지는가 싶더니 몇몇 사람이 왁자지껄 떠들면서 계단을 올라오기 시작했다. 라스콜리니코프는 아까 들었던 젊은 남자의 목소리를 알아챘다.

'그 사람들이다!'

그는 절망에 사로잡혔다. 지금 라스콜리니코프와 젊은 남자가 낀 무리는 겨우 한 층을 사이에 두고 있었다. 아찔한 순간, 뜻밖에도 구원의 길이 나타났다. 페인트칠하는 일꾼들이 있던 계단 오른쪽 방문이 열린 채로 비어 있었다. 좀 전에 고래고래 소리를 지르면서 아래층으로 내려간 사람들이 일꾼이었던 모양이었다.

라스콜리니코프는 열려 있는 방으로 들어가서 몸을 숨겼다. 아슬아슬한 순간이었다. 그가 방 안으로 들어서는 찰나, 사람들이 계단에 막 올라섰다. 그들은 떠들썩하게 사층으로 올라갔다. 라스콜리니코프는 사람들이 지나가자마자 조심스레 그곳을 빠져나왔다. 기진맥진한 나머지 간신히 발걸음을 옮길 수 있었다. 온몸이 땀으로 흠뻑 젖어 있었다.

"이 사람, 많이 취했구먼."

누군가 던지는 말을 뒤로하고 그는 반쯤 정신이 나간 채로 집에 도착해서 대문에 들어섰다. 계단을 오르기 시작한 뒤에야 비로소 도끼가 떠올랐다. 중요한 일이 아직 남아 있었다. 사람들 눈에 띄지 않게 도끼를 제자리에 갖다 두어야 했다. 너무 지친 탓에, 지금 갖다 놓는 것보다 나중에 기회를 틈타 마당에 던져 버리는 게 낫다는 생각은 아예 하지도 못했다.

다행히도 경비실 문은 열려 있었고, 경비원은 자리에 없었다. 그는 도끼를 원래 있던 장작개비 사이에 놓아두었다. 그러고 나서 방으로 들어갈 때까지 아무도 마주치지 않았다. 그는 옷을 입은 채로 소파에 몸을 던졌다. 머릿속에서는 온갖 상념들이 떠돌아다녔지만, 그 어떤 생각에도 집중할 수 없었다.

제 4 장
악몽

　창문 아래에서 들려오는 소리에 놀라 잠이 깬 라스콜리니코프는 마치 누군가가 끌어당기기라도 한 것처럼 소파에서 벌떡 일어났다. 모든 일이 떠올랐다! 모든 기억이 되살아난 것이다! 처음 얼마 동안은 미칠 것만 같았다. 오싹한 한기에 온몸이 바들바들 떨렸다. 그는 문을 반쯤 열고 밖에서 들리는 소리에 가만히 귀를 기울여 보았다. 모두 잠들었는지 집 안은 고요했다. 어제 들어오자마자 문도 잠그지 않고 옷을 입은 채 그대로 잠들어 버렸다. 만일 누가 들어오기라도 했다면 자신을 어떻게 생각했을지 걱정이 되었다.
　무슨 흔적이라도 남아 있을까 해서 머리부터 발끝까지 샅샅이 살폈다. 별다른 것은 없었지만 바짓부리가 조금 찢어졌고, 거기에 피가 엉겨 붙어 있었다. 그는 칼로 핏자국이 있는 부분을 잘라 내 버렸다. 문득 훔쳐 온 물건들이 아직 주머니 속에 있다는 사실이 떠올랐다. 그는 서둘러 그것들을 꺼내서 탁자 위에 쏟은 다음 일일이 살펴보았다. 그러고는 벽지가 들뜨면서 생긴 틈에 물건들을 모두 쑤셔 넣었다.

'감쪽같아. 하나도 눈에 띄지 않는군. 지갑마저도!'

그러나 잠시 뒤 불룩해진 벽 한 귀퉁이를 멍하니 바라보다가 그만 공포에 사로잡혀 버렸다.

'맙소사, 이게 제대로 숨긴 건가? 이렇게 해 놓고 안심할 수 있을까? 이 상황에서 태평하게 잠이나 자다니! 아직 헝겊 고리도 뜯어내지 못했는데!'

그는 외투에서 고리를 뜯어내어 갈기갈기 찢고는 베개 밑 옷가지 속에 쑤셔 넣었다. 기억력과 판단력마저 잃어버렸다고 생각하니 마음이 무척 괴로웠다.

'어쩌면 이럴 수 있지? 이미 징벌이 시작된 건가? 아아, 내가 어떻게 된 거지?'

그때였다. 지갑에 피가 묻어 있었던 것이 퍼뜩 떠올랐다.

'피 묻은 지갑을 주머니에 넣었어. 그랬으니 틀림없이 주머니에도 피가 묻어 있을 거야.'

그는 곧장 주머니 안쪽을 뒤집어 보았다. 아니나 다를까, 핏자국이 남아 있었다.

'아직 완전히 이성을 잃어버린 건 아니구나!'

그는 승리감에 도취되어 깊게 숨을 내쉬었다. 곧이어 바지 주머니의 안감도 모조리 뜯어냈다. 햇빛이 왼쪽 신발을 비추는 순간, 그 위로 튀어나와 있는 양말에 언뜻 이상한 얼룩이 보였다.

'양말이 온통 피투성이로군. 피가 괴어 있던 곳을 밟은 게 분명해.'

그는 넝마 조각들을 손에 쥐고 안절부절못했다. 지금 당장 처리해야겠다고 마음먹었지만 옴짝달싹할 수가 없었다. 그때 누군가가 문을 세차게 두드리는 소리가 났다.

"문 좀 열어요. 살았어요, 죽었어요?"

나스타샤가 문을 두드리면서 소리쳤다. 그는 겨우 몸을 일으켜 문을 열었다. 문 밖에는 경비원이 함께 서 있었다.

'경비원이 왜?'

나스타샤가 수상쩍은 눈초리로 그를 훑어보고 있을 때, 라스콜리니코프는 절망적인 심정으로 경비원을 노려보았다. 경비원이 싸구려 납으로 봉인된 회색 봉투를 그에게 내밀었다.

"경찰서에서 온 소환장입니다."

"경찰서요? 아니, 경찰서에서 왜……?"

"내가 어떻게 알겠소? 오라니까 가 보면 알겠죠."

경비원은 그를 주의 깊게 살피더니, 방 안을 한번 둘러보고는 밖으로 나가려고 돌아섰다.

"어디 많이 아픈 거 아니에요?"

나스타샤가 그를 물끄러미 바라보며 말했다. 그 말에 경비원도 고개를 돌려 다시 그를 살폈다. 라스콜리니코프는 아무 대꾸도 없이 뜯지 않은 소환장을 손에 들고 있을 뿐이었다.

"더 누워 있는 게 좋겠어요. 경찰서에도 아프면 가지 말아요. 그런데 손에 들고 있는 건 뭐예요?"

그는 바지에서 뜯어낸 천 조각과 양말, 안주머니 따위를 아직도 오른손에 꼭 쥐고 있었다.

"어머나! 이런 넝마 조각들을 무슨 보물처럼 품고 있다니!"

나스타샤가 웃음을 터뜨렸다. 그는 오른손을 외투 주머니에 쑤셔 넣은 뒤 나스타샤를 뚫어져라 바라보았다.

"차라도 한잔 마실래요? 가져올까요?"

"아니, 잠시 나갔다 와야겠어. 자리 좀 비켜 줘."

그의 말에 나스타샤는 경비원을 따라 밖으로 나갔다. 그는 햇빛에 양말과 넝마 조각들을 비춰 보았다.

'얼룩이 좀 생겼지만 워낙 낡은 것들이니까 피가 묻은 것처럼 보이지는 않아. 아까 나스타샤도 멀리 떨어져 있었으니 설마 피라고는 생각지 못했을 거야.'

그는 덜덜 떨리는 손으로 소환장이 든 봉투를 뜯었다. 거기에는 오늘 아침 여덟 시 반에 경찰서로 출두하라는 내용이 담겨 있었다.

'왜 나를? 여태껏 한 번도 경찰서에 볼일이 없었는데, 왜 하필 오늘일까? 아아, 모르겠다! 될 대로 돼라지.'

계단을 내려오는데 문득 벽지 틈에 물건을 숨겨 둔 것들이 떠올랐다.

'내가 없는 사이, 가택 수색을 하려는 수작일지도 몰라.'

그는 잠시 멈춰 섰다가, 곧 자포자기하는 심정으로 다시 걷기 시작했다. 거리는 여전히 무더웠다. 어제 그 자리, 거리 모퉁이에 이르자 그는 숨 막히는 불안에 휩싸여서 황급히 눈길을 돌리고 말았다. 신문을 하면 사실대로 털어놓을 수밖에 없다고 생각하며 경찰서로 향했다.

경찰서는 새로 지은 건물 사층으로 옮긴 지 얼마 되지 않았다. 계단은 좁고 가파른 데다 여기저기 땟물이 고여 있었다. 공기는 후텁지근했고, 온갖 방문객들이 쉴 새 없이 계단을 오르내렸다. 네 번째 방으로 들어서니 말쑥하게 차려입은 사람들이 가득했다.

그중 상복 차림을 한 여인이 자묘토프라는 사무관과 마주 앉아서 그가 불러 주는 대로 무언가를 받아 적고 있었다. 화려하게 치장한 몸집 큰 귀부인이 그 뒤에서 차례를 기다리고 있었다. 라스콜리니코프는 사무관 앞으로 가서 소환장을 내밀었다. 그는 라스콜리니코프를 힐끔 보더니 잠시 기다리라는 말만 내뱉고는 하던 일을 계속했다.

'그 일로 부른 건 아닌가 보군. 정신을 바짝 차려야겠어.'
라스콜리니코프는 스스로를 격려했다.
"루이자 이바노브나, 여기 앉으십시오."
사무관이 뚱뚱한 귀부인에게 말했다.
"감사합니다."
귀부인이 비단옷 스치는 소리를 내며 살며시 자리에 앉았다. 상복 차림을 한 여인은 용무를 마치고 막 일어서려 했다. 그때였다. 한 사람이 요란스럽게 들어오더니 휘장이 달린 모자를 책상 위에 던지며 의자에 털썩 앉았다. 코밑에 붉은 콧수염을 꼬아 붙인 그 남자는 경찰서의 부서장이었다. 뚱뚱한 귀부인이 그에게 무릎을 굽혀 인사했지만, 그는 인사를 받는 둥 마는 둥 했다. 그러다가 라스콜리니코프를 날카롭게 흘겨보며 말했다.
"자넨 뭔가?"
"소환을 받고…… 왔는데요."
"아, 채무 독촉 건으로 불려온 사람입니다."
사무관이 시선을 여전히 서류에 고정한 채로 설명했다.
'채무? 무슨 말이지? 어쨌거나 그 일이 아닌 건 분명해!'
라스콜리니코프는 마음이 한결 홀가분해졌다.
"이봐, 여기 언제까지 출두하라고 되어 있어? 아침에 오라고 분명히 적혀 있는데 벌써 열두 시잖아!"
부서장이 대뜸 큰소리를 치자 라스콜리니코프도 슬그머니 화가 치밀었다.

"겨우 십오 분 전에 소환장을 받았습니다. 게다가 난 환자라고요! 아픈 몸으로 이렇게라도 왔으면 된 거 아닙니까?"

"그렇다고 그렇게 소리를 질러도 되는 건가?"

"누가 소리를 질렀다는 겁니까? 소리 지르는 건 오히려 당신이지 않습니까? 이래봬도 난 대학생입니다. 이유 없이 욕을 먹고 가만히 있지는 않아요."

부서장이 자리에서 벌떡 일어났다.

"닥쳐! 자네는 지금 경찰서에 와 있어. 말조심하라고."

"그러는 당신은 경찰서에 있지 않은가요? 사무실에서 담배까지 피우다니, 여기 있는 사람들에게 무례한 거 아닙니까?"

라스콜리니코프가 지지 않고 응수했다.

"잔말 말고 답변서나 제출해. 자묘토프! 이 사람한테 고소장을 보여 줘요. 빚도 안 갚으면서 참 당당하군그래!"

라스콜리니코프는 상황을 파악하기 위해 다급히 서류를 움켜쥐고 읽기 시작했다. 그러나 읽고 또 읽어도 무슨 뜻인지 이해할 수 없었다.

"이게 뭐죠?"

그러자 사무관이 설명했다.

"빚 독촉장입니다. 백오십 루블에 대해 차용 증서를 작성한 적이 있지요? 이 독촉장은 그 증서를 근거로 만들어졌습니다. 빚을 갚지 않으면 이 도시를 마음대로 떠날 수 없을뿐더러, 재산을 처분하거나 은닉할 수도 없습니다."

"저는 빚을 진 적이 없는데요."

"글쎄요. 이건 당신이 8등 문관의 미망인 자르니치나에게 써 준 것이고, 그녀가 아홉 달 전에 부채를 갚는 대신 이 문서를 7등 문관 체바로프에게 넘겼어요."

"그 부인은 저희 집주인인데요?"

"집주인은 고소를 못 한다는 말인가?"

라스콜리니코프에게 차용 증서 따위는 아무래도 상관없었다. 지금은 그저 살았구나, 하는 안도감과 함께 자신을 짓누르던 위험으로부터 완전히 벗어난 느낌이었다. 그때 라스콜리니코프 때문에 손상된 자존심을 회복하려는 건지, 부서장이 화려한 차림을 한 귀부인에게 마구 화풀이를 해 댔다.

"어젯밤 당신 집에서 또 무슨 일이 벌어진 거야? 패싸움에 주정이라니……. 루이자 이바노브나! 이건 마지막 충고야. 또다시 이런 일이 생기면 앞으로는 절대 봐주지 않겠어."

루이자 이바노브나는 아무 말도 못 하고 부서장에게 연거푸 무릎을 굽혀 절을 했다. 그녀는 문까지 뒷걸음질하며 나오다가 공교롭게도 경찰서장인 니코짐 포미치와 부딪쳤다.

"또 한차례 천둥, 번개, 회오리바람, 태풍이 휘몰아쳤군. 계단에서 다 들었네."

니코짐 포미치가 부서장인 일리야 페트로비치에게 말했다.

"아, 그렇지요, 뭐."

일리야 페트로비치가 겸연쩍은 듯이 대답했다. 그는 몇 가지 서류를 챙겨 들고는 다른 책상으로 자리를 옮기면서 마저 말을 이었다.

"이 학생, 아니지, 예전에 학생이었던 이 사람이 빌린 돈을 갚지 않고, 방도 비워 주지 않는다고 탄원이 들어왔습니다. 그런 주제에, 자기 앞에서 담배 좀 피운 게 상당히 거슬렸나 봅니다. 보십시오, 참 대단한 옷차림 아닙니까?"

"가난은 죄가 아냐, 이 사람아. 이 청년이 자네의 그 화약 같은 성질을 도저히 봐줄 수 없었나 보지."

니코짐 포미치가 관대한 눈길로 라스콜리니코프를 돌아보며 말했다.

"이 친구가 원래 마음은 좋은데, 성질이 워낙 불 같아서요. 한번 불붙으면 끝장을 보는 성격이거든요. 오죽하면 별명이 화약 중위겠습니까? 그래도 뒤끝은 없죠."

라스콜리니코프는 별안간 그들과 유쾌하게 어울리고 싶은 마음이 들었다.

"서장님, 제 입장도 좀 헤아려 주세요. 저는 몹시 가난한 학생입니다. 병까지 앓고 있어요. 하지만 시골에 있는 제 가족이 곧 돈을 보내올 겁니다. 그때 꼭 갚겠습니다. 방세가 넉 달째 밀렸으니 주인아주머니도 속수무책이었겠죠. 그렇지만 제 처지가 이런데 어떻게 당장 돈을 갚겠습니까?"

"딱한 일이지만 여기서 봐드릴 수 있는 문제가 아닙니다."

사무관 자묘토프가 주의를 주었다.

"물론 그렇죠. 그래도 제 말 좀 들어 보세요. 그 집에서 삼 년이 넘게 살았어요. 심지어 주인집 딸과 결혼까지 하기로 했었죠. 그때 주인아주머니가 돈을 빌려 줘서 편하게 지낼 수 있었어요. 그러다 약혼녀가 일 년 전 티푸스로 갑작스레 죽고 말았지요. 그 일이 있고도 저는 그 집에 남았고요. 그런데 어느 날 주인아주머니가 백오십 루블에 대한 차용 증서를 한 장 써 달라고 하더군요. 저한테 별다른 피해가 없을 거고, 앞으로도 계속 돈을 빌려 주겠다면서요. 그런데 이제 와서 변변한 직업도 없는 저를 고소하다니, 너무 심한 것 아닙니까?"

"그런 감상적인 얘기는 우리와 전혀 상관없네."

일리야 페트로비치가 딱딱하게 말을 끊었다.

"자, 어서 써요."

사무관이 말했다.

"뭘 쓰란 말입니까?"

사무관은 라스콜리니코프에게 이런 경우에 사용하는 답변 양식을 불러 주며, 그대로 쓰면 된다고 일러 주었다.

지금 당장은 지불하지 못하지만 언제라도 돈이 생기면 지불하겠음. 지불을 마칠 때까지 이 도시에서 떠나지 않겠음. 소유 재산을 은닉하지 않겠음…….

"아니, 그대로 받아 적는 것도 제대로 못하는군요. 어디 아픈 데라도 있습니까?"

사무관이 의아해 하며 물었다.

"네, 좀 어지러워서……. 계속 불러 주십시오."

"이제 서명만 하면 됩니다."

자묘토프는 서류를 접수하자 다른 일을 하기 시작했다. 그러나 라스콜리니코프는 자리에서 일어날 생각을 하지 않고, 양 팔꿈치를 책상에 댄 채 손으로 머리를 감싸 안았다. 꼭 머리 한가운데에 못이라도 박힌 것 같았다. 그는 경찰서장에게 어제의 일을 죄다 자백하고, 벽지 틈에 있는 물건들을 꺼내 보이고 싶은 충동에 사로잡혔다.

그는 갑자기 자리에서 벌떡 일어섰다. 그러나 발걸음을 뗄 수가 없었다. 니코짐 포미치와 일리야 페트로비치의 심각한 대화가 그의 귀에 들어온 것이었다.

"그럴 리가 없지. 두 사람 다 무죄야. 그 사람들이 범인이라면 왜 경비원을 불러왔겠나? 좀 더 생각해 봐."

"그래도 처음 문을 두드렸을 때는 빗장이 걸려 있었다더니, 삼

분 뒤에 다시 가 보니 문이 열려 있더라는 건 이상하지 않은가요?"

"바로 그게 문제야. 살인자가 안에서 빗장을 지르고 숨어 있었을 거라고. 코흐가 그 자리를 똑똑히 지키고 있었더라면 범인은 현장에서 체포됐을 거야. 코흐가 자리를 비운 사이에 범인은 방에서 빠져나간 거지."

라스콜리니코프는 황급히 모자를 집어 들고 문 쪽으로 걸어갔다. 그러나 곧 정신을 잃고 쓰러져 버렸다.

한참 만에 정신을 차리고 보니, 누군가가 부축을 하고 있었다.

"왜 그래요? 어디 아픕니까?"

니코짐 포미치가 무뚝뚝하게 물었다.

"병을 앓은 지는 오래됐나요?"

일리야 페트로비치도 질문을 퍼부었다.

"어제부터 그랬습니다."

라스콜리니코프가 간신히 대답했다.

"어제는 외출을 하지 않았소?"

"했습니다."

"아픈데도?"

"네, 아픈데도요."

"몇 시쯤에 나갔지요?"

"저녁 여덟 시 넘어서요."

"어디로 갔는지 물어도 되겠소?"

"그냥 거리를 쏘다녔습니다."

"간단명료하군."

라스콜리니코프는 창백한 표정이었지만, 일리야 페트로비치의 눈길을 피하지 않고 또박또박 대답했다.

"이 청년, 많이 힘들어 보이는군. 자네는 왜 이런 청년을……."

니코짐 포미치가 부하에게 나무라는 투로 말하자, 일리야 페트로비치는 어쩔 수 없다는 듯이 말했다.

"이제 그만 돌아가도 좋아요."

라스콜리니코프는 겨우 밖으로 나왔다. 그가 나오자마자 방 안에서는 열띤 대화가 시작됐다. 특히 니코짐 포미치의 목소리가 쩌렁쩌렁하게 울렸다.

'수색! 가택 수색이다! 이제 수색을 할 거야!'

서둘러 집으로 향하면서 그는 마음속으로 중얼거렸다.

'나쁜 놈들, 나를 의심하는구나!'

공포가 다시 그의 온몸을 휘감았다.

'벌써 수색을 했으면 어떡하지? 수사관과 집에서 맞닥뜨리면 어떻게 해야 하나?'

그러나 우려와 달리, 집에는 아무 일도 일어나지 않았다. 나스타샤가 왔다 간 흔적조차도 없었다.

'맙소사! 그래도 그렇지, 어떻게 물건을 두고 나갈 생각을 했을까?'

그는 벽지 틈으로 손을 뻗어 지갑과 물건을 끄집어내서 주머니에 쑤셔 넣었다. 그러고는 방문을 활짝 열어 두고 밖으로 나왔다.

'모조리 강물에 던져 버리는 거야. 증거를 없애고 나면 모든 게 끝나는 거다. 한시가 급해!'

예카테리나 운하의 주변을 반 시간이나 돌면서 기회를 엿보았지만 마땅치가 않았다. 어느 곳이나 사람들로 붐볐다. 결국 그는 네바 강 쪽으로 걷기 시작했다.

'왜 하필 네바 강이야? 꼭 물에 던져야 하나? 후미진 곳에 묻어도 되잖아?'

그러나 일은 다른 방식으로 해결되었다. 광장으로 나오다가 창문 하나 없이 벽으로만 둘러싸인 어느 건물의 뒤꼍을 발견한 것이었다. 다행히 인적이 드문 곳이었다. 언뜻 보니 건축 자재를 쌓아 두는 곳 같았다. 뜰 안쪽에는 철공소로 보이는, 불에 그을린 석조 창고가 보였다. 입구에서부터 사방이 석탄 가루로 뒤덮여 있었다.

'여기가 딱이겠군.'

라스콜리니코프는 다시 한 번 주위를 살핀 뒤 주머니에 손을 넣었다. 그때 출입문과 하수관 사이에 있는 커다란 돌덩이가 눈에 들어왔다. 돌을 힘껏 들어내니 자그마한 구덩이가 생겼다. 그는 주머니에 있는 것들을 몽땅 꺼내 그 속에 넣었다. 맨 위에 지갑을 올려놓았는데도 공간이 남을 정도로 구덩이가 깊었다. 하지만 돌을 다시 제자리에 얹어 놓으니 아까보다 조금 더 올라와 보였다. 흙을 긁어모아 땅을 평평하게 다졌더니 모든 게 감쪽같았다.

'잘됐어. 이젠 증거가 사라졌다!'

참을 수 없는 기쁨이 순식간에 그를 사로잡았다. 그는 걸으면서 웃고 또 웃었다. 그러나 그 기분은 광장을 가로질러 K산책로에 접어들면서 사뭇 달라졌다. 그는 증오로 가득 찬 눈으로 주위를 두리번거렸다. 어떻게 해서든 기분을 바꾸고 싶었지만, 시간이 지날수록 주변의 모든 것에 대한 혐오감만 강해질 뿐이었다.

이윽고 바실리예프스키 섬에 있는 네바 강변에 다다랐다. 그는 다리 앞에 멈춰 섰다.

'어쩌다가 라주미힌의 집까지 오게 된 거지? 하긴……, 아무려면 어때? 엊그제 일을 치르고 나면 찾아오기로 마음먹었잖아. 지금 가면 되지!'

그는 라주미힌이 살고 있는 오층 방으로 올라갔다. 라주미힌은 좁은 방에 앉아 무언가를 쓰고 있다가 직접 문을 열어 주었다. 둘이 만난 지도 벌써 넉 달이 넘었다. 라주미힌은 깜짝 놀란 표정을 지었다.

"웬일이야?"

라주미힌은 친구의 모습을 아래위로 훑어보았다.

"나보다 훨씬 형편없어 보이는군. 대단한 행색이야."

라스콜니코프는 소파에 털썩 주저앉았다. 라주미힌은 친구가 아프다는 사실을 알아차리고 이마를 짚어 보려 했다. 하지만 라스콜니코프가 뿌리쳤다.

"그만둬. 내가 온 건 가정교사 자리를 놓쳐서야. 혹시 일을 구할 수 있을까? 아니……, 뭐, 그런 건 아무래도 상관없어."

라스콜니코프는 횡설수설하더니 자리에서 벌떡 일어나서 나가 버리려고 했다.

"이봐, 그렇게 갈 거면 왜 온 거야? 정말 서운하게 왜 그래? 이대로는 못 보내."

"솔직히 말할게. 내가 여길 찾은 건 네가 누구보다 현명하고 친절해서야. 하지만 나한테 아무것도 필요하지 않다는 걸 지금 막 깨달았어. 나를 그냥 내버려 둬."

"잠깐만! 넌 꼭 정신 나간 사람 같아. 나도 가정교사 자리는 없어. 대신 헤루비모프라는 출판업자한테서 일을 얻었어. 자연 과학 서적을 출판하는 사람이지. 내가 독일어 번역을 맡기로 했어. 장당 육 루블을 받기로 하고 두 장 반을 맡았으니 모두 십오 루블이야. 육 루블을 가불받아 뒀지. 네가 두 번째 장을 번역해 보는 게 어때? 여기 삼 루블을 가져가. 나중에 번역이 끝나면 삼 루블을 더 줄게. 아, 널 동정해서 이러는 게 절대 아냐. 내가 철자법에 서툰 데다 독일어 실력이 부족해서 그래."

라스콜리니코프는 독일어 원서와 삼 루블을 손에 들더니 말없이 밖으로 나갔다. 그러나 곧 돌아와서 돈과 책을 라주미힌의 책상에 내려놓고 다시 밖으로 나가 버렸다.

"정말 어디가 이상해진 거 아냐?"

라주미힌은 기가 막힌 표정으로 버럭 화를 내며 소리쳤다.

"필요 없어, 번역 따위!"

라스콜리니코프가 계단을 내려가며 중얼거렸다. 그의 등에 대고 라주미힌이 뭐라고 소리쳤지만 그는 벌써 거리로 나와 있었다. 거리로 나오자마자 맞은편에서 달려오던 마차에 치일 뻔했다. 그러고 나니 정신이 번쩍 들었다. 멀어져 가는 마차를 노려보고 있는 그에게 딸을 데리고 나온 중년 부인이 이십 코페이카짜리 동전을 쥐어 주었다. 그의 행색을 보고 거지인 줄 알았던 것이다. 그는 동전을 쥐고 열 걸음쯤 걷다가 문득 네바 강을 바라보았다. 하늘엔 구름 한 점 없었고, 강물은 보기 드물게 청록색을 띠었다. 성당의 둥근 지붕은 유난히 찬란하게 빛나고 있었다. 날씨가 더없이 맑아서 지붕의 세세한 장식까지 하나하나 다 보일 정도였다.

라스콜리니코프가 걸음을 멈춘 곳은 대학 시절의 추억이 깃든 장소였다. 그는 종종 그곳에 서서 아름다운 정경을 말없이 바라보았는데, 그때마다 묘한 느낌에 사로잡히곤 했다. 오늘 우연히도 익숙한 그 자리에 멈춰 섰지만, 이제 다시는 예전에 자신이 품었던 생각과 사상, 아름다운 풍경 들을 되돌릴 수 없겠구나 하는 생각에 마음이 아팠다. 그는 손에 쥔 동전을 물속에 던져 버렸다.

집으로 돌아왔을 때는 이미 저녁 무렵이었다. 헤아려 보니 여섯 시간 동안 거리를 쏘다닌 셈이었다. 그는 몸을 부들부들 떨면서 외투를 뒤집어쓰고 곧바로 잠에 빠져들었다. 밖이 완전히 어두워졌을 즈음, 라스콜리니코프는 소름 끼치는 비명 소리에 잠에서 깼다. 두려움에 몸을 벌떡 일으킨 그는 바깥 상황을 조심스레 살폈다. 다시 온몸이 떨려 오기 시작했다. 일리야 페트로비치의 목소리가 들렸던 것이다. 순식간에 공포가 그를 집어삼켰다.

라스콜리니코프는 다시 소파에 쓰러지듯 엎어졌지만 좀처럼 눈을 붙일 수 없었다. 지금까지 한 번도 겪어 보지 못한 공포에 휩싸인 채로 삼십 분은 더 누워 있었다. 어느 순간, 갑자기 밝은 불빛이 그의 방 안으로 쏟아졌다. 나스타샤였다. 양초와 수프를 가지고 왔다.

"나스타샤, 주인아주머니가 왜 얻어맞았지?"

나스타샤는 그를 물끄러미 보더니 한참 만에 대꾸했다.

"누가 주인아주머니를 때려요?"

"조금 전에 말이야. 경찰서 부서장인 일리야 페트로비치가 아주머니를 때렸잖아. 왜 그런 거야, 응?"

나스타샤는 잠자코 그를 보았다. 그는 그녀의 시선이 불편하고 두려웠다.

"나스타샤, 왜 말이 없지?"

"피 때문일 거예요."

"피? 피라니?"

그는 얼굴이 하얗게 질려서 몸을 비틀거렸다.

"아무도 주인아주머니를 때리지 않았어요. 당신이 헛소리를 하는 건 몸속에서 피가 끓고 있기 때문일 거예요. 그러면 환청이 들린대요."

"물 좀 줘, 나스타샤."

잠시 뒤 그녀가 하얀 도자기 컵에 물을 담아 돌아왔지만, 그는 아무것도 기억하지 못했다. 찬물을 한 모금 들이켜고 난 뒤 그만 정신을 잃었기 때문이다.

제 5 장
잘못된 증거들

라스콜리니코프가 줄곧 의식을 잃고 있었던 건 아니었다. 그는 헛소리를 지껄이다가 의식이 반쯤 돌아오는 열병 특유의 증상을 보였다. 누군가 곁에 있는 것 같았는데, 그게 누구인지는 도무지 알 수가 없었고, 도대체 며칠을 누워 있었는지도 종잡을 수가 없었다. 분명한 사실은 그가 '그 일'을 깡그리 잊어버리고 있다는 것이다. 그러면서도 절대로 잊어서는 안 될 무언가를 잊은 것 같아 그것을 기억해 내려고 애쓰다가 흥분 상태에 빠져들기도 했다. 그러던 끝에 마침내 의식을 완전히 되찾았다.

아침 열 시쯤이었다. 침대 옆에 나스타샤 말고도 낯선 사내가 한 명 더 있었다. 사내는 그를 호기심 어린 눈으로 관찰하고 있었다. 얼핏 조합 노동자 같아 보였다.

"저 사람은 누구지, 나스타샤?"

"이제야 정신이 좀 드는 모양이에요."

문틈으로 상황을 엿보던 주인아주머니는 그가 의식을 회복했다는 것을 알고는 곧 모습을 감추었다.

"누구십니까?"

이번에는 낯선 사내에게 직접 물었다. 그 순간, 문이 활짝 열리더니 라주미힌이 몸을 굽히며 들어섰다.

"올 때마다 조심하지 않으면 이마를 부딪힌단 말이야. 여긴 꼭 선실 같아. 주인아주머니한테 듣자니 이제 정신이 들었다며?"

"지금 막 깨어났습니다."

조합원이 말을 받았다.

"나는 브라주미힌이라고 합니다. 라주미힌이라고도 부르지요. 대학생입니다. 당신은 누구신지요?"

"나는 노동조합 사무소에 있습니다. 셸로파예프라는 상인의 심부름으로 왔지요."

라주미힌은 라스콜리니코프 쪽을 보았다.

"너, 나흘 동안 아무것도 입에 안 댔어. 조시모프를 두 번이나 데려왔는데, 진찰을 하더니 신경과민이라더군. 아, 그런데 조합원께서는 무슨 일로 오신 거죠? 참, 로쟈, 조합 사무소에서 두 번이나 왔었어. 전에는 다른 분이 오셨는데……."

"네, 전에 오신 분은 알렉세이 세묘노비치 씨입니다. 우리가 온 건 당신 어머님이 아파나시 이바노비치 바흐루신 씨를 통해서 우리 사무소로 돈을 보내왔기 때문입니다. 당신에게 삼십오 루블을 전해 주라더군요."

"네, 압니다. 바흐루신 씨……."

라스콜리니코프는 기억을 더듬는 모양이었다.

"로쟈가 바흐루신 씨를 안다니 다행이군요. 그런데 이 친구는 완전히 회복된 것 같습니까?"

라주미힌이 조합원에게 물었다.

"내가 뭘 알겠습니까? 나야 서명 받으러 온 것뿐인데요."

"필요 없어. 서명하지 않을 거야."

라스콜리니코프가 라주미힌이 쥐어 주는 펜을 밀쳤다.

"뭐? 필요 없다고? 아직 정신을 못 차렸군. 설마 저 말을 곧이곧대로 들으시지는 않겠죠? 자, 이 친구가 서명할 수 있게 우리가 좀 도와줍시다."

라스콜리니코프가 억지로 서명을 마치자, 조합원은 돈을 건네고 돌아갔다.

"자, 이제 뭘 좀 먹어야지?"

나스타샤가 나갔다가 수프와 차를 가지고 돌아왔다. 식탁에는 소금 단지, 후추 병, 겨자 그릇까지 준비되어 있었다. 이렇게 잘 갖추어진 식사는 퍽 오랜만이었다. 라주미힌은 라스콜리니코프의 곁에 앉아 수프를 몇 순갈 입에 떠 넣어 주었다.

"로쟈, 지난번에 네가 우리 집에서 그렇게 나가 버린 뒤 너의 집을 찾느라 무지 고생했어. 여기 와서야 네 사정을 알게 됐지. 집 찾느라 니코짐 포미치와도 안면을 텄어. 그 사람이 일리야 페트로비치도 소개해 주더군."

라주미힌이 말을 이었다.

"그런데 처음부터 네가 처신을 잘못한 것 같아. 주인아주머니는 그렇게 상대할 사람이 아니었어. 차용 증서는 또 뭐야? 그런 데다 무턱대고 서명을 하면 어떻게 하니? 물론 주인집 딸과 너의 관계는 아주 미묘해. 하지만 주인아주머니가 볼 때, 넌 이제 대학생도 아니고 딸까지 죽은 마당에 이렇게 지낼 이유가 없다고 생각한 거야. 그래서 그 차용 증서가 아쉬워져서 체바로프라는 사내에게 물어본 거지. 체바로프는 형식을 제대로 갖춰 빚 청산을 요구한 거고. 그걸 알고 내가 쓴맛을 좀 보여 줄까 했는데 주인 아주머니와 타협을 해서 그만뒀지. 십 루블을 찔러 주고 차용 증서를 돌려받았어. 한쪽 귀퉁이를 찢어 놨으니 이 증서는 이제 무효야."

라스콜리니코프는 책상 위에 올려 둔 문서를 힐끗 보더니 다시 벽 쪽으로 돌아누웠다. 그의 시들한 태도에 마음 좋은 라주미힌도 슬슬 화가 치밀었다.

"내 딴에는 좋은 일을 하려 한 건데, 괜한 짓이었나 보군."

마침내 라스콜리니코프가 고개를 돌려 입을 뗐다.

"내가 의식을 잃은 사이에 누군가를 본 것 같은데…… 그 사람이 너였어?"

"맞아. 내가 들어올 때마다 길길이 뛰더군. 자묘토프를 데려왔을 때는 더 심했어."

"자묘토프? 경찰서 사무관 말이야? 그 사람이 여길 왜 왔지?"

"뭘 그렇게 놀라? 너하고 친해지고 싶다던데……. 좋은 사람 같더라. 아, 나, 이 동네로 이사했어."

"내가 헛소리를 하지는 않았어?"

"제정신이 아니었잖아. 허튼소리를 엄청나게 해 댔어. 귀고리가 어떻다느니, 경비원이 어땠다느니……. 그리고 양말에 엄청 신경 쓰더군. 양말을 달라고 하도 애원해서 결국 자묘토프가 방 구석구석을 뒤져서 찾아 줬어. 그걸 손에 꼭 쥐고 자더라. 조금 있다가는 바짓부리 자른 천을 달라고 졸라 대더군. 눈물까지 흘리면서 말이야. 자, 자, 이제 이런 얘기는 그만하고 일 얘기를 하자고. 여기 삼십오 루블에서 내가 일단 십 루블을 가져가지. 한 시간 뒤에 다시 올게."

라주미힌과 나스타샤가 나가고 나서야 라스콜리니코프는 자리에서 일어났다.

'주여! 한 가지만 말씀해 주소서. 사람들이 모두 다 알면서 시치미를 떼는 겁니까, 아니면 아예 모르는 겁니까? 도망가야 한다! 어서 도망가야 한다! 돈, 돈은? 아, 저기 책상 위에 있지. 그래도 날 찾아낼지 모른다. 멀리 미국으로 갈까? 사람들은 내가 걸을 수 있다는 건 모르는 눈치야. 하지만 '그 일'에 대해서는 다 알고 있어. 눈빛을 보면 알 수 있지. 이건 뭐지? 아, 맥주구나. 차가워.'

반쯤 남아 있는 맥주를 컵에 따라 마시자 곧 취기가 올라왔다. 어느새 까무룩 잠이 들었다가 누군가 방으로 들어오는 소리에 깼다. 라주미힌과 나스타샤였다.

"벌써 여섯 시가 다 됐어. 너, 여섯 시간쯤 잤구나."

"맙소사! 그렇게 오래?"

"왜 그래? 환자에게 잠은 보약이야. 푹 쉬어야지. 자, 이제 슬슬 시작하자고. 나스타샤, 그 보따리 좀 갖다 줘요."

라스콜리니코프는 의혹에 가득 찬 눈으로 라주미힌을 보았다.

"이것 좀 봐. 모자를 샀어. 꽤 괜찮은 학생모지. 이건 웃옷이고. 새 옷은 아니지만 유행에 뒤지지 않는 데다 깨끗해. 바지도 있어. 질이 아주 좋아. 이 구두는 또 어떻고! 영국 대사관 서기가 돈이 급해서 내놓은 건데 일 루블 오십 코페이카를 주고 구해 왔지. 네 낡은 구두를 직접 들고 가서 치수까지 맞춰 온 거야. 자, 셔츠부터 갈아입자."

"그만둬! 싫다니까!"

라스콜리니코프는 손을 휘휘 내저었다.

"나스타샤, 좀 도와줘요."

둘은 반항하는 라스콜리니코프를 꽉 붙들고 억지로 셔츠를 갈아입혔다.

"도대체 무슨 돈으로 산 거야?"

"무슨 돈이냐니? 네 돈이지. 어머니가 보내 주셨잖아."

라스콜리니코프는 우울한 표정으로 그를 바라보았다. 그때였다. 문이 덜컹 열리더니 낯선 사람이 들어왔다.

"조시모프, 이제야 왔군!"

라주미힌이 기뻐하며 소리쳤다.

조시모프는 키가 크고 뚱뚱한 체격이었다. 얼굴은 푸석했지만 면도를 해서 깔끔해 보였다. 도수 높은 안경을 썼으며 포동포동한 손가락에는 금반지를 끼고 있었다. 딱 스물일곱 살 정도로 보였는데, 몸에는 세련되고 품위 있는 것들만 걸치고 있었다.

"좀 어때요?"

조시모프가 라스콜리니코프를 뚫어져라 바라보며 물었다.

"아직 우울한 모양이야. 셔츠를 갈아입히려는데 울어 버릴 것 같은 얼굴이었어."

라주미힌이 대신 대답했다.

"그토록 싫어했다면 셔츠는 나중에 입혀도 좋았을 텐데……. 맥박은 좋군요. 아직도 머리가 아픈가요?"

"난 건강해. 아주 건강하다고!"

라스콜리니코프가 벌떡 일어나 눈을 부라리더니 다시 벽 쪽으로 돌아누웠다.

"좋습니다. 별다른 이상은 없군요. 뭘 좀 먹었나요?"

"그렇잖아도 뭘 줘야 되는지 물어보려고 했어."

라주미힌이 대답했다.

"아무거나 괜찮아. 그래도 수프나 차 같은 게 좋겠지. 아, 버섯하고 오이는 안 돼. 쇠고기도 안 되고. 특별히 주의할 것은 없지만 내일까지는 움직이지 말고 쉬는 게 좋을 거야."

조시모프는 라주미힌과 의미심장한 눈짓을 주고받았다.

"그거 곤란한데! 오늘 집들이를 하려고 했거든. 조시모프, 너도 참석해 주면 좋겠어."

"누구누구 오는데?"

"다 여기 사는 사람들이야. 그러고 보니 삼촌을 빼면 나도 잘 모르는 사람들이군. 우리 삼촌은 평생을 시골 우체국장으로 사셨어. 지금은 연금을 받고 지내시지. 포르피리 페트로비치도 올 거야. 여기 예심 판사 말이야. 그리고 대학생 몇 명, 교사 한 명, 음악가, 그리고 자묘토프……."

"그나저나 너하고 여기 누워 있는 이 환자, 그리고 자묘토프라는 사내는 어떤 관계야?"

조시모프는 라스콜리니코프를 턱으로 가리키며 물었다.

"이 고지식한 친구! 또 따지기 시작하는군. 자묘토프라는 친구, 꽤 괜찮은 사람이야. 우리는 한 가지 공통 관심사가 생겨서 가까워졌어."

"그게 뭔지 궁금하군. 꼭 들어 보고 싶은데……."

"페인트칠을 하는 일꾼 이야기야. 그 사람은 고리대금업자 노파를 살해한 혐의를 받고 있거든. 내가 반드시 구해 낼 거야."

"그 사건이라면 나도 관심이 있어."

"범인은 리자베타도 죽였어요!"

문 옆에 서 있던 나스타샤가 끼어들었다.

"리자베타?"

라스콜리니코프가 들릴 듯 말 듯한 소리로 중얼거렸다.

"설마 헌 옷 장수 리자베타를 모른단 말이에요? 당신 셔츠도 수선해 준 적이 있는데……."

라스콜리니코프는 다시 벽 쪽으로 돌아누웠다. 그러고는 벽지 무늬만 뚫어져라 응시했다.

"그런데 일꾼이 어쨌단 말이야?"

조시모프가 못마땅하다는 투로 나스타샤의 말을 가로막았다.

"살인 혐의를 받고 있다니까. 코흐와 페스트랴코프라는 사람이 자신들의 무죄를 명백하게 입증했는데도 경찰은 여전히 둘을 붙들고 있었어. 그때 사건이 터진 거야. 노파네 집 맞은편에 두시킨이란 사내가 살고 있는데, 그 사람 말로는 사흘 전 밤에 페인트공 니콜라이가 금귀고리가 담긴 보석함을 이 루블에 전당잡히려고 했다는군. 어디서 났냐고 물었더니 길에서 주웠다나? 두시킨은 다음 날 노파와 그 여동생이 살해당했다는 소식을 듣고 내내 니콜라이가 의심스러웠대. 그래서 니콜라이 집에 찾아갔더니 같이 사는 드미트리 혼자서만 일을 하고 있더래. 니콜라이는 어딨냐고 물었더니, 어디서 실컷 놀다가 새벽에 잠깐 들어왔는데 금방 다시 나갔다고 했다나. 그런데 사흘째 되는 날 니콜라이가 두시킨의 집에 들렀대. 드미트리를 만났냐고 물었더니, 못 봤다고 하면서 그저께부터 집에 안 들어갔다고 했다는 거야. 다시 귀고리 출처를 물었는데, 길에서 주웠다며 얼버무리고는 후다닥 도망을 쳤다는군. 그러니까 니콜라이가 범인이라는 거지."

"그 사람이 범인이겠군."

조시모프가 맞장구를 쳤다.

"잠깐, 내 말을 끝까지 들어 봐. 그래서 다들 니콜라이를 잡으려고 혈안이 되어 있었지. 두시킨은 가택 수색을 당하고 드미트리와 거리 부랑자들 모두 신문을 받았어. 그리고 며칠 후, 니콜라이가 붙잡힌 거야.

어느 여인숙에서 십자가 모양의 은목걸이를 줄 테니 대신 술을 한 잔 달라고 했다더군. 잠시 후에 여인숙 주인 여자가 외양간에 가다가 무심코 보니, 니콜라이가 헛간 대들보에 목을 매달려고 하더란 거야. 그 여자가 소리를 질러서 사람들이 몰려드니까, 니콜라이가 모든 걸 자백하겠다고 했다지 뭐야. 나중에 조사관하고는 대충 이런 대화가 오고 갔던 모양이야.

'이층에서 드미트리와 일하고 있을 때 누가 올라가는 걸 봤나?'

'누가 올라가는 건 알았는데 얼굴은 못 봤습니다.'

'그럼 무슨 소리라도 들었겠지?'

'아니요, 아무것도 못 들었습니다.'

'그날 노파와 노파의 동생이 살해된 건 알고 있었나?'

'전혀 몰랐습니다. 사흘 뒤 두시킨한테서 들었지요.'

'귀고리는 어디서 났지?'

'길에서 주웠어요.'

'그럼 그 이튿날에는 왜 일하러 가지 않았어?'

'놀러 다니느라 그랬지요.'

'가게에서는 왜 도망치려고 했지?'

'무서워서요.'

'죄를 지은 게 없다면서 뭐가 무서웠다는 거야?'"

"그래, 그렇다 해도 눈앞에 버젓이 증거가 있지 않은가?"

"증거는 무슨! 아직은 증명이 필요한 물건일 뿐이지. 경찰이 니콜라이를 족치고 또 족쳐서 기어이 자백을 받아 냈더군. 니콜라이가 이렇게 대답했대.

'사실은 길이 아니라 드미트리와 페인트칠을 하던 아파트에서 주운 겁니다. 여덟 시 정도에 일을 마치고 돌아가려는데 갑자기 드미트리 녀석이 제 얼굴에 페인트칠을 하고 달아나지 뭡니까? 그래서 저도 드미트리를 쫓아가면서 소리를 질렀습니다. 하지만 일을 마무리해야 했기 때문에 멀리까지는 따라가지 않았어요. 드미트리가 돌아오기를 기다리는데, 문 뒤 구석에서 뭔가 밟히더군요. 종이에 싸여 있는 손금고였어요. 열쇠도 있기에 열어 보니 안에 금귀고리가 있었고요.'"

"뭐? 문 뒤에 떨어져 있었다고? 문 뒤에?"

라스콜리니코프가 느닷없이 언성을 높였다.

"그래, 그랬다는군. 그런데 왜 그렇게 흥분하는 거야?"

"아무것도 아냐."

라스콜리니코프는 다시 베개에 얼굴을 묻고 벽 쪽으로 돌아누웠다.

"그다음에 어떻게 됐어?"

조시모프가 물었다.

"어떻게 되었냐고? 경찰이 하는 짓이 뻔하지, 뭐."

"엄연히 증거가 있잖아. 네가 경찰이라고 해도 그 일꾼을 무죄로 풀어 주지는 못할걸?"

"내 말을 들어 봐. 경비원도 코흐도 페스트랴코프도, 그러니까 다 합쳐서 아홉 명이나 되는 사람들이 한목소리로 니콜라이가 드미트리와 뒹굴며 주먹질하는 걸 봤다고 증언했어. 그것도 애들처럼 킬킬거리면서 그랬다더군. 위에는 아직도 온기가 채 가시지 않은 시체가 뒹굴고 있는데 말이야. 니콜라이 혼자서 사람을 죽였든가, 아니면 강도를 도와주었다고 쳐. 멀쩡한 정신이라면 어떻게 살인한 지 십 분도 안 됐는데 사람들 앞에서 그런 소동을 벌일 수 있겠나?"

"그러고 보니 정말 이상하군. 그건 불가능한 일이야."

"그날 그 시각에 니콜라이 손에 들어온 귀고리가 그에게 불리하면서도 중요한 근거라면, 그를 변호할 만한 게 없는지도 살펴봐야 하지 않겠어? 그의 증언에 반박할 여지가 없으니 더욱 그렇지. 추측만으로 법률적 판단을 내리는 건 옳지 않아. 손금고를 가진 사내가 목을 매려 했다, 죄가 없으면 그럴 리가 없다, 이렇게 생각하는 것이 큰 문제야. 그게 내가 화를 내는 이유야!"

"음, 그렇다면 서로 목을 조르면서 낄낄대고 있었다는 게 유일한 변명거리군. 하지만 그것만으로 혐의를 벗을 수 있을까? 니콜라이가 금귀고리를 우연히 주웠다고 치더라도 그걸 어떻게 설명하겠나?"

"설명하고 말 것도 없어. 범인은 코흐와 페스트랴코프가 문을 두드릴 때 분명히 방 안에 있었어. 그런데 코흐가 미련하게 아래층으로 내려가는 바람에 그 틈을 타서 달아난 거지. 범인은 코흐와 페스트랴코프가 다시 올라올 때 빈 방에 숨어 있다가 다들 사라지고 나서 빠져나간 거야. 손금고는 문 뒤에 숨었을 때 떨어뜨렸는데, 그걸 공교롭게도 니콜라이가 주운 거지."

조시모프가 개운치 않은 표정을 지었다.

"지나치게 교묘하지 않나? 꼭 연극을 보는 것 같아서 말이야."

라주미힌이 흥분하여 뭐라 대답하려던 순간, 방문이 열리면서 낯선 사람이 들어왔다.

제 6 장
다시 노파의 집으로

낯선 방문객은 거만해 보이는 중년 신사였다. 매우 조심스럽고 까다로워 보이는 인상이었다. 그는 들어오자마자 '뭐, 이런 데가 다 있어?' 하는 표정으로 비좁고 너저분한 방을 이리저리 두리번거렸다. 그러고는 정중하지만 단호한 목소리로 라주미힌에게 물었다.

"당신이 대학생, 아니, 예전에 대학생이었던 로지온 로마노비치 라스콜리니코프 씨입니까?"

"내가 아니고 저기 누워 있는 친구입니다."

라스콜리니코프는 라주미힌이 말을 마치자마자, 누워 있던 소파에서 벌떡 일어나 도전적으로 대꾸했다.

"내가 라스콜리니코프요. 당신은 누구시죠?"

신사는 그를 꼼꼼히 살피더니 거드름을 피우며 말했다.

"나는 표트르 페트로비치 루진입니다. 내 이름은 들어 보셨겠지요?"

전혀 예상치 못했던 루진의 방문에 라스콜리니코프는 멍한 표정을 지었다.

"이럴 수가! 아무 소식도 못 들었단 말입니까? 나는 당신이 이미 편지를 받았을 거라고 생각했는데요."

"나스타샤, 옆으로 좀 비켜 드려요. 거기 서 있지 마시고……. 여기 좀 앉으시지요."

라주미힌이 루진에게 자리를 권했다.

"너무 언짢게 생각하지 마세요. 이 친구는 닷새 동안 내리 앓았어요. 사흘 동안 헛소리를 마구 해 댔지요. 그래서 여기 의사 선생님도 와 계신 거고요. 이제야 겨우 정신을 차리고 뭘 좀 먹기 시작했어요. 나는 로쟈의 친구입니다."

"감사합니다. 여기서 잠깐 얘기를 나누어도 환자에게 무리가 되지 않을까요?"

루진이 조시모프에게 물었다.

"오히려 기분 전환이 될 수도 있지요."

조시모프가 하품을 하며 대답했다.

"내가 상트페테르부르크로 오기 전에 당신 어머니께서 당신에게 편지를 쓰셨습니다. 여기에 도착한 지는 한참 되었지만 당신이 그간의 사정을 알게 될 때까지 기다리느라 일부러 방문을 미뤘는데…….”

"알아요, 알아! 당신이 그 약혼자 아니오?"

라스콜리니코프가 짜증스럽게 내뱉었다. 루진은 그의 태도가 몹시 불쾌했지만, 상황을 파악하느라 묵묵히 있었다. 라스콜리니코프는 몸을 돌려 그를 샅샅이 살피기 시작했다. 이곳에 며칠 머무르는 동안, 신부가 도착하기를 기다리며 한껏 멋을 부려 치장한 티가 났다. 몸에 걸친 것들은 하나같이 새 옷이었는데 꽤 잘 어울렸다. 얼굴에는 윤기가 얼마나 흐르는지 결코 마흔다섯 살로는 보이지 않았다. 라스콜리니코프는 그를 훑어본 뒤 다시 드러눕고는 적개심 가득한 표정으로 천장만 쳐다보았다.

"이렇게 아픈 줄 알았다면 더 일찍 찾아올 걸 그랬군요. 하지만 워낙 바빴던 데다, 개인적인 사정도 있고 해서요. 사실 당신 어머니와 여동생을 손꼽아 기다리는 중이에요. 벌써 두 분이 머물 숙소까지 마련해 두었습니다."

"어디에요?"

라스콜리니코프가 나지막한 목소리로 물었다.

"바칼레예프 건물입니다."

"보즈네센스키 거리에 있는 집 말이군요. 이층이 모두 여관방이고 상인 유신이 주인으로 있는……. 지독하게 지저분하고 더러운 셋집이죠. 그래서 방세는 싸지만……."

라주미힌이 말을 가로챘다.

"이곳 사정을 잘 몰랐기 때문에……. 어쨌든 오래 머무를 건 아니니까요. 우리가 살 아파트도 이미 구해 놓았습니다. 나도 지금은 친구인 레베쟈트니코프의 방에서 신세를 지고 있는 처지랍니다. 당신과는 이제 막 인사를 나눈 사이지만 앞으로 좀 더 가깝게 지내고 싶습니다. 부디 몸조리 잘 하십시오."

루진이 쩔쩔매면서 겨우 말을 끝맺었다. 그가 의자에서 일어나려 했지만 라스콜리니코프는 고개도 까딱하지 않았다.

그때 갑자기 조시모프가 확신에 찬 말투로 외쳤다.

"어찌 됐든 전당잡히러 갔던 놈이 노파를 죽였을 거야."

"물론이지, 그랬을 거야."

라주미힌이 맞장구를 쳤다.

"포르피리는 아직 자기 생각을 말하지 않았지만, 일단 전당잡힌 사람들부터 조사를 하고 있어."

"전당잡힌 사람들을 조사한다고?"

라스콜리니코프가 큰 소리로 물었다.

"그래. 그런데 너는 왜 흥분하는 거야?"

"아무것도 아냐."

"그 사람들은 어떻게 알아냈지?"

조시모프가 궁금해했다.

"코흐가 알려 준 사람도 있고, 물건 포장지에 이름이 적혀 있는 사람도 있고……."

"어쨌든 범인은 아주 노련하고 대담한 놈이 분명해."

"그렇지 않아. 그래서 네가 틀렸다는 거야."

라주미힌은 조시모프의 말을 단박에 끊었다.

"범인은 경험도 없고 솜씨도 서툰 놈이야. 생각해 봐. 범인은 겨우 십 루블에서 이십 루블 정도 되는 금품만 챙겼어. 노파의 궤짝과 누더기만 뒤졌다고. 장롱 위 서랍에는 어음 말고도 현금이 천오백 루블이나 있었는데! 범인은 훔치는 방법도 모른 채 사람만 죽여 놨어."

"지난번에 일어난 노파 살해 사건을 말하는 거군요."

루진이 손에 모자와 장갑을 든 채로 대화에 끼어들었다. 떠나기 전에 좋은 인상을 남기고 싶었던 모양이었다.

"그렇습니다. 그 사건에 대해 들어 본 적이 있나요?"

"물론이죠. 노파의 집과 가까운 데에 살거든요."

"자세한 내용을 아십니까?"

"그렇지는 않습니다. 나는 사건 자체보다 다른 문제에 관심을 갖고 있지요. 내가 의아하게 생각하는 것은 최근 오 년 동안 상류 사회에도 하류 사회만큼 범죄가 늘고 있다는 점입니다. 만약 노파가 전당을 잡힌 사람에게 살해당했다면, 아마도 상류 계층이 저지른 범죄일 겁니다. 하층민은 금붙이를 전당품으로 내놓을 수 없으니까요. 그렇다면 이 세련된 계층이 저지르는 범죄를 어떻게 설명해야 할까요?"

"무슨 뜻인지 잘 알아들었습니다. 그런데 한 가지 따로 묻고 싶은 게 있습니다."

라스콜니코프가 힘겹게 숨을 몰아쉬고는 증오가 서린 목소리로 입을 뗐다.

"당신은…… 약혼녀가 가난해서 다행이라고 했다는 게 사실인가요? 그래야 마음대로 부려 먹을 수 있고 은혜를 베푼 것처럼 굴 수 있다고 했다면서요."

"이것 보세요!"

루진이 분노에 찬 목소리로 소리쳤다.

"터무니없는 얘기입니다. 당신 어머니께서 그렇게 전한 모양이지요? 당신 어머니는 훌륭한 분이지만, 뭐랄까 좀 감상적인 데가 있어요. 그래도 내 말을 그런 식으로 이해하고 계실 줄은 꿈에도 몰랐습니다."

"똑똑히 들어 둬!"

라스콜니코프가 소리쳤다.

"한 번만 더 내 어머니 이야기를 함부로 입에 올리면 당장 저 계단 아래로 집어던지겠어!"

"역시 그렇군요! 이 방에 처음 들어설 때부터 당신이 나에게 적의를 품고 있다고 생각했습니다. 좀 더 두고 보려고 일부러 잠자코 있었을 뿐입니다. 환자인 데다 인척이 될 사람이니까 웬만하면 용서하려 했습니다. 하지만 더 이상은······."

"알았으면 당장 꺼져!"

루진은 말도 끝맺지 않고 문밖으로 나갔다.

"아니, 너 도대체 왜 이래? 처남 될 사람에게 이래도 되는 거야?"

라주미힌은 아주 난처한 표정이었다.

"제발 나를 내버려 둬!"

조시모프는 라주미힌에게 나가자는 눈짓을 보내고는 먼저 방을 나섰다. 라주미힌은 잠시 생각에 잠겼다가 곧 그의 뒤를 쫓아갔다. 나스타샤도 잠깐 주저하다가 이내 방을 나가 버렸다.

라스콜리니코프는 나스타샤가 나가자마자 문을 잠갔다. 그러고는 조금 전 라주미힌이 가져온 보따리를 끌러 옷을 갈아입기 시작했다.

'오늘이다! 오늘이야말로······.'

새 옷으로 전부 갈아입은 그는 탁자 위에 놓인 돈을 주머니에 집어넣었다. 모두 이십오 루블이었다. 조용히 계단을 내려가 밖으로 나갔다. 해가 저물 무렵이었지만 찌는 듯한 더위는 여전했다. 그의 머릿속에는 오로지 한 가지 생각뿐이었다. 모든 일을 매듭짓지 않은 채 이대로 지낼 수는 없다는 것!

그는 일단 널찍하고 깨끗한 음식점을 찾아 들어갔다. 가게 안에 샴페인을 마시고 있는 무리가 있었는데, 얼핏 보니 그 속에 경찰서 사무관 자묘토프가 끼어 있는 것 같았다. 그러나 정확히 분간할 수는 없었다. 있으면 또 어때, 하는 생각도 들었다.

"보드카 한잔 드릴까요?"

종업원이 물었다.

"차부터 줘요. 신문도 한 닷새 전 것부터 갖다 주고."

그는 기사를 찾아 읽기 시작했다. 활자가 눈앞에서 춤을 추었지만, 하루치를 다 읽고 다음 호를 찾았다. 그때 누군가 불쑥 나타나 그의 앞에 마주 앉았다. 고개를 들어 보니 역시 자묘토프였다.

"어떻게 여길 다 오셨어요? 어제까지만 해도 혼수상태라 들었는데……. 나도 댁에 갔었습니다."

라스콜리니코프는 그가 자기에게 다가올 것을 알고 있었다. 그의 입술에는 냉소와 더불어 초조가 배어나고 있었다.

"오셨다는 얘기는 전해 들었습니다. 그나저나 이렇게 유쾌한 장소에 공짜로 출입하다니! 지금은 누가 당신에게 샴페인을 접대하고 있습니까?"

"아, 그냥 친구끼리 마시는 겁니다. 접대라뇨!"

"신경 쓰지 마세요. 장난삼아 한 얘깁니다."

라스콜리니코프는 자묘토프의 어깨를 툭 치며 말했다.

"그건 그렇고…… 신문을 읽고 계셨나 봐요? 화재 사건이 정말 많지요?"

"화재 사건은 읽지도 않았습니다. 솔직히 털어놓으시지요. 내가 뭘 읽었는지 궁금한 거지요?"

"아뇨, 그냥 해 본 이야기입니다. 왜 그렇게 예민하신지……. 정말 괜찮습니까? 아직 건강이 좋지 않아 보이는데……."

"내가 얼토당토않은 소리를 한단 말이지요? 그럼 사실대로 말하지요. 오늘 여기 들른 것은 노파 살해 사건 때문입니다."

라스콜리니코프는 자묘토프 옆에 바투 다가앉았다. 자묘토프도 그의 얼굴을 피하려 하지 않았다. 두 사람은 서로를 빤히 보며 이야기를 계속했다.

"살해된 노파 얘기가 나왔을 때, 내가 경찰서에서 기절했던 걸 기억하시죠? 어때요? 이제 아시겠어요?"

"도대체 무슨 말을 하는 거요? 당신, 괜찮은 거요?"

자묘토프는 당황스러운 표정으로 되물었다.

태연하게 말을 이어 가던 라스콜리니코프의 표정이 한순간에 바뀌었다. 도끼를 들고 문 뒤에 숨어 있을 때의 느낌이 선명하게 되살아났다. 그는 문을 두들기던 사람들에게 실컷 욕설을 퍼부으면서 조롱하고 싶던 순간을 되새기며 자지러지게 웃기 시작했다. 그러다 이내 웃음을 거두고 자묘토프가 옆에 있다는 것도 잊은 채 탁자 위에 팔꿈치를 괴고 고개를 숙였다. 두 사람 사이에는 한참 동안 침묵이 흘렀다.

자묘토프는 그 어색함이 견디기 어려웠던지, 얼마 전에 체포된 모스크바의 위조지폐범 이야기를 시작했다.

"녀석들은 풋내기였어요. 어린애들 장난도 아니고, 오십 명이나 되는 사람들을 끌어들여서는 전문가가 득시글거리는 은행에 들이닥치다니 도대체 말이 됩니까? 얼마 전에 있었던 노파 살해 사건도 그래요. 범인이 훤한 대낮에 간신히 도망은 쳤지만, 손이 떨려서 그랬는지 제대로 훔치지도 못했더라고요. 아마 끝까지 냉정하기가 어려웠던 모양이에요. 뻔하죠."

라스콜리니코프는 그의 말에 모욕을 당한 느낌이었다.

"뻔해요? 그렇다면 어디 한번 잡아 보시지요."

"기어코 잡고 말 겁니다. 두고 보십시오."

"흥! 당신이? 당신들이 쓰는 수법이야 뻔해요. 돈 한 푼 없던 사람이 갑자기 돈을 펑펑 써 대면 대번에 범인으로 지목하겠지."

"그거야 범인들 대개가 그렇게 하니까요. 그러는 당신이 만약 범인이라면 어떻게 할 건가요?"

자묘토프가 진지하게 물었다.

"나라면 이렇게 하겠어요. 먼저 현금과 패물을 훔친 다음 아무 데도 들르지 않고 한적한 장소로 갑니다. 범인이 미리 점찍어 둔 뒤뜰에는 엄청나게 무거운 바윗돌이 있어요. 그걸 들추면 큰 구멍이 파여 있지요. 훔친 걸 몽땅 그 안에 집어넣고 몇 년이 지나도 절대 찾지 않을 겁니다."

"당신은 제정신이 아니군."

자묘토프가 속삭이듯이 말했다. 그러자 라스콜리니코프의 얼굴에 핏기가 싹 걷히더니 입술이 파르르 떨리기 시작했다.

"내가 노파와 리자베타를 죽였다면 어쩔 겁니까?"

"그런 말도 안 되는 소릴!"

자묘토프는 흠칫 놀라더니 순식간에 얼굴이 일그러졌다.

"그렇게 생각하지 않았습니까? 내가 경찰서에서 나오고 나서 당신들은 무슨 이야기를 나눴죠? 다들 나를 의심하지 않았나요? 이봐요! 여기 얼마예요?"

라스콜리니코프는 모자를 들고 일어서며 종업원을 불렀다.

"삼십 코페이카입니다."

"그럼 이십 코페이카를 팁으로 얹어 주지요. 자, 돈이 제법 많지요? 모두 이십오 루블입니다. 이 돈이 어디서 났을까요? 내가 입은 이 깔끔한 옷들은 어디서 구했을까요? 당신은 이미 하숙집 주인아주머니도 조사했겠지요? 아, 이제 그만두겠습니다! 그럼, 또 만나기를……."

라스콜리니코프가 나가고 혼자 남은 자묘토프는 그 자리에 오래도록 앉아 깊은 생각에 잠겼다. 라스콜리니코프와의 우연한 만남은 사건에 대한 그의 생각을 근본적으로 뒤집어 놓았다.

'일리야 페트로비치가 보기 좋게 틀렸어!'
자묘토프는 마침내 결론을 내렸다.

자리를 박차고 나온 라스콜리니코프는 바깥문을 열다가, 마침 안으로 들어오던 라주미힌과 부딪칠 뻔했다. 라주미힌은 그를 보고 고함을 질러 댔다.

"여기 와 있었군! 얼마나 찾았는지 알아?"

"제발 날 좀 내버려 둬. 혼자 있고 싶다고! 왜 병든 나를 자꾸 찾는 거야? 내버려 뒀으면 죽었을지도 모르는데! 더 이상 나를 따라다니지 마."

라주미힌은 그 말을 듣고 화가 치밀어서 라스콜리니코프의 덜미를 잡았다가 스르르 놓았다. 그러나 여전히 화가 풀리지 않는지 버럭 소리를 질렀다.

"내 말 잘 들어! 너 같은 부류는 죄다 허풍쟁이야. 조금만 어려운 일이 생겨도 알을 품는 암탉처럼 문제를 껴안고 끙끙거리기나 하고……. 잠깐, 또 어디 가려는 거야?"

다시 자리를 뜨려 하는 라스콜리니코프를 라주미힌이 붙잡고 말을 이었다.

"내 말, 끝까지 들어! 오늘이 내 집들이 날이라는 거 알지? 지금 삼촌에게 손님 접대를 맡기고 여기에 온 거란 말야. 이제는 손님들을 맞으러 가 봐야 돼. 로쟈, 너도 꼭 와 줘. 알았지?"

"가지 않겠어."

라스콜리니코프는 몸을 돌려 천천히 걸어갔다.

"오지 않으면 네 얼굴을 다시는 안 볼 거야. 포친코프의 집 47호, 바부시킨이라는 관리의 아파트야."

"글쎄, 안 간다니까!"

라스콜리니코프는 이렇게 말하고 몸을 돌렸다.

"넌 꼭 올 거야. 내기를 해도 좋아!"

라주미힌이 라스콜리니코프의 등에 대고 소리쳤다. 그리고 멀어져 가는 라스콜리니코프의 뒷모습을 바라보다가 스스로를 나무랐다.

'내가 왜 저 녀석을 혼자 보냈지? 투신자살이라도 할 분위기잖아?'

라주미힌이 곧 뒤따랐지만 이미 그림자도 보이지 않았다.

라스콜리니코프는 모든 것을 끝내 버릴 작정으로 경찰서를 향해 걸었다. 우울했던 마음은 이미 사라지고, 무심함만이 그의 마음을 지배하고 있었다. 그러나 막상 경찰서 근처에 도착하자, 잠시 머뭇거리다가 다른 골목으로 발걸음을 옮겼다. 경찰서에 들어가는 시간을 늦추려는 건지, 아니면 참을 수 없는 호기심 때문인지는 알 수 없었다. 한참 뒤 고개를 들었을 때, 그는 바로 그 집 대문 앞에 이르렀다는 사실을 깨달았다.

설명하기 힘든 간절한 욕망이 그를 사로잡았다. 그는 낯익은 계단을 따라 사층으로 올라갔다. 방은 말끔히 정리되어 있었는데, 일꾼 둘이 뭔가 작업을 하고 있었다. 막연히 시체가 그대로 있을 거라 생각했던 그는 무척 당황스러웠다. 일꾼들은 일을 마무리하고 얼른 돌아가려는 생각뿐이었기 때문에 라스콜리니코프의 등장에는 별 관심이 없었다. 한참이 지나서야 나이 많은 일꾼이 그를 흘끗 쳐다보며 물었다.

"무슨 일이지요?"

라스콜리니코프는 아무 말도 하지 않았다. 대신 밖으로 나가서 양철로 된 초인종을 울려 댔다. 그러자 그때의 고통스러운 기억이 생생하게 되살아났다. 종소리가 날 때마다 몸이 파르르 떨렸다. 그러나 이상하게도 그럴수록 기분은 점점 좋아졌다.

"당신 뭐요? 도대체 무슨 일로 온 거요?"

"방을 보러 왔어요. 그래서 살펴보고 있는 겁니다."

"이 밤에 방을 보러 오다니……. 꼭 봐야겠으면 경비원이랑 같이 와야지."

"이제 핏자국은 없나요?"

"무슨 피 말이오?"

"이 집에서 노파와 여동생이 살해당했잖습니까? 여기 피가 흥건했는데……."

일꾼들이 의심스러운 눈길을 던졌다.

"당신 도대체 누구요?"

"궁금해요? 그러면 같이 경찰서로 갑시다. 전부 이야기해 줄 테니."

"우린 늦어서 가 봐야 해요. 알료시카, 어서 문 잠그고 가자."

늙수그레한 일꾼이 말했다. 라스콜리니코프는 어쩔 수 없다는 듯이 계단을 내려가다 갑자기 소리쳤다.

"이봐요, 경비원!"

"무슨 일이죠?"

경비원이 달려왔다.

"우리가 일하고 있던 방을 보러 왔답니다."

나이 많은 일꾼이 다가오면서 말했다.

"피는 닦았냐, 여기서 살인 사건이 있었다, 그러면서 초인종을 마구 울려 대더군요. 그러더니 자기가 누군지 궁금하면 다 얘기해 줄 테니 경찰서로 가자고 하질 않나……."

경비원은 눈살을 찌푸리며 라스콜리니코프를 요모조모 뜯어보았다.

"도대체 당신 누구요?"

"나는 예전에 대학생이었던 로지온 로마노비치 라스콜리니코프입니다. 저쪽 골목 14호에 살죠."

"여긴 왜 온 거요?"

"그냥 경찰에 넘겨 버려."

옆에 있던 일꾼이 참견을 했다. 그러자 라스콜리니코프가 경비원을 조롱하듯 내뱉었다.
"경찰서에 넘기라잖아. 경찰서에 가는 게 그렇게 겁나나?"
"이런 불한당 같은 놈을 상대해서 뭐 하겠어? 썩 꺼져 버려!"
경비원이 라스콜리니코프의 덜미를 잡아 밖으로 밀쳤다. 라스콜리니코프는 하마터면 넘어질 뻔하다가 가까스로 중심을 잡고 일어섰다. 그러고는 말없이 주변을 둘러보더니 다시 걷기 시작했다.
'가야 하나, 말아야 하나!'
라스콜리니코프는 교차로 한복판에 멈춰 서서 주위를 두리번거렸다. 어느 누구도 그에게 말 한마디 건네지 않았다. 지금 그가 딛고 서 있는 돌처럼 모두들 아무 말이 없었다.

제 7 장
마르멜라도프의 죽음

 갑자기 이백 걸음 정도 떨어진 곳에서 사람들이 웅성거리는 소리가 들려왔다. 거리 한가운데에 잿빛 말 두 마리가 이끄는 마차가 서 있었고, 주변에 많은 사람들이 모여 있었다. 맨 안쪽에서는 경찰이 손전등으로 마차 바퀴 주변의 길을 비추고 있었다. 거기에는 옷차림이 초라하기는 해도 어딘가 모르게 관리처럼 보이는 사내가 말발굽에 밟혀 피투성이가 된 채 쓰러져 있었다.
 마부가 울먹이며 말했다.
 "살살 달리고 있었는데 이 사람이 술에 취해서 거리를 가로질렀어요. 비키라고 아무리 소리쳐도 소용이 없었어요. 이 사람이 비명을 지르는 바람에 말도 놀라서 더 심하게 날뛰었고요."

"마부가 소리친 건 맞아요. 세 번씩이나요."

구경꾼 가운데 한 사람이 거들었다. 사람들을 헤집고 들어간 라스콜리니코프는 쓰러진 사람이 누군지 대번에 알아보았다.

"내가 아는 사람입니다. 9등 문관인 마르멜라도프라는 분이에요. 내가 돈을 낼 테니 어서 의사를 불러 주세요."

라스콜리니코프는 경찰에게 마르멜라도프의 집 주소를 알려 주면서, 그를 집으로 옮겨 달라고 부탁했다. 그의 손에 살며시 돈을 쥐어 주는 것도 잊지 않았다.

몇몇 사람들이 거들어 준 덕분에 가까스로 마르멜라도프의 집에 도착했다. 계단으로 난 문은 이미 활짝 열려 있었다. 팔짱을 끼고 서성이는 카테리나 이바노브나는 일주일 전보다 훨씬 더 야위어 있었다. 그녀는 현관으로 들어서는 사람들과 그들이 든 짐짝 같은 것을 보고 대뜸 소리를 질렀다.

"대체 그게 뭐죠? 뭘 들고 오는 건가요?"

"소파에! 소파에 눕히세요."

라스콜리니코프가 말했다.

"마차에 치였습니다. 술에 취해서요."

입구에서 누군가가 소리쳤다. 그러자 카테리나 이바노브나가 새파랗게 질린 채 가쁜 숨을 몰아쉬었다. 나이가 어린 리다는 울음을 터뜨리며 언니인 폴랴에게 매달려 떨고 있었다.

"진정하세요. 부군이 길을 건너다 마차에 치였습니다. 한 번

뵌 적이 있는데, 나를 기억하시겠습니까? 의사도 불렀습니다. 비용은 내가 댈 테니 걱정 마세요."

라스콜리니코프가 말했다. 카테리나 이바노브나는 남편의 몰골을 보고 큰 소리로 울부짖었지만 이런 일로 기절할 사람은 결코 아니었다. 그녀는 곧 남편의 머리맡에 베개를 받쳤다. 흥분한 상태였지만 모든 일을 침착하게 처리했다. 그녀는 물에 적신 수건으로 남편의 상처를 닦아 내고 찬찬히 보살폈다. 그리고 딸아이를 불러서 말했다.

"폴랴, 가서 소냐에게 아버지가 마차에 치였으니 얼른 집으로 오란다고 전해라. 어서!"

사과 하나 떨어뜨릴 틈이 없을 정도로 방 안에 사람들이 빽빽이 들어찼다. 계단에서 밀려드는 구경꾼을 몰아내느라 경찰들이 진땀을 뺐다. 카테리나 이바노브나는 그 광경을 보고 화가 머리끝까지 치밀어서 소리쳤다.

"제발 죽을 때만이라도 조용하게 해 줘요!"

그때 집주인인 리페베흐젤 부인이 나타났다.

"당신 남편이 술에 취해서 마차에 치였다면서요? 어서 병원으로 옮겨요. 절대로 내 집에서 죽게 두면 안 돼요."

"함부로 말하지 마세요. 당신 눈에는 이 사람이 죽어 가는 게 안 보이나요? 사람들이 들어오지 못하게 해 주세요. 그렇지 않으면 잘 알고 지내는 공작님과 도지사님께 당신이 어떻게 했는지 낱낱이 말씀드리겠어요."

다부지게 따지던 카테리나 이바노브나는 기침이 터져 나와 잠시 말을 멈추었다. 그러고는 남편의 가슴을 보더니 이맛살을 찌푸렸다.

"옷을 벗겨야겠어요. 온통 피투성이예요. 여보, 몸을 움직일 수 있겠어요?"

"신부님…… 신부님을 불러 줘요."

마르멜라도프가 희미한 목소리로 말했다. 그사이 독일인 의사가 들어와 맥을 짚고 진찰을 한 뒤 말했다.

"지금까지 살아 있는 게 신기하군요. 곧 숨을 거둘 겁니다."

오래지 않아 신부가 나타났다. 의사와 신부는 서로 의미심장한 눈빛을 주고받았다. 고해 성사는 길지 않았다. 가장 어린 리다는 바들바들 떨고만 있었고, 콜랴는 무릎을 꿇고 성호를 그었다. 그때 언니를 데리러 간 폴랴가 사람들 틈을 비집고 들어왔다. 뒤이어 젊은 여자가 들어왔는데, 거리의 여자라는 것을 단박에 알 수 있을 만큼 천박한 차림새였다. 그녀는 어쩔 줄 몰라 하며 두리번거리다가 사람들이 수군대자 고개를 푹 숙였다.

카테리나 이바노브나가 신부에게 물었다.

"신부님, 이제 이 아이들은 어떻게 하죠?"

"하느님께서 보살펴 주실 겁니다."

"하느님이라고요? 여태껏 난 단 한 번도 그분을 만나 보지 못했답니다. 게다가 이 사람은 줄곧 우리를 고생시켰어요. 술에 쩔어 가족을 괴롭히기만 했다고요!"

"부인, 그런 말씀을 하시면 죄가 됩니다. 죽어 가는 사람을 용서하셔야지요."

"용서라고요? 어떻게 용서를 하라는 거죠?"

그녀는 마르멜라도프가 분명치 않은 목소리로 용서를 구하고 있다는 것을 알았지만, 오히려 그에게 명령하듯이 외쳤다.

"당신은 입 다물어요! 듣고 싶지 않으니까. 무슨 말을 하려는지 다 알고 있어요."

마르멜라도프는 입구에 서 있는 소냐를 보았다. 그는 짓밟히고 상처 입은 딸의 모습을 보고 고통스러워 얼굴이 일그러졌다.

"내 딸 소냐! 나를 용서해 다오!"

그는 소냐에게 손을 내밀려다가 침대에서 굴러떨어지고 말았다. 소냐는 비명을 지르며 아버지에게 달려갔고, 그는 딸의 품에 안긴 채 숨을 거두었다. 카테리나 이바노브나가 소리쳤다.

"기어코 소원을 풀었군. 이제 무슨 돈으로 저 사람을 묻는단 말이냐!"

라스콜리니코프가 그녀에게 다가가서 입을 열었다.

"지난주에 남편께서는 나에게 그동안 어떻게 살아왔는지 소상하게 말해 주었습니다. 특히 부인에 대해서는 깊은 존경과 사랑을 내보였지요. 우리는 친구가 되었습니다. 그러니 여기 이십오 루블을 받아 주세요. 아무쪼록 도움이 되길 바랍니다. 나중에 다시 들르겠습니다. 안녕히 계십시오!"

그는 말을 마치고 계단을 내려가다가 경찰서장 니코짐 포미치와 맞닥뜨렸다.

"아, 당신이군요! 그나저나 사람이 다쳤다면서요?"

"이미 죽었습니다."

"아……, 당신은 온통 피투성이가 되었네요."

"네, 온몸이 피투성이죠."

라스콜니코프는 의미심장하게 대꾸하고 조용히 계단을 내려갔다. 마지막 계단을 내려설 즈음이었다. 누군가 그를 헐레벌떡 쫓아왔다. 폴랴였다.

"잠깐만요! 아저씬 어디 사세요? 아저씨 이름은 뭐예요?"

소녀가 숨을 할딱거리며 물었다. 라스콜니코프는 뭐라 설명할 수 없는 행복을 느끼며 소녀의 천진한 얼굴을 보았다.

"누가 물어보라던?"

"소냐 언니가요. 그리고 엄마도요."

"그랬구나. 넌 소냐 언니를 사랑하니?"

"네, 누구보다도요."

"그럼 나도 사랑해 줄 수 있겠니?"

소녀는 대답 대신 라스콜니코프에게 다가가 입술을 불쑥 내밀었다. 그러고는 가느다란 팔로 껴안더니 그의 어깨에 얼굴을 묻고 조용히 흐느끼기 시작했다.

"아버지가 불쌍해요. 정말로 슬퍼요."

"아버지는 누구를 가장 사랑하셨지?"

"리다요. 그 애가 가장 어리고 약하니까요. 아버지는 언제나 리다에게 과자를 사 주고, 저한테는 성경과 문법을 가르쳐 주셨어요."

"너, 기도할 줄 아니?"

"그럼요. 자기 전에 언제나 소냐 언니를 위해 기도하고, 새아버지를 위해서도 기도해요. 친아버지는 돌아가셨거든요. 가끔은 친아버지를 위해서도 기도하고요."

"폴랴, 나는 라스콜리니코프라고 한단다. 언제든 나를 위해서도 기도해 다오. 그거면 충분하단다."

"평생 동안 아저씨를 위해서 기도하겠어요."

라스콜리니코프는 소녀에게 주소와 이름을 알려 주고 내일 다시 들르겠다고 약속했다. 그가 거리로 나섰을 때는 이미 열 시가 훌쩍 넘어 있었다.

'됐어! 괜한 공포나 환영 따위 꺼져 버리라지! 나에겐 남은 인생이 있어. 내 인생이 노파와 함께 죽어 버린 건 아냐. 천국에서 고이 잠드소서, 이 정도면 충분한 거야. 바야흐로 의지와 힘의 왕국이 도래했군. 좋아, 한번 겨루어 보자!'

그는 기분이 몹시 유쾌해졌다.

라주미힌의 집은 어렵지 않게 찾을 수 있었다. 꽤 널찍한 방에 열댓 명의 사람들이 모여 있었다. 라주미힌이 라스콜리니코프를 보고 반색을 하며 다가왔다. 그는 약간 취해 있었다.

"실은……"

라스콜리니코프는 라주미힌이 뭐라고 하기 전에 재빨리 말을 꺼냈다.

"네가 내기에서 이겼어. 그걸 알려 주려고 온 거야. 그리고 아무도 자기가 어떤 일을 할지 모른다는 걸 말해 주고 싶었어. 안으로 들어가지는 않을게. 힘이 하나도 없어서 당장이라도 쓰러질 것 같거든. 이만 집에 가야겠다. 내일 우리 집에 들러 줘."

"그래? 그렇다면 내가 집까지 바래다주지."

라주미힌이 거리로 나오면서 말했다.

"조시모프가 뭐라는 줄 알아? 네가 미친 것 같대. 참나, 외과의사 주제에 정신병에 열을 올리고 있다니! 오늘 네가 자묘토프와 나눈 대화 때문에 녀석은 완전히 방향을 바꾼 거야."

"자묘토프가 너한테 나와 만났다는 얘기를 했어?"

"그래. 그 사람들은 어쩌면 그렇게 어리석을까? 그동안 너를 의심했는데, 의혹이 모두 풀렸다는 거야. 너무 화가 나서 자묘토프를 몇 대 쳤어. 문제는 일리야 페트로비치야. 네가 경찰서에서 기절한 것 때문에 너를 의심했대. 결국 부끄러워하더군."

"그때 기절한 건 페인트 냄새 때문이었어."

"아무렴! 페인트 냄새뿐이었겠어? 네 몸에는 열병이 한 달 전부터 잠복해 있었다고. 그건 조시모프가 깔끔하게 증명했지. 자묘토프는 완전히 풀이 죽었어. 식당에서 네가 자묘토프에게 했다는 이야기 말이야. 정말 완벽하더군. 처음에는 짐짓 범인인 것처럼 굴다가 확실하게 뒤통수를 쳤어. 녀석들은 그런 식으로 다뤄야 해. 포르피리도 너를 무척 만나고 싶어 해."

두 사람은 잠시 동안 침묵했다.

"사실은 말이야, 라주미힌. 너에겐 솔직히 말할게. 난 지금까지 사람이 죽어 가는 곳에 있었어. 거기에 돈을 몽땅 털어 주고 왔지. 그리고 누군가가 내게 입을 맞춰 주었어. 그 사람은 설사 내가 사람을 죽였다고 해도 그렇게 했을 거야. 아니, 내가 지금 무슨 말을 하는 거야? 난 몹시 지쳤어. 좀 부축해 줘……."

"갑자기 왜 그래?"

"약간 어지러워. 그보다 우울해서 못 견디겠어. 그나저나 내 방에서 새어 나오는 저 불빛은 뭐지? 대체 누가 와 있는 걸까?"

"나스타샤 아닐까? 같이 가 보자고."

"나스타샤가 이 시각에? 그래, 같이 들어가 보자."

라스콜리니코프가 문을 활짝 열어젖혔다. 순간, 그는 그 자리에 얼어붙고 말았다. 어머니와 누이동생 두냐가 한 시간 반 동안이나 그를 기다리고 있었던 것이다. 곧 올 거라는 얘기를 들었으면서도 왜 찾아올 거라는 생각은 미처 하지 못했을까!

라스콜리니코프가 들어서자 두 여인은 환호성을 질렀다. 그러고는 그에게 와락 달려들어 키스를 퍼부으며 울기도 하고 웃기도 했다. 정작 라스콜리니코프는 앞으로 한 걸음 내딛는가 싶더니 이내 의식을 잃고 쓰러졌다. 문간에 서 있던 라주미힌이 그를 얼른 안아 들고 소파에 눕혔다.

"너무 염려하지 마세요. 그저 정신을 잃은 것뿐입니다."

제 8 장
다시 만난 가족

라스콜리니코프는 소파에서 일어나 앉았다.

그는 어머니와 두냐에게 위로의 말을 건네고 있는 라주미힌에게 그만두라는 손짓을 했다. 어머니는 아들의 퀭한 눈을 보고는 기어이 울음을 터뜨렸다.

"그만 돌아가 주세요. 이 친구가 바래다드릴 거예요."

"그럴 순 없어. 로쟈, 오늘은 네 곁에 있고 싶구나."

"저를 괴롭게 하지 마세요."

라스콜리니코프가 목소리를 높였다.

"제가 여기 있겠습니다."

라주미힌이 말했다. 어머니는 그가 자신의 아들을 정성껏 보살펴 주었다는 이야기를 이미 나스타샤에게서 전해 들었다. 그녀는 라주미힌의 손을 잡고 고맙다는 인사를 했다.

"정말…… 뭐라고 인사를 해야 좋을지……."

"그만하시고 제발 나가 주세요."

라스콜리니코프가 짜증스럽다는 듯이 끼어들었다.

"아니, 삼 년 만에 만났는데, 아들 얼굴도 제대로 볼 수 없단 말이니?"

어머니가 다시 흐느끼기 시작했다. 그 모습에 놀란 두냐가 어머니를 데리고 급히 밖으로 나가려는데, 라스콜리니코프가 갑자기 두 사람을 불러 세웠다.

"잠깐만요! 루진을 만나셨나요?"

"아니, 아직 만나지 못했단다. 그 사람이 친절하게도 너를 만나러 왔었다며?"

"친절하다고요? 전 그 인간을 계단 밑으로 내동댕이치겠다며 쫓아 버렸어요."

"로쟈, 그게 무슨 말이니? 넌 어쩌자고……."

어머니가 말했다. 그렇지 않아도 나스타샤에게서 그 일을 대강 듣고는 속상해 하며 아들을 기다리던 참이었다.

"두냐, 난 이 결혼 절대 반대야. 내일 당장 루진에게 편지를 써서 파혼하겠다고 해!"

"오빠, 그게 무슨 말이에요!"

두냐는 노여움을 감추느라 애쓰며 오빠를 뚫어져라 보았다.
"너는 나를 위해 희생하려는 거지? 하지만 나는 그걸 원하지 않아. 당장 편지를 보내!"
"그럴 순 없어요!"
"두냐, 우린 이제 그만 가는 게 좋겠구나."
어머니가 겁에 질려 말했다.
"이 친구는 지금 헛소리를 하는 겁니다. 로쟈, 너 정말 돌았구나. 이 폭군 같은 녀석!"
라주미힌이 소리쳤다. 두냐는 호기심 어린 표정으로 라주미힌을 보았다. 그녀의 검은 눈동자가 반짝거렸다. 그녀의 시선을 느낀 라주미힌은 자기도 모르게 움찔했다.
계단을 내려가면서 어머니가 라주미힌에게 속삭였다.
"나는 도저히 저 아이를 두고 갈 수 없어요. 오늘 하루만이라도 우리가 묵을 방을 주인아주머니에게 부탁해 봐야겠어요."
"소용없는 일입니다. 누군가 옆에 있기만 하면 저렇게 흥분하는걸요. 여기는 나스타샤한테 맡겨 두세요. 제가 두 분을 숙소로 모실게요. 그다음에 조시모프라는 의사를 불러서 진찰받게 한 뒤 경과를 알려 드리겠습니다. 상태가 안 좋으면 꼭 두 분을 모시러 달려가겠습니다."
"어머니, 그렇게 해요. 이분은 약속을 지키실 거예요."
두냐가 말했다. 어머니는 더 이상 고집을 부릴 수 없어서 라주미힌을 따라나섰다. 하지만 여전히 마음이 놓이지 않았다. 라주미힌은 기민하고 듬직한 청년으로 보였지만, 지금 당장은 취해 있었기 때문이다.

"아, 제가 취한 것 같아서 걱정이 되시는 거군요?"

라주미힌이 어머니의 표정을 보고 재빠르게 넘겨짚었다. 그렇게 말하면서도 걸음은 어찌나 빠른지, 두냐와 어머니는 그의 뒤를 겨우 따라가고 있었다. 라주미힌은 그런 줄도 모르고 성큼성큼 걸으면서 계속 떠들어 댔다.

"걱정 마세요. 두 분을 모셔다 드린 뒤 두어 번 강물을 뒤집어쓰면 말짱해질 겁니다. 저는 로쟈의 친구니까 아들처럼 생각하시면 됩니다. 조금도 부담 가지실 필요 없어요. 곧 조시모프가 로쟈의 상태를 자세히 말씀드릴 겁니다. 조시모프는 로쟈의 심리 상태가 불안정한 게 아닌가 걱정했거든요. 그러니 더더욱 로쟈를 자극하면 안 됩니다."

"뭐라고요? 의사가 정말 그런 말을 했나요?"

두 사람이 정색하며 물었다.

"걱정할 정도는 아닙니다. 별일 아니에요. 아, 여기가 두 분의 숙소로군요. 로쟈가 루진을 왜 쫓아냈는지 이제야 알겠습니다. 자기 예비 신부를 어떻게 이런 곳에 묵게 할 수 있지요?"

"그런 말 말아요. 많이 취한 것 같군요."

어머니가 그의 말을 잘랐다.

"네, 인정합니다. 하지만 저는 진심을 말씀드렸을 뿐 다른 의도는 없습니다. 술꾼들이 오히려 더 진솔한 법이지요. 하지만 루진은 그렇지 않았어요. 지독한 구두쇠에다 사기꾼 기질마저 보이던걸요. 참, 몇 호에 묵으시죠?"

"8호예요."

어머니가 대답했다.

"아, 그럼 문을 꼭 잠그고 아무에게도 열어 주지 마세요. 삼십 분쯤 후에 조시모프와 함께 들르겠습니다. 그때까지 눈 좀 붙이세요."

라주미힌은 곧 발길을 돌렸다.

"앞으로 어떤 일이 벌어질까 두렵구나, 두냐."

라주미힌이 가고 나자, 어머니는 놀라움과 두려움이 뒤섞인 표정으로 말했다.

"걱정 마세요, 어머니. 아까 그 사람이 다시 들를 거예요."

"내가 어쩌자고 로쟈를 혼자 두고 왔을까? 로쟈는 우리가 조금도 반갑지 않은 것 같았어. 그 애는 너무 변했더구나."

"어머니가 우느라 오빠를 똑똑히 보지 못해서 그렇게 생각하시는 거예요. 더구나 오빠는 오랫동안 앓아서 기분이 좋지 않을 거고요."

"세상에, 병 때문이라니! 두냐, 너도 봤지? 오빠가 너를 어떻게 대하는지?"

두냐는 어머니에게 다가가 다정하게 입을 맞췄다. 모녀는 서로 꼭 껴안았다. 어머니는 제 오빠를 감싸는 두냐를 보며 한편으로 마음이 놓였지만, 혹시라도 딸아이가 결혼을 다시 생각하지는 않을까 전전긍긍했다.

이십 분쯤 후에 문 두드리는 소리가 났다. 약속대로 라주미힌이 온 것이었다. 물론 조시모프도 함께였다. 예언자라도 기다리고 있었다는 듯 자신을 바라보는 두 여인에게 조시모프는 진지한 어투로 말했다.

"환자의 상태는 좋습니다. 지난 몇 달간 영양 부족 상태였던 데다가, 정신적인 문제들이 겹쳐서 병이 난 것 같습니다. 불안이나 두려움, 근심 들이었겠지요."

"발작이 일어날 수도 있나요?"

어머니의 근심스러운 질문에 조시모프는 미소를 지으며 너무 걱정하지는 않아도 된다고 대답했다.

얼마 뒤, 조시모프는 두냐와 어머니의 뜨거운 감사 인사를 받으며 만족스런 얼굴로 자리에서 일어섰다.

"나머지 얘기는 내일 하기로 하지요. 오늘은 그만 주무세요. 내일 가능한 한 빨리 와서 소식을 전해 드릴게요."

라주미힌이 조시모프와 함께 돌아가면서 말했다. 두 사람이 복도를 따라 사라지자 어머니가 입을 열었다.

"참 믿음직한 청년이구나."

두냐도 고개를 끄덕였다.
"그러게요. 정말 좋은 사람 같아요."

이튿날 아침 아홉 시 정각, 라주미힌은 두 여인이 묵고 있는 바칼레예프의 셋집에 도착했다. 거기서 초조하게 자신을 기다리고 있던 두 사람을 보자, 라주미힌은 스스로에게 화가 나서 견딜 수가 없었다. 어제 잔뜩 취한 모습을 보인 데다가, 사정도 잘 모르면서 두냐의 약혼자에 대해 함부로 말한 게 못내 마음에 걸렸다.

그러나 그것은 괜한 걱정이었다. 어머니는 라주미힌의 손을 꼭 잡고 손등에 입이라도 맞출 기세였다. 두냐의 얼굴에도 그에 대한 감사와 존경의 빛이 가득 담겨 있었다. 라주미힌은 차라리 질책을 받는 게 마음이 더 편할 듯했다.

그는 라스콜리니코프의 현재 상태를 둘에게 자세히 일러 주었다. 아직 자고 있으며, 건강은 좋은 편이라는 말에 어머니는 마음이 한결 놓이는 모양이었다.

"참! 이렇게 신세를 지면서 아직 이름도 모르고 있군요."
"드미트리 프로코피치 라주미힌이라고 합니다."
"아, 라주미힌 씨. 요즘 '그 애는 어떻게 지내고 있었나요? 무엇을 좋아하는지, 어떤 꿈을 갖고 있는지, 또 무엇에 몰두하고 있는지 말해 줄 수 있어요?"

"삼 년이나 떨어져 지냈다니 궁금하신 것도 무리가 아닙니다. 저는 로쟈와 알고 지낸 지 일 년 반 정도 되었어요. 로쟈는 어딘가 모르게 어둡고 우울한 구석이 있죠. 자존심도 강하고요. 때때로 냉정하고 무심할 때도 있고요. 상반되는 성격이 섞여 있는 것 같기도 합니다. 너그럽고 다정하면서도 자기 감정을 잘 드러내지 않고, 다른 사람들이 흥미를 느끼는 일에 시큰둥하기도 하고요. 아무튼 두 분이 오셔서 로쟈에게 큰 힘이 될 거라고 생각합니다."

"아, 제발 그랬으면 좋겠군요."

라주미힌의 이야기를 들으며 어머니는 괴로운 표정을 지었다. 라주미힌은 용기를 내어 두냐를 바라보았다. 이야기를 하는 틈틈이 그녀를 곁눈질하기는 했지만, 스쳐 지나가듯 잠깐 눈길을 주었다가 거두는 식이었다. 그녀가 환하게 미소를 지으며 말했다.

"오빠 성격에 대해 굉장히 흥미로운 지적을 해 주시네요. 무엇보다 객관적으로 얘기해 주셔서 감사해요. 저는 무턱대고 오빠를 아끼는 분인 줄로만 알았거든요."

"두 사람 다 로쟈를 잘못 알고 있을 수도 있어."

어머니가 불만스럽다는 듯 말을 가로챘다.

"라주미힌 씨, 당신은 로쟈가 얼마나 몽상을 잘하는지, 또 감정의 기복이 얼마나 심한지 상상도 못할 거예요. 일 년 반 전에 그 애가 주인집 딸과 결혼하겠다고 했을 때, 내가 얼마나 당황스럽고 괴로웠는지 아세요?"

"혹시 그 사건에 대해 아시는 게 있나요?"

두냐가 라주미힌에게 물었다.

"글쎄, 특별한 건 없어요. 집주인인 자르니치나 부인에게 약간 듣긴 했지만……. 거의 성사되다시피 한 결혼이 약혼녀가 죽는 바람에 무산되었는데, 자르니치나 부인도 그 결혼을 썩 달가워하지 않았다고 하더군요. 약혼녀가 빼어난 미인도 아니고, 아주 허약한 데다 이상한 면도 있었다고 들었습니다. 물론 좋은 점도 있었으니 결혼을 결심했겠지만요."

"오, 주여! 벌받아 마땅한 말이지만, 나는 그 아가씨가 죽어서 한시름 놓았어요. 그 아가씨가 로쟈의 인생을 망치게 될지, 로쟈가 그 아가씨의 인생을 망치게 될지는 알 수 없었지만……."

어머니는 시종일관 태도가 조심스러웠다. 하지만 두냐가 못마땅해 하는 것을 알면서도 라스콜리니코프와 루진 사이에 있었던 일을 캐묻기 시작했다. 결국 라주미힌은 그 사건을 다시 끄집어냈고 나중에는 자기 결론까지 덧붙였다.

"당신은 표트르 페트로비치 루진을 어떻게 생각하세요?"

어머니가 참다못해 물었다.

"제가 어떻게 감히 따님의 배우자가 될 사람에 대해서 이러쿵저러쿵할 수 있겠습니까? 따님이 선택했다는 것 하나만으로도 충분하지요. 혹시라도 어제 제가 그를 모욕해서 노여우셨다면 용서하세요. 그건 순전히 취했기 때문입니다. 정신이 하나도 없었어요. 부끄러워 몸 둘 바를 모르겠습니다."

라주미힌이 얼굴을 붉히자 두냐는 말을 아꼈다.

"사실은 말이죠, 라주미힌 씨."

어머니가 딸의 눈치를 살피며 조심스레 운을 뗐다.

"오늘 아침 일찍, 루진에게서 편지를 받았답니다. 우리가 도착한 사실을 알렸더니 이렇게 편지만 보냈군요. 오늘 아침에 여기로 오기로 했었는데……. 직접 읽어 보겠어요?"

라주미힌은 어제 날짜가 적힌 편지를 펼쳐 읽기 시작했다.

친애하는 풀헤리야 알렉산드로브나 부인

사정이 생겨서 저 대신 다른 사람을 보내게 되었습니다. 내일 찾아뵙기로 한 것 역시 어려울 것 같습니다. 대법원에 급한 일이 생긴 데다, 세 식구의 만남을 방해하는 것이 옳지 않은 듯해서 만나 뵐 수 있는 영광을 자진해서 양보할까 합니다.

대신 내일 저녁 여덟 시에 두 분의 숙소를 방문하여 인사를 드리겠습니다. 그런데 한 가지 부탁드릴 게 있습니다. 그 자리에 로지온 로마노비치 라스콜니코프가 참석하지 않으면 합니다. 어제 병중에 있는 그를 방문했는데, 저에게 아주 무례하게 굴었습니다. 이렇게 부탁드렸는데도 라스콜니코프와 함께 계신다면 저는 곧바로 자리를 뜨도록 하겠습니다.

아드님은 어제 마차에 치여 죽은 어느 주정뱅이의 매춘부 딸에게 장례 비용으로 이십오 루블을 주었다고 합니다. 부인께서 돈 때문에 얼마나 고생하고 계신지 아는 저로서는 도무지 이해할 수 없는 일입니다.

끝으로 아브도챠 로마노브나 양에게 경의를 표합니다. 아울러 부인께도 진심 어린 존경을 바칩니다.

—당신의 충실한 종, 표트르 페트로비치 루진

"어떻게 하면 좋을까요?"
어머니는 울먹이다시피 하면서 말했다.
"내가 어떻게 로쟈에게 오지 말라고 할 수 있겠어요? 그 애가 이 결혼을 반대한다는 걸 뻔히 아는데……. 이 사람은 또 그 애를 부르지 말라니……."
"두냐 양이 결정하는 대로 따르시지요."
라주미힌이 침착하게 말했다.
"딸애가 무슨 생각을 하고 있는지 모르겠어서 그래요. 두냐는 어떻게든 로쟈를 오라고 해서 일부러라도 두 사람을 만나게 해야 한다는군요. 그런데 나는 로쟈가 지금 너무 예민하니까 차라리 참석하지 않는 게 좋을 것 같아요. 그나저나 주정뱅이 얘기는 또 뭔가요?"

"어제 로쟈는 제정신이 아니었어요."

라주미힌은 진지하게 말했다.

"어제 대충 듣긴 했는데, 저도 무슨 얘긴지 제대로 알아듣기 힘들었거든요."

"어머니, 오빠한테 직접 가 보는 게 좋겠어요. 그러면 이따가 어떻게 하는 게 좋을지 알 수 있을 거예요. 벌써 열 시네요."

"아, 그렇구나. 이제 가 봐야겠어."

두 사람은 서둘러 외출할 채비를 하기 시작했다. 라주미힌의 시선이 무심코 두냐의 장갑에 머물렀다. 무척이나 낡은 데다 구멍까지 나 있었다. 두 사람의 옷차림은 매우 남루한데도 어딘가 모르게 기품이 느껴졌다.

"사랑하는 아들을 만나러 가는데 왜 이렇게 불안한지 모르겠구나."

"걱정하지 마세요, 어머니. 오빠를 믿으세요."

"당연히 믿지. 하지만 밤새 한숨도 못 잤단다."

두 여인은 앞서 가는 라주미힌을 따라 거리로 나섰다.

"아주 좋아졌습니다. 걱정하지 마십시오."

조시모프가 밝은 목소리로 모녀를 맞이했다. 라스콜리니코프는 옷을 단정히 입고 머리를 깔끔하게 빗은 채 구석에 앉아 있었다. 언뜻 건강을 되찾은 것처럼 보였지만, 얼굴빛은 여전히 나빴고 침울해 보였다. 말도 마지못해 한두 마디 할 뿐이었다.

그래도 어머니와 누이동생이 방으로 들어섰을 때는 잠시나마 표정이 밝아졌다. 하지만 이내 고뇌의 그림자가 더욱 진하게 드리워졌다. 환자를 주시하고 있던 조시모프는 라스콜리니코프의 얼굴에서 가족을 만난 데서 오는 기쁨 대신, 앞으로 두어 시간 피할 수 없는 고문을 견뎌야 한다는 남다른 각오의 빛을 발견하고 깜짝 놀랐다.

"제가 느끼기에도 몸이 다 나은 것 같아요."

라스콜리니코프가 어머니와 누이동생에게 살갑게 입을 맞추며 말했다. 순간 어머니의 얼굴이 밝게 빛났다.

"저도 오늘 이분을 보고 많이 놀랐습니다."

십여 분가량 환자와 힘겹게 이야기를 나누던 조시모프는 사람들이 들어오자 한시름 놓이는 듯한 표정으로 말했다.

"이대로 사나흘 정도면 건강을 되찾을 거예요. 앞으로의 건강은 전적으로 환자한테 달렸습니다. 당신은 현명한 사람이니까 누구보다 자신에 대해 잘 알고 있을 거라 생각합니다. 이제부터는 일을 하지 않으면 안 됩니다. 당신에게 지금 가장 필요한 것은 확고한 목표니까요."

"그래요, 옳은 말입니다. 이제 곧 대학에 복학해야죠. 그러면 모든 게 순조로워질 겁니다."

여인들의 환심을 사기 위해 짐짓 현학적인 충고를 했던 조시모프는 자신을 비웃는 듯한 환자의 표정을 보고 몹시 당황스러웠다. 그렇지만 그것은 잠깐이었다. 라스콜리니코프의 어머니는 조시모프에게 어젯밤의 배려에 대해 감사 인사를 전했다.

"어제 어머니와 두냐를 찾아가서 내 상태를 전했다고요?"

라스콜리니코프는 이맛살을 찌푸리고 눈을 내리깔았다.

"치료비는 둘째치고……. 왜 나한테 그런 친절을 베푸는지 모르겠군요. 솔직히 부담스럽습니다."

조시모프는 부자연스럽게 미소를 지으며 대답했다.

"너무 부담 갖지 마세요. 당신은 내 첫 환자입니다. 나는 보살펴야 하는 환자도 많지 않을뿐더러, 나 같은 풋내기 의사들은 첫 번째 환자를 아주 각별하게 여기거든요."

"이 친구한테도 할 말이 없어요."

이번에는 라스콜리니코프가 라주미힌을 보며 말했다.

"너 역시 내게서 받은 건 모욕과 고통밖에 없을 텐데……."

그러자 라주미힌이 쑥스러워하며 소리쳤다.

"허튼소리 좀 그만해. 오늘따라 너무 감상적이야."

라주미힌에게 조금이라도 통찰력이 있었다면, 그것이 단지 감상적인 기분이 아니라 정반대의 의미를 담고 있다는 걸 눈치 챘을 것이다. 두냐는 그 점을 알아차렸다.

"어머니께도 드릴 말씀이 없습니다."

그는 마치 외워 둔 것처럼 말했다.

"어제 어머니와 두냐가 이곳에서 저를 기다리며 얼마나 마음을 졸였을지 이제야 알 것 같아요."

그러고는 미소를 지으며 누이동생에게 손을 내밀었다. 이번 미소만큼은 마음에서 우러나온, 꾸미지 않은 참된 것이었다. 두냐는 기쁨과 감사의 마음으로 그 손을 꼭 맞잡았다. 남매 간에 무언의 화해가 이루어지는 것을 보자, 어머니의 얼굴은 기쁨과 행복에 겨워 밝게 빛났다.

"로쟈, 이제 모두가 행복해졌으니 하는 말이지만 두냐와 난 어제처럼 불행한 때가 없었단다. 아, 어제 그 아가씨군요? 잘 있었어요, 나스타샤? 이 아가씨가 우리한테 네 소식을 알려 줬지. 네가 열병에 걸린 채 밖으로 나가는 바람에 모두들 찾고 있다고 말이야. 우리가 얼마나 놀랐는지 아니? 오죽하면 루진의 도움을 받으려고 했겠니?"

"그러셨겠죠. 힘드셨을 거예요."

어머니의 말에 라스콜리니코프는 무덤덤하게 대답했다. 그 순간, 두냐는 오빠가 의무감으로 어머니와 자신을 대하고 있다는 생각이 퍼뜩 들었다.

"눈뜨자마자 어머니를 찾아뵐 작정이었는데, 피 묻은 옷을 미처 빨지 못했어요. 이제야 겨우 옷을 갈아입었거든요. 일부러 찾아뵙지 않은 건 아니에요."

"피라니? 그게 무슨 말이니?"

어머니는 깜짝 놀란 표정을 지었다.

"별일 아니에요. 어제 정신없이 거리를 헤매다가 마차에 치인 사람을 보았어요. 그 사람을 집까지 옮기느라 피투성이가 됐지요. 그런데 어머니, 제가 한 가지 죄송한 일을 저질렀어요. 어머니가 보내 주신 돈을 어제 죽은 사람의 부인에게 줬어요. 장례 비용으로 쓰라고요. 그 부인은 남편을 잃은 데다 폐병까지 앓고 있었거든요. 아이 셋은 굶고 있었고요. 큰딸이 있긴 하지만……. 어머니도 그 광경을 직접 보셨다면 망설이지 않고 저처럼 하셨을 거예요. 물론 저한테는 그럴 권리가 없지만요."

"괜찮다, 로쟈. 나는 네가 하는 일은 무조건 다 믿는단다."

"저를 그렇게 쉽게 믿지는 마세요."

그는 억지로 미소를 지었다. 잠시 침묵이 감돌았다. 모든 대화에 팽팽한 긴장이 서렸다. 모두들 그걸 느끼고 있었다. 라스콜리니코프는 다들 자신을 두려워한다는 생각이 들었다.

어머니는 시간이 흐를수록 자꾸만 겁이 났다.

"그런데 로쟈, 마르파 페트로브나가 죽었단다."

"그 사람이 누구죠?"

"편지에 썼잖니? 스비드리가일로프 씨의 부인 말이야."

"아, 생각나요. 그 부인이 죽었다고요?"

"너한테 편지를 보낸 그즈음이었어. 듣자 하니 평소에 남편이 부인을 많이 때렸다더구나. 죽던 날도 매를 흠씬 맞고 목욕을 하러 찬물에 들어갔는데, 바로 기절해 버렸대. 그 길로 죽었다지 뭐니?"

"어머니는 정말 사소한 일에 관심이 많군요. 그런 쓸데없는 이야기에……."

"아니, 얘야. 난 그저 뭐든 얘기를 해야 할 것 같아서……."

어머니는 한숨을 내쉬었다.

"왜 그러세요? 왜 저를 두려워하시는 거예요?"

라스콜리니코프는 일그러진 미소를 지으며 물었다.

"그러게요. 어머니는 아까 계단을 올라오면서 두려움을 지우기 위해 성호까지 그으셨어요."

두냐가 거들었다.

"아니, 두냐! 그게 무슨 말이니? 로쟈, 나는 네 얼굴을 보는 것만으로도 충분히 행복하단다."

"이제 그만하세요. 앞으로도 얘기를 나눌 기회는 많아요."

그는 어머니를 보지도 않고 손을 꼭 쥔 채 곤혹스럽다는 듯이 중얼거렸다. 그러다 별안간 얼굴이 새하얗게 질렸다. 얼마 전에 느꼈던 무서운 감정이 죽음의 냉기처럼 다시 그의 영혼을 감쌌다. 자신이 지금 무서운 거짓말을 하고 있으며, 앞으로는 어느 누구와도 터놓고 이야기할 수 없게 되었다는 사실을 분명하게 느꼈던 것이다.

"왜 그래요, 오빠?"

두냐가 불안한 목소리로 물었다.

"아무것도 아니야. 잠시 다른 생각이 나서."

그가 갑자기 소리 내어 웃으며 말했다.

"어머니, 제가 주인집 딸과 사랑에 빠져 갑자기 결혼하고 싶어 했던 것 기억하세요?"

어머니는 갑작스런 화제에 적잖이 당황했다.

"물론 기억하고말고."

"어느새 기억이 희미해졌네요. 몸이 아픈 아가씨였어요. 그런데도 사람들에게 베풀기 좋아하는……. 수도원에 들어가는 게 소원인 여자였지요. 굉장히 못생긴 여자였는데……. 제가 왜 그런 여자한테 반했는지, 지금은 도무지 이해가 가지 않아요. 봄날의 꿈 같은 사랑이었나 봐요."

"넌 아직도 그 여자를 사랑하는구나!"

어머니가 감동 어린 목소리로 말했다.

"그 여자를요? 아니에요. 지금은 모든 게 마치 딴 세상의 이야기 같아요. 그런데 제가 왜 이런 얘기를 하고 있는 거죠?"

그는 짜증이 섞인 목소리로 말하고는 손톱을 깨물며 생각에 잠겼다. 한참 만에 어머니가 침묵을 깨뜨렸다.

"그런데 로쟈, 네 방에 오면 꼭 관 속에 있는 것 같아. 왜 하필 이런 방을 골랐니?"

"관 같다고요? 재밌는 말씀을 하시는군요."

그는 이렇게 대답하며 야릇한 미소를 지었다. 아무리 삼 년 만에 만나는 가족과의 대화라 해도 이런 식으로 계속 이어지는 건 참을 수 없다는 생각이 들었다. 어쨌든 그는 오늘 꼭 해결해야 할 과제가 있었다. 라스콜리니코프는 진지하면서도 냉정한 얼굴로 두냐를 바라보았다.

"두냐, 어제 일은 내가 잘못했다. 하지만 루진에 대해서만큼은 나도 절대 물러설 수 없어. 내가 비열해지는 건 괜찮지만, 너는 안 돼."

"로쟈! 로쟈! 너는 어제와 조금도 달라지지 않았구나!"

어머니는 다시 슬픔에 잠겼다.

"오빠! 난 루진 씨와 결혼할 거예요. 누군가를 위해서 희생하려는 게 아니라 나를 위해서 결혼하겠다는 거예요. 난 그 사람의 기대에 성실히 부응할 거예요. 그런데 왜 그렇게 웃는 거죠?"

순간 라스콜리니코프의 입가에 쓴웃음이 어렸다. 두냐는 흥분했다. 그녀의 얼굴에는 노여움이 가득했다.

"기대에 부응하겠다고? 너는 거짓말을 하고 있어. 어떻게 네가 루진을 존경할 수가 있니! 너는 돈 때문에 자신을 팔려고 하는 거야. 그건 아주 비열한 짓이지."

"아니에요. 내가 결혼하려는 건 그 사람이 나를 인정해 주고 아껴 주리란 걸 알기 때문이에요. 오빠가 생각하는 것처럼 비열한 짓이 아니라고요. 그리고 설사 그게 사실이라 해도 그런 식으로 말하는 건 너무 잔인하지 않나요? 오빠는 왜 자신도 갖지 못한 용기를 나에게 요구하는 거죠? 그런데 오빠, 얼굴이 왜 이렇게 창백해요?"

"두냐, 그만하렴! 이러다 로쟈가 다시 쓰러지겠구나!"

어머니가 비명을 질렀다.

"아니에요. 잠시 어지러웠을 뿐이에요. 그런데 두냐, 어떤 이유로 그 사람을 존경할 수 있다는 거지?"

"어머니, 오빠에게 루진 씨의 편지를 좀 보여 주세요."

어머니는 떨리는 손으로 편지를 전해 주었다. 라스콜리니코프는 호기심에 찬 얼굴로 편지를 받아 들었다.

"내가 왜 이렇게 신경이 곤두서 있지? 아무하고나 결혼해 버리라지!"

그는 이렇게 내뱉고는 스스로도 놀란 듯이 누이동생을 바라보았다. 그러고는 마음을 고쳐먹고 루진의 편지를 여러 번 꼼꼼히 읽어 보았다. 모두들 숨죽여 그의 반응을 살폈다.

"흠, 변호사 티를 팍팍 내는 말투구나. 아주 사무적이야. 무식하지는 않지만 교양 있는 문체도 아니군."

"그 사람은 자신이 교육받지 못했다는 사실을 굳이 감추려고 하지 않아요. 오히려 자수성가한 걸 자랑스러워하죠."

"자랑으로 여긴다니, 그럴 만도 하겠군. 너는 내가 트집을 잡는다고 생각하는구나. 어머니와 네가 자기 말을 듣지 않으면 언제든지 떠나 버리겠다고 경고하는군. 여기, 내가 참석하면 자리를 뜨겠다고 협박하고 있잖니? 그리고 어제 내가 장례 비용을 준 사람은 마차에 치여 죽은 남자의 부인이야. 그 집 아가씨에게 준 게 아니라고. 난 어제 그 아가씨를 처음 봤을 뿐인데, 루진은 노골적으로 나를 모략하고 우리 사이를 이간질하는구나. 이런데도 그 작자를 존경할 수 있다는 거냐?"

"오빠 뜻은 알겠어요. 이건 뭐랄까……, 그 사람의 표현이 서투른 것뿐이에요."

"그럼 로쟈, 너는 어떻게 했으면 좋겠니?"

어머니가 끼어들었다.

"그거야 어머니와 두냐가 결정하셔야죠. 루진의 요구에 아무런 모욕을 느끼지 않는다면……."

그가 퉁명스레 대꾸했다.

"나는 오빠가 그 자리에 꼭 왔으면 해요."

"그래? 그렇다면 가도록 하지."

"그리고 이분께도 부탁드릴게요. 함께 와 주세요."

두냐가 라주미힌을 보며 말했다.

"그게 좋겠구나. 두냐, 이만 가자. 너희가 결정한 일이니 루진이 화를 내든 말든 나도 모르겠다!"

어머니는 이렇게 말하며 일어날 채비를 했다.

그때였다. 조용히 문이 열리더니, 젊은 여자가 방 안을 두리번거리며 들어왔다. 모두가 놀라움과 호기심에 가득 찬 눈길로 그녀를 바라보았다. 라스콜리니코프도 처음엔 누구인지 전혀 알아보지 못했다. 여자는 마르멜라도프의 딸, 소냐였다. 소녀처럼 앳되고 수줍은 모습이었다. 행색은 초라했지만 예의 바르게 행동하려고 노력하고 있었다. 그러나 방 안에 있는 사람들을 보고는 너무 놀라서 잔뜩 겁을 먹은 것 같았다.

"아, 당신이군요. 여기까지 찾아올 줄이야……."

그는 그녀의 갑작스런 방문에 어쩔 줄 몰라 했다.

"앉으세요. 카테리나 이바노브나의 심부름으로 온 건가요?"

라스콜리니코프는 소파에 그녀를 앉히려다 라주미힌이 앉아 있던 의자를 권했다. 소파에 앉히면 매우 가까운 사이처럼 보일 것 같아서였다. 소냐는 안절부절못하며 눈치를 살피더니 두 여자를 바라보며 말했다.

"저는…… 방해가 되었다면 죄송해요. 어머니가 내일 장례식에 꼭 참석해 주셨으면 한다고 전하라 하셔서요. 그리고 추도식에도 오셔서 함께 식사라도 하시자고……. 어머니가 거듭 당부하셨어요."

"꼭 가겠습니다. 바…… 반드시요."

라스콜리니코프도 소냐가 그랬던 것처럼 말을 약간 더듬거렸다. 소냐는 그의 대답을 듣고 주춤거리며 일어섰다.

"잠깐만요, 할 얘기가 있습니다. 내게 이 분 정도만 시간을 내주십시오."

라스콜리니코프는 다시 그녀에게 의자를 권했다. 라스콜리니코프의 창백하던 얼굴이 어느새 발그레해졌다.

"어머니, 소피야 세묘노브나 마르멜라도바 양입니다. 아까 말씀드렸던, 마차에 치인 마르멜라도프 씨의 따님이에요."

어머니는 소냐를 훑어보고는 이내 이맛살을 찌푸렸다. 두냐는 호기심이 가득한 눈으로 이 가련한 아가씨를 자세히 살펴보았다. 라스콜리니코프가 소냐에게 물었다.

"드린 돈이 얼마 안 되는데, 그 돈으로 장례를 치르고 추도식까지 열 수 있나요?"

"관은 싼 것으로 짰고, 모든 걸 간소하게 해서 많이 들지 않았어요. 추도식을 할 만한 돈도 남았고요. 그렇게라도 하지 않으면 어머니가 견딜 수 없다고……."

소냐가 고마워서 어쩔 줄 몰라 하는 모습을 보고 어머니의 눈빛이 자못 따뜻해졌다. 어머니는 자리에서 일어서면서 아들에게 말했다.

"로쟈, 나중에 식사하러 오는 것 잊지 말아라. 두냐, 우린 이만 돌아가자꾸나."

"네, 저는 잠시 볼일을 보고 이따가 찾아뵐게요. 그리고 라주미힌, 자네는 잠깐만 남아 줘. 어머니, 지금은 이 사람이 필요 없으시죠?"

"그래, 괜찮다. 라주미힌 씨, 꼭 식사하러 와요."

"꼭 와 주세요."

두냐도 간청했다. 고개 숙여 인사하는 라주미힌의 얼굴이 밝아 보였다. 어머니는 소냐에게도 인사를 하려 했지만, 입이 떨어지지 않아 그대로 나오고 말았다. 반면 두냐는 친절한 얼굴로 인사를 건넸다. 인사를 받은 소냐는 몸 둘 바를 몰라 했다.

"두냐, 조심해서 가라. 자, 손을 다오."

라스콜리니코프는 문 앞까지 따라 나와 누이동생의 손을 꼭 쥐었다. 두냐는 얼굴을 발그레하게 붉히며 그에게 미소를 짓고는 이내 손을 뺐다. 그리고 행복에 겨운 모습으로 어머니의 뒤를 따라 밖으로 나갔다.

"자, 이걸로 다 됐어! 죽은 자에게는 안식이, 산 자에게는 더 나은 삶이 있으리라! 그렇지 않아요?"

소냐는 갑자기 밝아진 그의 얼굴을 물끄러미 보았다. 라스콜리니코프도 그녀를 뚫어져라 바라보았다. 순간 고인이 된 그녀 아버지가 그녀에 대해 했던 말들이 떠올랐다.

"아아, 하느님! 거리에 나오니까 기분이 좋구나."

거리로 나오자마자 어머니가 말했다.

"어머니, 오빠는 아직도 많이 아파요. 어쩌면 우리 때문에 괴로워하다가 저렇게 몸이 망가졌는지도 모르잖아요. 어머니가 이해해 주셔야 해요."

"너도 그리 너그럽게 대하진 못해 놓고선……. 너희 남매는 생김새는 말할 것도 없고, 어쩜 성격까지 그렇게 똑같니? 나는 오늘 저녁에 어떤 일이 생길지 정말 두렵단다. 혹시라도 루진이 우릴 버리면 어떡하니?"

"걱정 마세요, 어머니. 잘 해결될 거예요."

"두냐, 난 왠지 그 소냐라는 아가씨가 문제가 될 것 같은 예감이 드는구나."

"그럴 리가요. 오빠는 그 여자를 어제 처음 만난걸요."

두냐가 단호하게 대답했다.

"하지만 두고 보렴. 그 아가씨가 곧 내 속을 태울 테니. 더군다나 네 오빠가 그 아가씨를 너한테까지 소개했다는 건 그만큼 관심이 많다는 뜻이 아니겠니?"

"세상 사람들이 수군거리는 것, 저는 믿지 않아요. 그리고 저는 그 아가씨가 정말로 착한 사람이라고 생각해요. 루진 씨가 진짜로 사람들 사이를 이간질했어요. 고약한 사람이에요."

그 말에 어머니는 입을 꾹 다물었다. 그 뒤 두 사람 사이의 대화는 끊어져 버렸다.

제 9 장
의 심

"내가 너한테 남아 달라고 한 건 부탁이 있어서야."

라스콜리니코프가 라주미힌을 창가로 불러내서 말했다.

"네가……, 누구더라……. 아, 포르피리 페트로비치라는 사람을 안다면서?"

"그래. 그런데 왜?"

"그러니까…… 그 살인 사건 말이야. 전당품을 맡긴 사람들을 수사하고 있다던데, 사실은 나도 그 노파에게 물건을 맡긴 적이 있거든. 아버지 유품인 은시계와 누이동생이 선물한 반지야. 시계를 찾지 못하면 어머니가 큰 충격을 받으실 거야. 경찰에 신고하기보다는 네가 포르피리에게 직접 말해 주는 게 어떨까 해서……."

"당연히 그래야지. 경찰서에 알리느니 포르피리에게 직접 부탁하는 게 낫지. 네 얘기를 몇 번 했으니 아마 인사를 나누면 좋아할 거야. 그럼, 말이 나온 김에 당장 가자."

라주미힌은 이상할 정도로 흥분하고 있었다.

"그나저나 네가 거기다 전당잡혔을 줄은 몰랐어. 물건을 맡긴 지는 오래됐어?"

"노파가 죽기 사흘쯤 전에 갔었지. 지금 당장 물건을 찾겠다는 건 아냐. 일 루블밖에 없는 데다 몸도 안 좋고……."

라주미힌은 연신 고개를 끄덕였다.

"그래서 네가 그때 충격을 받은 거구나. 반지와 줄이 어쩌고 하던 것도 그 때문이었고! 아하, 이제 분명해졌어. 아주 멋지게 반전되는걸."

라주미힌의 말을 들으니 퍼뜩 스치는 생각이 있었다.

'그래서 그놈들이 나를 의심했구나. 이 녀석은 내가 반지에 대해 떠든 이유를 밝히니까 자기 일처럼 기뻐하는군. 역시 모두들 같은 생각이었던 거야.'

"참, 소냐, 이 사람은 친구 라주미힌입니다."

"지금 가셔야 한다면 저는 이만……."

소냐는 라주미힌에게 눈길도 주지 않은 채 말했다.

"오늘 댁에 들르겠습니다. 주소를 알려 주세요."

소녀는 집 주소를 알려 주며 얼굴을 붉혔다.

이윽고 세 사람은 밖으로 나왔다. 소녀는 그 집에서 빠져나온 것이 몹시 기쁜 듯했다. 라스콜리니코프와 라주미힌에게 인사를 하고는 발걸음을 재촉했다.

소녀가 멀어지자, 라스콜리니코프가 큰 소리로 물었다.

"지금 가면 포르피리를 만날 수 있을까?"

"물론이지. 아주 멋진 사람이야. 좀 무뚝뚝해 보이긴 해도 붙임성이 좋아. 사람을 놀리는 걸 좋아하지만 일만큼은 똑 부러지게 하지."

"그런데 그 사람이 왜 나랑 친해지고 싶어 하지?"

"뭐, 딱히 이유가 있어서가 아니라 요즘 네가 앓으면서 사람들 입에 자주 오르내렸거든. 포르피리는 네가 법대를 다니다 중퇴했다는 말을 듣고는 안타깝다고 했어. 그 뒤로 더 알고 싶어 하는 눈치이고. 자, 이 회색 건물이야."

포르피리에 대한 이야기를 들으니 라스콜리니코프는 왠지 마음이 불안해졌다.

"그런데 너, 오늘은 아침부터 유난히 들떠 있는 것 같은데?"

"들떠 있다니? 그런 거 없어."

라주미힌이 정색했다.

"왜 그렇게 당황하는 거야? 오늘따라 멋도 많이 부렸군. 머리에 기름까지 바르고. 영락없이 로미오인걸. 어디 한번 보자!"

"이런 돼지 같은 녀석!"

라스콜리니코프는 참을 수 없다는 듯이 웃음을 터뜨렸다. 두 사람은 크게 웃으면서 포르피리 페트로비치의 집으로 들어갔다. 이렇게 유쾌하게 웃고 떠드는 소리를 포르피리에게 자연스레 들려주자는 게 라스콜리니코프의 계산이었다.

라스콜리니코프는 웃음을 억지로 참는 듯한 표정으로 방 안에 들어섰다. 라주미힌은 얼굴이 새빨개져서 샐쭉한 얼굴로 뒤따라 들어갔다. 놀란 표정으로 두 사람을 맞는 방 주인에게 라스콜리니코프가 먼저 손을 내밀고 악수를 청했다. 어떻게든 웃음을 참고 자기소개를 하려다가 무심코 라주미힌의 표정을 보고 다시 웃음을 터뜨리고 말았다.

"이 고약한 녀석!"

라주미힌은 손을 휘두르며 라스콜리니코프에게 달려들었다. 그 바람에 빈 찻잔이 놓여 있던 탁자가 쓰러지면서 요란한 소리를 냈다.

"어째서 남의 탁자를 부수는 겁니까? 여러분, 이건 국고 손실입니다."

포르피리가 쾌활하게 소리쳤다. 넘어진 탁자와 깨진 찻잔 때문에 당황한 라주미힌은 파편들을 침울한 표정으로 바라보다가 몸을 휙 돌려 창가로 다가섰다. 그 모습을 보고 포르피리가 웃음을 터뜨렸다.

한쪽 구석에는 자묘토프가 자리를 잡고 앉아 있었다. 그 와중에도 그는 줄곧 의심스런 눈초리로 라스콜리니코프를 살피고 있었다.

'이 사람이 와 있을 줄이야!'

자묘토프가 그 자리에 와 있으리라고는 꿈에도 상상치 못한 라스콜리니코프는 갑자기 불쾌감을 느꼈다.

"실례합니다. 라스콜리니코프라고 합니다."

"반갑습니다. 아주 유쾌하게 들어오셨군요. 그런데 저 친구는 인사하기 싫은 모양이지요?"

포르피리가 라주미힌을 턱짓으로 가리켰다.

"그러게요. 그저 농담을 몇 마디 했을 뿐인데 저렇게 흥분을 하네요."

둘의 얘기를 듣고 있던 라주미힌이 대화에 끼어들었다.

"자, 이제 그만하지. 이 친구는 로지온 로마노비치 라스콜리니코프야. 부탁할 일이 있다고 해서 데리고 왔어. 그런데 자묘토프, 당신이 여긴 웬일입니까? 포르피리랑 아는 사이였던가요?"

"어제 자네 집에서 알게 되었잖나?"

자묘토프가 당혹스러워하며 대답했다.

"음, 소개해 달라고 조르더니 그새 서로 인사를 나눈 모양이네요."

포르피리는 서른다섯 살가량으로, 깨끗한 셔츠에 단화를 신고 있어서 매우 편안해 보였다. 머리는 짧게 깎아 올려 뒤통수가 둥글게 튀어나와 있었다. 얼굴에는 포동포동하게 살이 올라 있었지만 환자처럼 누르스름한 빛을 띠었다.

포르피리는 라스콜리니코프가 부탁할 게 있다는 말을 듣고는 그에게 소파의 한쪽을 권하고 자기도 다른 쪽에 앉았다. 라스콜리니코프는 짤막하면서도 조리 있게 찾아온 용건을 말했다.

라스콜리니코프의 용건을 다 듣고 난 뒤, 포르피리는 사무적으로 답변했다.

"경찰에 신고해야 합니다."

"문제는 지금 내게 돈이 없다는 겁니다. 그래서 그 물건이 내 것이란 걸 알려 드리고, 나중에 돈이 생기면……."

"그것도 마찬가지입니다."

돈 이야기가 나오자, 포르피리는 더 냉정하게 잘라 말했다.

"그러고 싶다면 지금의 사정을 글로 적어서 내게 제출하셔도 됩니다."

"아무 종이에 써도 될까요?"

"아, 그럼요."

그 순간, 라스콜리니코프는 포르피리가 눈을 가늘게 뜨고 자기를 흘낏거리는 것을 놓치지 않았다. 그는 포르피리가 자신을 의심하고 있음을 직감했다.

"내 물건은 다 해 봐야 오 루블 정도밖에 안 되지만, 그 물건을 준 사람에 대한 추억이 깃들어 있어서요."

"당신 물건이 사라질 염려는 없습니다. 실은 오래전부터 당신이 오기를 기다리고 있었지요."

포르피리는 침착하면서도 차가운 어조로 말했다. 라스콜리니코프는 몸을 부르르 떨었지만 라주미힌은 딴 데 정신을 파느라 보지 못한 듯했다.

"무슨 말이야? 그럼 형은 이 친구가 전당잡힌 걸 알고 있었다는 거야?"

라주미힌이 외쳤다.

"당신 물건이 두 개나 있더군요. 반지와 시계가 맞지요? 둘 다 종이에 싸인 채 노파의 집에 있었어요. 당신의 이름이 연필로 선명하게 적혀 있더군요. 물건을 맡긴 날짜까지도요."

"꼼꼼하게도 살폈군요."

"지금까지 전당잡힌 사람들은 다 찾아왔는데 당신만 오지 않았거든요."

"몸이 좀 아팠습니다."

"알고 있습니다. 지금도 안색이 좋지 않군요."

"아닙니다. 이제 다 나았습니다."

"거짓말하지 마!"

라주미힌이 반박했다.

"어제도 그렇게 헛소리를 해 대더니……. 게다가 우리가 잠깐 한눈을 판 사이에 어디론가 뛰쳐나가 자정이 될 때까지 오리무중이었잖아."

라스콜리니코프는 포르피리를 보며 대꾸했다.

"어제는 사람들이 지긋지긋했어요. 거기서 벗어나려고 새 방을 구하러 나섰던 거예요. 돈을 몽땅 들고 나갔죠. 자묘토프 씨도 내 돈을 보았지요. 어땠습니까? 그때 내가 멀쩡하던가요, 아니면 헛소리를 마구 하던가요?"

"조금 긴장한 것 같긴 했지만 말은 조리 있게 잘 하더군요."

자묘토프가 무뚝뚝하게 대꾸했다.

순간, 온갖 생각들이 라스콜리니코프의 머리를 회오리처럼 스치고 지나갔다.

'목을 치려면 당장 쳐. 고양이가 쥐를 데리고 노는 것처럼 장난치지 말고. 이건 무례한 짓이야. 포르피리 페트로비치, 당신을 절대로 용서하지 않겠어. 노파가 날짜까지 적어 뒀다고? 그런 말에 넘어가지 않아. 확실한 증거를 보이라지. 그나저나 내가 왜 여기까지 왔을까? 왜 이렇게 초조해지는 거지? 이 사람은 다 알고 있는 것일까?'

"어제 자네 집에 갔다 온 뒤로 머리가 다 아프더군. 온몸에서 힘이 다 빠져 버린 것 같았어."

포르피리는 갑자기 아까와는 사뭇 다르게 살가운 말투로 라주미힌에게 말을 건넸다.

"그래, 결말은 어떻게 된 거야? 한창 재미있을 때 나와 버렸는데……. 누가 이겼어?"

"물론 이긴 사람은 없었지. 정답이 없는 문제에 무슨 결말이 있겠어? 로쟈, 우리가 어제 어떤 주제로 논쟁을 했는지 알아? 범죄라는 게 성립할 수 있는가, 그렇지 않은가 하는 문제였어. 말도 안 되는 엉터리 이론을 실컷 떠들어 댔지."

"별것도 아니잖아. 흔해 빠진 사회 문제구먼."

라스콜리니코프가 흥미 없다는 듯이 대꾸했다.

"문제는 그런 식으로 제기된 게 아니었습니다."

"그건 그렇지. 로쟈, 네 의견을 듣고 싶어. 어제 너를 얼마나 기다렸는지 몰라. 논쟁은 사회주의자들의 관점에서 출발했어. 범죄를 비정상적인 사회 질서에 대한 항의로 보는 시각이지."

"또 말도 안 되는 소리를 해 대는군!"

포르피리가 라주미힌의 말을 반박하려 들었다.

"뭐가 말이 안 된다는 거야? 사회주의자들은 모든 문제가 나쁜 환경 때문에 생겨난다고 믿어. 사회가 바람직하게 굴러간다면 범죄는 모두 사라진다는 논리지. 인간의 본성은 조금도 고려하지 않았어. 그들은 인류가 역사의 흐름을 따라 발전한다는 걸 부정하지. 그저 수학적인 공식으로 만들어진 사회 조직이 인류를 만들어 낼 뿐 아니라 그것이 역사의 흐름까지도 뛰어넘는다고 주장하고 있어. 녀석들은 본능적으로 역사를 좋아하지 않아."

"봇물 터지듯이 마구 쏟아 내는군. 이 친구를 꽁꽁 묶어 놓든지 해야겠는걸."

포르피리가 웃음을 터뜨렸다. 그는 라스콜리니코프에게로 몸을 기울이며 말했다.

"어제도 이랬어요. 한방에 여섯 명이 모여 술에 취해 떠들어 댔죠. 이 친구야, 환경은 범죄의 동기를 설명하는 데 아주 중요한 역할을 한다고."

"그건 알고 있어. 하지만 마흔 살 먹은 사내가 열 살짜리 여자아이를 성추행했다면 그것도 환경 탓일까?"

"물론이지. 엄밀히 말하면 그것도 환경 때문이야. 어린아이에 대한 범죄라면 더더욱 그렇고."

포르피리는 매우 엄숙한 표정으로 말했다. 라주미힌은 그의 말에 격분해서 으르렁거렸다.

"형은 지금 능청을 떨고 있는 거야. 젠장! 일부러 그러는 거지? 더 이상 형과 이야기할 가치도 없어. 작년에는 수도사가 될 것처럼 굴더니, 얼마 전에는 결혼을 할 거라며 옷까지 새로 맞췄잖아."

"또 엉터리 같은 소릴 하는구나. 난 그저 새 옷을 맞춰 입는 핑계로 너희를 놀려 주고 싶었던 것뿐이야."

"평소에도 그렇게 시치미를 잘 떼나요?"

라스콜리니코프가 아무렇지도 않은 듯이 물었다.

"못 믿겠어요? 그럼 당신도 속여 봐야겠군요. 하하하! 사실 당신의 논문에 관심을 가지고 있습니다. 〈범죄에 관하여〉라는 논문이었나요? 두 달쯤 전에 《월간 논단》에서 읽었죠."

"휴학하기 전에 그런 논문을 썼어요. 전 그 논문을 《주간 논단》에 냈는데요."

"두 개가 통합되었거든요. 그래서 당신 논문은 《월간 논단》에 실렸습니다. 모르고 있었나 보군요."

라스콜리니코프는 사실 아무것도 모르고 있었다.

"훌륭해, 로쟈! 당장 그 잡지를 찾아봐야겠어."

라주미힌이 들떠서 소리쳤다.

"당신은 범죄가 항상 질병을 불러온다고 주장했더군요. 아주 독창적인 견해였어요. 특히 결말이 흥미로웠지만, 아쉽게도 너무 암시적이어서 명확하지 않더군요. 세상에는 평범한 사람과 비범한 사람이 있는데, 비범한 사람은 법률에 방해받지 않고 범죄를 저지를 수 있는 권리가 있다고 주장했죠?"

라스콜리니코프는 고의적으로 자기의 견해를 왜곡하려 드는 그를 마음속으로 실컷 비웃었다. 그는 포르피리의 도전에 응하기로 마음먹었다.

"대체로 잘 이해했지만 정확하게 보지는 못했군요. 나는 비범한 사람이 불법 행위를 저질러도 된다고 주장하진 않았습니다.

오히려 그 반대죠. 내가 말한 비범한 사람의 권리란 공식적인 권리가 아니라 자기 양심을 뛰어넘을 권리입니다. 그것도 그의 사상이 인류를 위한 신념으로 인정받을 때에 한해서죠.

내 논문을 명백하게 설명하기를 바라는 것 같으니 자세히 설명해 보겠습니다. 리쿠르고스나 솔론, 마호메트, 나폴레옹 같은 사람들은 하나같이 새로운 법을 만들고, 그 법으로 사회 질서를 파괴한 것만으로도 이미 범죄를 저질렀다고 할 수 있어요. 그들은 피를 흘려야 할 상황이 닥치면 조금도 주저하지 않고 피를 쏟게 했습니다. 이렇게 보면 지금까지 인류를 위한 개혁가나 위인들은 모두가 살인자입니다. 이건 중요한 대목입니다. 누구든 남보다 뛰어난 점이 있거나 위대하면 그 타고난 천성 때문에 범죄자가 되지 않을 수 없는 것입니다. 사실 범죄를 저지르지 않고 남을 뛰어넘기는 힘드니까요. 결국 비범한 사람은 살아남음으로써 승리자가 되는 거죠."

"그렇다면 한 가지 묻지 않을 수 없군요. 비범한 사람과 평범한 사람을 어떻게 구분해야 할까요?"

"자연의 장난 때문인지 모르겠지만, 많은 사람들이 자신을 비범하다고 생각합니다. 그러나 그들은 오래가지 못합니다. 어쩌면 채찍질로 자신의 신분을 깨닫게 해 주는 것도 방법이겠지요. 그들은 선천적으로 유순해서 금세 자책하고 반성할 테니까요."

"그렇군요. 그런데 또 한 가지 문제가 있습니다. 사람을 죽여도 좋은 권리를 가진 비범한 사람들이 많을까요? 그런 사람들이 많으면 곤란하지 않습니까?"

"새로운 사상을 가진 선구자, 아니 새로운 이론을 만들 수 있는 사람은 극소수에 불과합니다. 위대한 천재, 인류의 참된 완성자는 몇억 명의 인간이 살다 죽어간 뒤에나 태어날지도 모릅니다."

"도대체 무슨 말을 하고 있는 거야? 로쟈, 지금 진심으로 하는 말이야?"

참다못한 라주미힌이 소리쳤다. 라스콜리니코프는 여느 때보다 파리하고 침울한 표정이었다. 그는 고개를 들어 라주미힌을 보기만 할 뿐 아무 말도 하지 않았다. 그의 조용하고 슬픈 얼굴과 무례할 정도로 집요한 포르피리의 얼굴은 뚜렷이 대조를 이루었다. 참으로 묘한 느낌이었다.

"그게 진심이라면 넌 양심상 유혈을 허용한다는 말이군. 그것도 아주 광신적으로 말이야. 그건 무서운 생각이야. 그 논문을 찾아 읽어 봐야겠어."

"그렇지 않아. 내 논문에 그런 말은 없어. 다만 암시를 했을 뿐이지."

라스콜리니코프가 말했다.

"맞아요. 범죄에 대한 당신의 견해를 이제는 완전히 이해했습니다. 그런데 또 궁금한 게 있습니다. 만약 한 청년이 스스로를 리쿠르고스나 마호메트처럼 여기고, 장애가 된다고 판단한 것들을 제거하기 시작한다면 결과는 어떻게 될까요?"

"그런 일이 실제로 일어날 수도 있죠. 허영에 들뜬 청년들이 많으니까요. 하지만 우리 사회는 이미 교도소나 판사, 법률 등으로 충분히 안전망을 쌓고 있지 않은가요?"

"그렇다면 그 사람의 양심은 어떻게 되나요?"

"양심 있는 인간이라면 스스로 죄를 뉘우치겠죠. 그거야말로 가장 큰 벌이 될 테니까요."

"마지막으로 한 가지만 더 묻겠습니다. 아, 내가 정말 귀찮게 하는군요. 혹시 그 논문을 작성하는 동안, 아주 조금이라도 스스로를 비범한 사람이라고 생각한 적은 없습니까?"

"충분히 그랬을 수 있지요."

라스콜리니코프는 경멸이 서린 말투로 대답했다. 순간 라주미힌은 움찔했다.

"혹시 생활하는 데 어려움을 겪고 있는 사람들을 돕겠다는 생각으로 살인이나 도둑질을 하려는 마음을 잠시라도 품어 본 적이 없나요?"

"그랬다면 이런 얘기를 함부로 지껄이진 않겠죠."

라스콜리니코프는 노골적인 질문에 짙은 혐오감을 느꼈다.

"미리 말하지만, 이제껏 스스로를 마호메트나 나폴레옹으로 생각해 본 적은 맹세코 없습니다."

"왜 이러십니까? 요즘 러시아 사람 치고 자기를 나폴레옹으로 여기지 않는 사람이 어디 있다고요?"

포르피리는 갑자기 능글맞은 태도로 말했다. 무언가 특별한 의미를 담은 듯한 말투였다.

"그렇다면 지난주에 전당포 노파를 살해한 범인도 미래의 나폴레옹일까요?"

자묘토프가 물었다.

라주미힌은 침통한 표정을 지었다. 그는 아까부터 자묘토프가 어떤 의도를 갖고 그 자리를 지키고 있는지 눈치를 챘다. 라스콜리니코프가 몸을 일으켰다.

"돌아가려고요?"

포르피리가 유난히 상냥한 태도로 손을 내밀었다.

"당신을 알게 되어 정말 기쁩니다. 부탁한 건 염려 말아요. 아까 알려 준 대로 쓰면 되니까요. 그보다 빠른 시일 내에 내 사무실로 직접 들르는 편이 낫겠군요. 노파의 집에 들른 마지막 분이니 어떤 얘기라도 들려주었으면 합니다."

"공식적으로 나를 신문하려는 거군요?"

라스콜리니코프가 신경을 곤두세웠다.

"무슨 말을 그렇게 합니까? 그럴 의도는 없습니다. 전당잡힌 사람들은 죄다 찾아왔고, 어떤 사람은 증언까지 했어요. 당신이 마지막으로 남은 사람입니다. 참, 라주미힌! 자네가 니콜라이는 무죄일 거라고 했지? 그자는 정말로 풀려났어. 우리는 이제 드미트리를 괴롭힐 수밖에 없지. 그런데 라스콜리니코프 씨, 그때 계단을 지나가다가……. 아, 당신이 그 집에 간 건 일곱 시쯤이었나요?"

"일곱 시가 넘어서였습니다."

"그렇다면 계단을 지나다가 이층에서 아무것도 보지 못했나요? 일꾼 두 명이 페인트칠을 하고 있었는데요."

"페인트공이요? 나는 본 적이 없는데요."

라스콜리니코프는 기억을 더듬는 듯 천천히 대답했다. 그는 함정이 무엇인지 알아내려고 온 정신을 집중했다.

"문이 열려 있었다던 방도 기억에 없어요. 내가 갔을 때는 어느 관리가 이사를 하고 있었어요. 일꾼 하나가 가구를 내 가느라고 나를 떼밀었지요. 하지만 페인트공은 전혀 기억나지 않습니다."

"형, 그게 도대체 무슨 말이야!"

라주미힌은 그제야 상황을 정확히 알아차렸다.

"페인트공이 있었던 건 살인 사건이 나던 날 아니야? 이 친구는 사흘 전에 거기 갔잖아. 지금 뭘 묻고 있는 거지?"

포르피리는 이마를 손으로 탁 쳤다.

"아, 그렇군. 내가 이 사건 때문에 정신이 없나 봐."

포르피리는 라스콜리니코프를 향해 돌아서서 사과라도 하듯이 말했다.

"좀 더 주의했어야지."

라주미힌은 언짢은 표정으로 투덜거렸다.

이런 말들은 현관 앞에서 오갔다. 포르피리는 상냥한 태도로 둘을 배웅했지만, 정작 그들은 불쾌한 기색으로 거리로 나섰다. 한참 동안 둘 다 아무런 말이 없었다. 라스콜리니코프가 숨을 깊게 몰아쉬었다.

라스콜리니코프와 라주미힌은 바칼레예프의 셋집 근처에 도착했다. 어머니와 두냐가 그들을 한창 기다리고 있을 시각이었다. 라주미힌은 몹시 흥분해 있었다.

"믿을 수 없어. 포르피리의 말투도 그랬지만 자묘토프도 수상쩍었어."

"하룻밤 사이에 생각을 바꾼 거겠지."

"아냐, 그랬다면 무슨 수를 써서라도 감췄다가 나중에 드러냈어야 했어. 아까는 너무 노골적이던데……."

"확실한 물증이 있었다면 숨기려고 했겠지. 명확한 게 없으니까 한번 건드려 본 거야. 이런 일을 나서서 해명해야 한다는 게 정말 끔찍하군."

"맞아, 정말 모욕적이야. 네 기분을 이해해. 지금에야 털어놓지만 그 사람들은 진작부터 너를 의심하고 있었어. 도대체 왜들

그러는 거지? 가난과 우울증에 시달리는 자존심 강한 대학생이 외부와의 접촉을 피하고 있었어. 체바로프에게 넘어간 어음을 들여다보며 무더위와 탁한 공기에 시달리고 있었다고! 거기다 얼마 전에 찾아간 노파가 살해당했다는 소식을 하루종일 쫄쫄 굶은 상태에서 들었는데, 어떻게 기절하지 않고 멀쩡히 있겠냐고. 그런 걸로 의심하다니……. 내가 너라면 녀석들 얼굴에 침을 뱉어 주겠어."

"내일부터 신문이 시작되겠군! 어제 자묘토프와 식당에서 나눈 얘기만으로도 화가 나 죽겠는데……."

"안 되겠어. 내가 직접 포르피리를 찾아가서 레몬 짜듯 쥐어짜야겠어. 자묘토프도……."

어느새 두 사람은 어머니와 두냐가 머무는 셋집의 문 앞에 다다랐다. 라스콜리니코프가 문 앞에 서서 말했다.

"먼저 들어가. 난 볼일 좀 보고 올게. 삼십 분이면 될 거야."

"나도 따라갈게."

"너까지 나를 괴롭힐 작정이야?"

라주미힌은 비통하고 초조한 라스콜리니코프의 눈을 보자 두 팔에 힘이 쭉 빠졌다. 그는 현관에 서서, 자기 집 쪽으로 바삐 걸어가는 라스콜리니코프를 한참 동안 바라보았다.

한편, 집에 다다른 라스콜리니코프는 땀으로 흠뻑 젖은 채 숨을 가쁘게 내쉬었다. 아까 바칼레예프의 셋집 현관 계단에 도착했을 때, 혹시 집에서 노파의 글씨가 적혀 있는 종잇조각이나 단추 같은 것이 발견된 게 아닐까, 하는 생각이 스쳐 지나갔다. 그래서 급히 집으로 돌아온 것이었다. 그는 방으로 뛰어 올라가서 문을 잠갔다. 그러고는 벽지 틈에 손을 넣어 이리저리 뒤져 보았다. 아무것도 나오지 않았다. 그제야 그는 안도의 한숨을 쉬었다.

생각에 깊이 빠진 채 멍하게 서 있던 라스콜리니코프의 얼굴에 기묘한 웃음이 번졌다. 그는 모자를 들고 조용히 밖으로 나갔다. 갖가지 생각들이 머릿속에 어지럽게 엉켜 있었다.

제 10 장
넘어서는 안 될 선

"저기 저 사람입니다!"

갑자기 고함 소리가 나는 쪽을 보니, 경비원이 누군가에게 라스콜리니코프를 손가락으로 가리키고 있었다. 차림새가 상인처럼 보이는, 체격이 자그마한 남자였다. 쉰 살이 넘어 보였는데 얼굴은 여위었고 눈은 작은 편이었다. 음울하고 냉혹하며, 무언가 불만에 가득 차 있는 듯한 얼굴이었다.

"무슨 일이죠?"

라스콜리니코프가 경비원 곁으로 다가가서 물었다. 남자는 라스콜리니코프를 흘끗 보더니, 아무 말 없이 몸을 돌려 거리로 빠져나갔다.

"처음 보는 사람인데, 학생 이름을 대면서 여기 사는지 묻더라고요. 때마침 학생이 나오기에 가르쳐 주었더니 저렇게 가 버리네요."

라스콜리니코프는 그 남자를 쫓아 거리로 달려 나갔다. 겨우 따라잡아 나란히 걷게 되자, 그 남자가 라스콜리니코프를 흘낏거렸다. 그러다 이내 눈을 내리깔았다.

"당신은 누구십니까? 사람을 찾아 놓고 말도 없이 가 버리다니요!"

"살인자!"

그 남자는 나지막하지만 분명한 목소리로 이렇게 내뱉었다. 순간 라스콜리니코프의 다리가 후들후들 떨리기 시작했다. 등골이 오싹해지고 온몸에 힘이 쭉 빠졌다. 두 사람은 다시 말없이 걸었다.

"대체 무슨 말이죠? 누구더러 살인자라는 겁니까?"

"네가 바로 살인자다!"

그 남자는 승리에 찬 미소를 짓고는 라스콜리니코프의 해쓱한 얼굴과 죽어 가는 눈빛을 쏘아보았다. 그러고는 뒤도 돌아보지 않고 왼쪽 길로 꺾어 들어갔다. 라스콜리니코프는 그 자리에 우뚝 선 채 사라져 가는 남자를 망연히 바라만 보았다.

기진맥진해서 후들거리는 다리로 겨우 집에 돌아온 라스콜리니코프는 십 분가량 얼어붙은 것처럼 꼼짝 않고 서 있었다. 잠시 후 그는 힘없이 소파에 누워 병자같이 신음 소리를 내며 몸을 길게 뻗었다. 머릿속이 텅 빈 듯했다. 언젠가 보았지만 제대로 기억나지 않는 사람과 사물들이 순서 없이 떠올랐다가 사라져 갔다.

삼십 분쯤 지났을까? 누군가 쿵쿵 소리를 내며 계단을 올라오는 소리가 났다. 이윽고 라주미힌의 목소리가 들렸다. 라스콜리니코프는 눈을 감고 잠이 든 척했다. 라주미힌은 문가에 잠시 서 있다가 소파 옆으로 다가왔다.

"이제 막 잠든 것 같으니 그냥 쉬게 놔 두세요. 식사는 나중에 해도 되니까요."

나스타샤가 속삭이는 소리가 들렸다. 두 사람은 조용히 밖으로 나갔다. 그렇게 삼십 분이 지났다. 라스콜리니코프는 눈을 뜨고 두 손을 머리 밑에 괸 채 계속 누워 있었다.

'그 남자는 누구지? 어디서 나타난 걸까? 그는 모든 걸 지켜본게 틀림없어. 도대체 어디에 숨어서 본 거지?'

라스콜리니코프는 한기로 몸을 떨면서 계속 생각에 잠겼다. 그는 자신이 약해지고 있다는 걸, 특히 육체적으로 많이 허약해져 있다는 걸 깨달았다. 순간 그런 자신에게 혐오감이 느껴졌다.

'이렇게 고통스러워질 줄은 몰랐어. 왜 내가 그런 짓을 했을까? 아냐, 그 노파 따위가 뭐라고! 나는 사람을 죽인 게 아니라 원칙을 죽인 거야. 결국 그걸 뛰어넘지는 못했지만……. 아니,

노파보다 내가 더 추악해. 아, 이건 비열한 짓이야. 하지만 그 노파 따위를 도대체 누가 용서할 수 있단 말이야?'

그의 몸은 땀으로 흠뻑 젖었다. 부르르 떨리고 있는 입술은 바싹 말라 있었고, 시선은 천장에 고정되어 있었다.

'어머니와 누이동생을 사랑한다. 그런데 지금은 두 사람이 원망스럽기만 해. 내 옆에 오기만 해도 견딜 수가 없어. 아, 노파가 정말 야속하다. 다시 살아난다 해도 또 죽이고 싶을 정도로! 가엾은 리자베타……. 왜 그 여자 생각을 조금도 하지 못했을까? 왜 하필 그 자리에 나타난 거야? 리자베타! 소냐! 순한 눈을 가진 두 여자. 어째서 울지도 않고, 신음 소리도 한번 내지 않는 걸까? 자기가 가진 것을 모두 남에게 나눠 주면서……. 소냐! 조용한 소냐!'

그는 결국 의식을 잃고 말았다.

꿈을 꾸었다. 노파가 고개를 떨군 채 의자에 앉아 있었다. 그는 헝겊 고리에서 도끼를 빼내 노파의 정수리를 내리쳤다. 그런데 이상했다. 노파는 나무로 된 사람처럼 꿈쩍도 하지 않았다. 그는 노파에게로 몸을 굽혀 자세히 들여다보았다. 노파는 웃고 있었다. 도망가려고 몸을 돌려 보니, 현관은 이미 사람들로 가득 차 있었다. 심장이 조여드는 것 같았다. 마치 땅에 못 박히기라도 한 듯이 한 걸음도 옮길 수가 없었다.

겨우 정신을 차리고 가쁜 숨을 몰아쉬고 있을 때도 끔찍한 꿈의 고통은 사그라들지 않았다.

기척이 느껴져 눈을 떠 보니 문이 활짝 열려 있었다. 문가에 낯선 사내가 서서 자신을 지켜보고 있었다. 라스콜리니코프는 힘껏 눈을 떴다가 다시 감았다. 사내는 방 안으로 들어오더니 살그머니 문을 닫았다. 그러고는 의자에 앉으며 모자를 탁자 위에 벗어 놓았다. 지팡이 위에 두 손을 포개어 얹고는 그 위에 턱을 괴었다. 오랫동안 기다릴 태세였다.

라스콜리니코프가 실눈을 떠서 보니, 사내는 중년의 나이로 숱이 많은 턱수염이 하얗게 세어 있었다. 십 분쯤 흘렀을까. 해가 뉘엿뉘엿 저물고 있었다. 마침내 라스콜리니코프는 벌떡 일어나 앉았다.

"말씀하세요. 무슨 일입니까?"

"자는 척하고 있었군요."

사내는 알 듯 말 듯한 미소를 지으며 비꼬듯이 말했다.

"나는 아르카지 이바노비치 스비드리가일로프입니다."

"스비드리가일로프? 그게 무슨 헛소리요?"

라스콜리니코프의 격한 반응에도 낯선 사내는 놀라는 기색 없이 입을 열었다.

"두 가지 용건이 있어서 찾아왔습니다. 하나는, 이미 오래전부터 당신에 대해 여러 소문을 들어서 직접 만나 보고 싶었습니다. 또 하나는, 당신의 누이동생 두냐와 관련된 계획이 있는데,

혹시 당신이 도와줄 수 있을까 해서요."

"잘못 짚었군요."

라스콜리니코프는 단호하게 말을 잘랐다.

"실례지만 두 분은 어제 도착했나요?"

라스콜리니코프는 대답하지 않았다.

"어제인 건 알고 있어요. 사실 나도 엊그제 겨우 도착했습니다. 참, 그 사건에 관해서 말인데요. 아무 소용없는 변명이겠지만, 분명하게 말씀드리고 싶은 건 있습니다. 내가 그렇게 큰 잘못을 저지른 건가요?"

라스콜리니코프는 이번에도 대꾸하지 않았다.

"오갈 데 없는 아가씨의 꽁무니나 쫓아다니며 치근거렸다는 거죠? 하지만 나도 인간입니다. 다른 사람들처럼 사랑에 빠질 수 있다고요! 이건 사람의 의지로는 어쩔 수 없는 일입니다."

"문제는 그게 아니에요. 난 당신이 마음에 들지 않고, 또 알고 지낼 생각도 전혀 없습니다. 그러니 이만 나가 주시지요."

스비드리가일로프가 갑자기 큰 소리로 웃어 댔다.

"역시 만만치 않은 사람이군요. 당신을 속여 볼까 했는데, 되레 정곡을 찌르네요."

"그 말을 하는 순간에도 계속 사람을 속이려 드는군요. 참, 마르파 페트로브나도 당신이 죽였다는 소문이 있던데요?"

"당신의 질문에 뭐라고 대답해야 좋을지 모르겠습니다. 나는 양심에 거리낄 게 전혀 없지만요. 의사 말로는, 아내가 죽은 건 점심을 배부르게 먹은 뒤 술을 반 병이나 마시고서 곧장 찬물에 들어간 탓이라고 하더군요. 나도 여기 오는 내내 곰곰이 생각해 보았습니다. 내가 그 일에 간접적으로나마 관계가 있는 건 아닐까……. 하지만 절대 그렇지 않다고 결론 내렸습니다. 팔 년 전쯤에 도박 빚 때문에 감옥에 간 적이 있습니다. 그때 마르파 페트로브나가 삼만 루블을 대신 갚아 주고 나를 구해 주었죠. 그 여자는 재산이 많았거든요. 그 뒤 우리는 결혼을 하게 됐고, 나는 시골에서 제법 괜찮은 지주가 되었답니다. 그 당시엔 책을 많이 보았습니다. 마르파 페트로브나가 걱정할 정도였지요."

"당신은 마르파 페트로브나를 그리워하고 있군요?"

"내가요? 뭐, 그럴 수도 있겠죠. 그나저나 당신은 유령을 본 적이 있나요?"

"유령을 믿습니까?"

"죽은 마르파 페트로브나가 나타났어요. 그것도 세 번씩이나. 처음 본 건 장례식 날 묘지에서 돌아온 지 한 시간쯤 뒤였습니다. 두 번째는 여기 오기 위해 길을 떠난 지 사흘째 되는 날이었고, 세 번째는 두 시간 전 지금 내가 머물고 있는 방에서였어요."

"혹시 꿈은 아니었습니까?"

"온전히 깨어 있을 때였습니다. 세 번 다요. 그녀는 나와 일 분 정도 얘기를 나누다 문 쪽으로 나갔어요."

"의사한테 가 봐야겠군요."

"내가 건강하지 못하다는 것은 잘 알고 있습니다. 그래도 당신보다 다섯 배는 건강할 것 같은데요? 내가 궁금한 건 당신이 유령의 존재를 믿는가 하는 겁니다."

"아니요, 절대로 믿지 않습니다!"

라스콜리니코프는 오싹함을 느끼고는 적의에 찬 목소리로 소리쳤다.

"무슨 용건으로 찾아왔는지나 빨리 말해요. 난 곧 나가 봐야 합니다."

"염치없는 질문입니다만, 당신의 누이동생은 루진과 결혼할 생각인가요?"

"당신이 스비드리가일로프가 틀림없다면, 내 누이동생의 이름을 그 입에 올리는 건 상당히 뻔뻔한 짓입니다."

"그렇다 해도 말하지 않을 수 없군요. 루진은 죽은 내 아내의 친척입니다. 당신 누이동생의 신랑감으로 절대 어울리지 않아요. 이번 일은 당신 누이동생이 가족을 위해 희생하려는 것으로밖에 보이지 않습니다. 다른 꿍꿍이가 있어서 이런 말을 하는 게 아닙니다. 지금은 신기하게도 당신 누이동생한테 아무런 느낌이 없습니다."

"말을 잘라서 미안하지만, 용건이나 빨리 말씀하시죠."

"아이들은 아이들 고모에게 맡겼고 재산도 남겨 놓았으니, 나

같은 아버지야 별 필요가 없겠죠. 내가 찾아온 용건은 이겁니다. 루진과의 결혼은 당신 누이동생한테 해만 끼칠 뿐이라는 걸 알리고 싶었어요. 그리고 만 루블을 당신 누이동생에게 주려고 합니다."

"그게 무슨 말입니까?"

라스콜리니코프가 놀라서 소리를 질렀다.

"비난받을 각오쯤은 이미 하고 있습니다. 나는 부자는 아니지만 만 루블 정도는 있으나 마나 한 돈입니다. 그래서 아무런 속셈 없이 순수하게 주려는 겁니다. 루진과의 파혼으로 생기는 손해를 조금이라도 덜어 주려는 거지요. 그렇다고 만 루블이 내가 저지른 잘못에 대한 보상이 되리라고 생각하는 건 아닙니다."

스비드리가일로프는 침착하게 말했다.

"그런 황당한 얘기는 그만둬요. 이건 정말 무례한 짓입니다."

"그렇지 않아요. 이 세상 사람들 모두가 당신처럼 생각한다면 악행만 저지를 수 있을 뿐, 선행을 베풀 기회는 없는 셈입니다. 내가 죽어 가면서 그 돈을 당신 누이동생 앞으로 남긴다는 유언을 했어도 이렇게 거절했을까요?"

"물론입니다."

"그건 모르는 일이지요. 아무튼 만 루블이라는 돈은 요긴하게 쓰일 겁니다. 부디 당신 누이동생에게 내 생각을 잘 전해 주십시오."

"아니, 그러고 싶지 않습니다."

"그렇다면 내가 직접 만날 수밖에요. 당신 누이동생을 한 번쯤은 꼭 만나 보고 싶기도 하고요. 참, 이걸 잊을 뻔했군요! 당신 누이동생에게 전해 주세요. 마르파 페트로브나가 그녀 앞으로 삼천 루블을 남겼더라고요. 이삼 주 후면 받을 수 있을 겁니다."

말을 마치고 밖으로 나가던 스비드리가일로프는 문 앞에서 라주미힌과 마주쳤다.

여덟 시가 다 되어 가고 있었다. 라스콜리니코프와 라주미힌은 두냐와 어머니가 머무는 바칼레예프의 셋집을 향해 급히 걸었다. 루진보다 먼저 도착하기 위해서였다.

"아까 그 남자는 누구야?"

"스비드리가일로프라는 사람이야. 내 동생이 가정교사로 있을 때 치근거리던 지주지. 그 때문에 안주인이 내 동생을 오해하고 쫓아냈어. 그런데 그 여자가 갑작스레 죽었다더군. 장례식이 끝나자마자 여기로 달려왔다는데, 무언가 결심을 한 모양이야. 좀 이상한 사람이더군. 라주미힌, 그 사람한테서 두냐를 보호해 줘."

"나한테 그런 말을 하다니……. 고맙다, 로쟈. 그렇게 할 테니 걱정 마. 참, 아까 너의 집에 들렀는데 자고 있어서 포르피리에게 갔었어. 자묘토프도 아직 있더라고. 그 얘기를 꺼내려고 했는데 잘 안 됐어. 무슨 말인지 통 못 알아듣는 눈치던걸. 당황하는 기색도 없었고. 결국 포르피리의 얼굴에 주먹을 들이밀고, 너 같은 놈은 흠씬 두들겨 패 주겠다고 했어. 그래도 눈만 끔뻑거릴 뿐이니 어쩌겠어. 그냥 나와 버렸지. 자묘토프와는 한마디도 못 했어. 그런데 계단을 내려오면서 생각해 보니 괜한 짓을 했다 싶은 생각이 들더라고. 어차피 너한테는 아무 일도 일어나지 않았잖아. 너는 그 사건과 아무 상관이 없으니까 그 녀석들은 그냥 무시하면 돼. 나중에 그 녀석들이 창피한 꼴을 당하면 실컷 비웃어 주자고."

"그래, 그러자."

라스콜리니코프는 이렇게 대답하면서도, 내일이라도 이 녀석이 사실을 알게 되면 어떻게 나올지 복잡한 생각에 휩싸였다.

두 사람은 복도에서 루진과 맞닥뜨렸다. 그들은 서로 인사도 나누지 않은 채 방으로 들어섰다. 어머니가 그들을 맞으려고 현관까지 나왔다. 두냐도 나와 오빠와 인사를 나누었다. 루진은 매우 상냥하고 점잖게 인사를 건넸지만 어딘지 모르게 어색해 하는 눈치였다. 어머니도 어색하기는 마찬가지였지만, 아무렇지도 않은 척 자리에 앉기를 권했다.

잠시 동안 침묵이 흘렀다. 루진은 마음속으로 자신의 뜻을 무시한 모녀에게 그 이유를 단단히 따져 묻겠다고 생각했다.

"여행길은 편안하셨나요?"

루진이 의례적인 인사를 건넸다.

"덕분에요, 루진 씨."

"다행이네요. 두냐 양은요?"

"저야 젊으니까 괜찮았는데, 어머니는 많이 피곤하셨던가 봐요."

"워낙 먼 거리니까요. 어제는 꼭 마중을 나가고 싶었습니다만 너무 바빴습니다. 별일은 없으셨지요?"

"라주미힌 씨가 없었더라면 곤란했을 거예요. 이 양반이 드미트리 프로코피치 라주미힌 씨예요."

어머니가 라주미힌을 소개했다.

"벌써 인사를 나눴습니다."

루진은 적의에 찬 시선으로 라주미힌을 노려보았다. 라주미힌은 아무 말도 하지 않았다.

"마르파 페트로브나가 세상을 떠났다던데, 들으셨나요?"

어머니가 이야깃거리를 끄집어냈다.

"물론입니다. 내가 아마 맨 처음 들었을 겁니다. 나는 이바노비치 스비드리가일로프가 장례식을 치르자마자 이곳 상트페테르부르크로 왔다는 얘기를 전하려고 왔습니다."

"상트페테르부르크에요?"

두냐가 어머니의 눈치를 살피며 되물었다.

"걱정할 건 없습니다. 물론 두 분이 그 사람과 절대로 관계를

맺지 않으신다면 말이지만요."

"아, 나는 그를 딱 두 번 봤는데, 왠지 무서운 사람이라는 느낌이 들었어요. 마르파 페트로브나가 죽은 것도 그 사람 때문이라던데……. 틀림없을 거예요."

어머니가 말했다.

"경솔하게 말씀드릴 순 없습니다만, 그 사람의 됨됨이를 보고 말한다면 나도 같은 생각입니다. 팔 년 전 마르파 페트로브나가 그의 빚을 갚아 준 적이 있지요. 게다가 그 작자는 살인 사건에 연루된 적도 있어요. 그때도 아내 덕분에 겨우 수습했고요. 마르파 페트로브나가 아니었다면 그는 시베리아 유형을 피할 수 없었을 겁니다."

"맙소사!"

어머니가 소리쳤다. 라스콜리니코프는 루진의 이야기를 주의 깊게 듣고 있었다.

"그 얘기는 어디에서 들으셨어요?"

두냐가 날카로운 목소리로 물었다.

"마르파 페트로브나가 나에게만 들려주었죠. 죽은 사람은 스비드리가일로프와 친하게 지내던 외국인의 조카딸이었습니다. 열네댓 살밖에 안 된 처녀였는데 귀머거리에 벙어리였죠. 삼촌한테 갖은 구박을 받다가 어느 날 다락방에서 목을 매고 죽은 채로 발견되었어요. 자살로 처리되긴 했지만, 나중에 이 처녀가 스비드리가일로프에게 능욕을 당했다고 밀고한 사람이 있었습니다. 그런데 그 사람이 신뢰할 수 없는 독일 여자였기 때문에 마르파 페트로브나가 돈으로 소문을 덮을 수 있었지요. 어디 그뿐인가요? 스비드리가일로프의 집에서 일하던 필립이라는 하인은 고문을 받다가, 죽었습니다. 두냐 양도 그 얘긴 들으셨지요?"

"저는 그 사람이 목 매달아 자살했다고 들었는데요."

"정확히 말하면, 스비드리가일로프의 학대와 고문이 그 사람을 자살로 몰고 간 겁니다."

"제발 그만두세요, 루진 씨. 정말 듣기 불편하네요."

"그 사람이 좀 전에 나를 찾아왔더군."

라스콜리니코프의 말에 거기 있던 사람들이 모두 깜짝 놀란 표정을 지었다. 약속이나 한 듯이 모두의 눈길이 그에게로 쏠렸다. 루진도 흥분하는 기색이 역력했다.

"삼십 분쯤 전에 불쑥 찾아와서, 자고 있는 나를 깨우더니 자기소개를 하더군. 꽤 유쾌해 보였어. 나랑 알고 지내고 싶다고, 또 두냐를 한번 보고 싶다고도 하더라. 줄 게 있다면서 말이야. 그리고 마르파 페트로브나가 두냐 앞으로 삼천 루블을 남겼대. 가까운 시일 내에 그 돈을 받을 수 있을 거라고 했어."

"그리고요?"

두냐가 물었다.

"자기는 부자가 아니라나 어쩐다나 하면서, 재산은 모두 아이들에게 돌아갔다고도 했어."

"그 사람이 두냐에게 뭘 주겠다는 거지?"

어머니가 궁금해 했다.

"자세한 건 나중에 알려 드릴게요."

라스콜리니코프는 조용히 입을 다물고 차를 마시기 시작했다. 루진은 시계를 꺼내 들여다보고 말했다.

"나는 이만 가 보겠습니다. 여러분을 방해하고 싶지 않으니까요."

"루진 씨, 오늘은 오래 머물겠다고 했잖아요?"

두냐가 말했다.

"물론 그랬지요. 하지만 당신 오빠는 스비드리가일로프에 대해 입을 다물고 있지 않습니까? 내게도 중요한 용건이 있습니다만, 나 역시 다른 사람들 앞에서 말하고 싶진 않군요. 게다가 그토록 당부했는데도 내 말을 듣지 않았고요."

루진은 씁쓸한 표정을 지으며 무례하게 입을 다물었다. 그러자 두냐가 조심스럽게 말을 꺼냈다.

"제가 오빠에게 와 달라고 고집을 부렸어요. 오빠가 당신을 모욕했다고 하셨는데, 그런 오해는 풀어야지요. 정말로 그랬다면, 사과를 받으셔야 마땅하고요."

그 말에 루진은 갑자기 거만한 표정을 지으며 말했다.

"두냐 양, 모든 것에는 넘어서는 안 될 선이 있는 법입니다."

"아아, 그런 건 잊어버리시고 언제나처럼 현명한 분으로 돌아와 주세요. 저는 당신의 약혼녀예요. 두 사람이 화해하지 않는다면, 저는 두 분 중에 한 분을 선택해야 해요. 지금 분명히 알고 싶습니다. 오빠는 진정한 내 오빠인지, 당신은 진정으로 내 신랑감인지 말이에요."

두냐의 말에 루진의 표정이 굳어졌다.

"정말 모욕적인 말을 하는군요. 저 오만한 청년과 나를 비교한다는 것 자체가 말할 수 없이 불쾌합니다. 당신한테 내가 얼마나 무의미한 존재인지 이제야 알겠어요. 일생을 함께할 남편에 대한 사랑은 오빠에 대한 마음을 뛰어넘지 않으면 안 되는 겁니다."

루진이 타이르듯이 말했다. 그러고는 어머니 쪽으로 몸을 돌렸다.

"말이 나온 김에 어제 아드님이 어떻게 나를 모욕했는지 따져 볼까요? 내가 언젠가 어머님과 차를 마시면서 얘기를 한 적이 있죠. 세상의 온갖 어려움을 겪어 본 여자와 결혼하는 게 도덕적이기도 하고, 부부 관계에서도 훨씬 유리하다고요. 그런데 아드님은 내 뜻을 오해하고 다른 꿍꿍이가 있는 것으로 몰아붙이더군요. 아마 어머님이 보내신 편지 때문인 것 같습니다. 나에 대해 도대체 어떻게 쓰셨는지 알고 싶습니다."

"기억이 잘 나지 않아요. 로쟈가 어떻게 말했는지는 모르지만 우리 애가 과장했을 수도 있지요."

어머니는 쩔쩔매고 있었다.

"어머님이 그런 뜻을 전혀 비치지 않았는데 그렇게 과장하진 않았을 게 아닙니까?"

"나나 두냐가 당신을 나쁘게 생각했다면 지금 이 자리에 같이 있지도 않았을 거예요."

어머니도 표정이 굳어진 채로 덧붙였다.

"지금 로쟈만 나쁘다고 말하는데, 루진 씨도 편지에서 로쟈에 대해 거짓말을 했더군요."

"거짓말이라뇨?"

"내가 어제 돈을 건넨 사람은 마차에 치여 죽은 사람의 부인인 데 당신은 그 딸이라고 했죠. 그 미망인의 딸은 전에 본 적도 없습니다. 당신은 알지도 못하는 사람의 행실을 운운하며 나와 가족 사이에 싸움을 붙이려고 하지 않았습니까?"

라스콜리니코프가 날카로운 목소리로 거들었다.

"당신에 대해 쓴 것은 어머님과 두냐 양의 부탁 때문이었습니다. 그리고 편지에 조금이라도 틀린 데가 있다면 말씀해 보시죠. 당신이 돈을 헛되게 쓰지 않았는데 그랬다고 했다거나, 아니면 그 집 사람들 중에 너저분한 사람이 한 명도 없다고 했다든지 말입니다."

"당신이 얼마나 대단한 사람인지는 모르지만, 내 눈엔 그 불행한 아가씨의 새끼손가락만큼도 가치가 없는 사람입니다!"

"그럼 당신은 그 아가씨를 어머님과 두냐 양과 한자리에 앉힐 수 있나요?"

"난 이미 그 아가씨를 어머니와 두냐에게 소개했어요."

"로쟈!"

어머니가 날카롭게 소리쳤다. 두냐는 얼굴을 붉혔고, 라주미힌은 눈살을 찌푸렸다. 루진은 교만한 미소를 띠며 말했다.

"두냐 양, 보다시피 타협의 여지가 없습니다. 앞으로 이런 만남은 정중히 거절하겠습니다. 특히 어머니께 부탁드립니다. 나는 다른 사람이 아니라 바로 어머니께 미리 편지로 부탁드렸으니까요."

그러자 어머니는 오만하기 그지없는 루진이 괘씸하게 생각되었다.

"루진 씨, 당신은 우리를 멋대로 휘두르려고 드는군요. 약속을 지키지 못한 이유는 두냐가 이미 충분히 말하지 않았나요? 당신만을 믿고 따른 우리에게 조금 더 친절하고 너그러울 수는 없나요?"

"글쎄요. 지금 마르파 페트로브나가 삼천 루블을 남겼다는 이야기를 듣고부터 나를 대하는 태도가 달라졌다고 느끼는 건 나만의 착각인가요? 차라리 잘됐다고 여기시는 것 같습니다."

"그런 말을 하는 걸 보니, 당신은 정말로 의지할 데 없는 우리의 처지를 이용할 속셈이었던 게 분명하군요."

두냐가 분노에 차서 말했다.

"지금은 그럴 수도 없겠는데요. 나는 스비드리가일로프가 당신 오빠에게 한 제안을 방해하고 싶지 않습니다. 당신도 그 제안에 솔깃하겠지요."

"두냐, 넌 이래도 네 결정이 부끄럽지 않니?"

라스콜리니코프가 물었다.

"무척 부끄러워요. 루진 씨, 여기서 당장 나가 주세요."

"지금 이렇게 나가면 나는 두 번 다시 오지 않을 겁니다. 깊이 생각하십시오."

"정말 뻔뻔하군요! 돌아오기를 바라지도 않아요."

"진심인가요?"

미처 예상하지 못한 반응에 루진은 얼떨떨한 모양이었다.

"어머님은 벌써 잊으신 모양이지만, 나는 두냐 양에 대한 온갖 나쁜 소문이 퍼졌을 때 당신을 아내로 맞아들일 결심을 했습니다. 나는 당신의 명예를 지켜 주었죠. 그 부분에 대해 보수를 청구할 수도 있고, 보답을 요구할 수도 있어요. 하지만 이제 알겠군요. 세상 사람들의 이야기를 무시한 게 어리석었다는 걸요."

"이 자식이 죽고 싶은 모양이군!"

라주미힌이 벌떡 일어나서 루진에게 덤벼들었다.

"당신은 정말 비열한 사람이에요!"
두냐가 소리쳤다.
"아무 말도 하지 말고 가만히 있어."
라스콜리니코프는 라주미힌을 진정시키고 루진의 앞에 섰다.
"나가 주시오, 지금 당장!"
루진은 증오로 일그러진 얼굴로 라스콜리니코프를 잠시 동안 노려보았다. 그는 이 모든 일이 라스콜리니코프 때문에 벌어졌다고 생각했다. 하지만 그보다 더 놀라운 사실은 그가 계단을 내려가면서 이 여인들과의 관계를 마음만 먹으면 언제든지 회복할 수 있다고 믿었다는 것이다.

루진은 가난하고 오갈 데 없는 두 여인이 결국에는 자기 말을 들을 수밖에 없으리라는 확신을 갖고 있었다. 그래서 끝까지 오만하게 굴었던 것이다. 그를 이렇게 만든 것은 허영심이나 자부심이라고 해도 좋았다. 무일푼에서 시작해 나름대로 성공을 이룬 그는 스스로에게 한껏 도취되어 있었다. 거울에 비친 자기 모습에 넋을 잃을 때도 종종 있었다. 이 세상에서 그가 믿고 의지하는 것은 오로지 온몸으로 일궈 낸 재산뿐이었다. 그것만이 자기보다 지위가 높은 사람들과 소통할 수 있는 유일한 수단이었던 것이다.

그가 두냐에 대한 나쁜 소문을 무시하고 아내로 맞을 결심을 했다고 한 말은 솔직한 심정이었다. 하지만 그가 두냐에게 청혼할 당시에는 이미 헛소문들이 잠잠해진 무렵이었다. 그렇지만 어쨌든 두냐를 자신의 위치까지 끌어올리려던 결심은, 스스로 생각하기에도 고귀한 것이었다. 그런데 왜 아무도 이를 인정하지 않는지 이해할 수 없었다. 사실 라스콜리니코프를 찾아간 것도 감사의 인사를 받을 거라는 기대 때문이었다. 그러니 그가 배신당했다고 느끼는 것도 무리는 아니었다.

어쨌든 두냐는 그에게 없어서는 안 될 존재였다. 오래전부터 그는 결혼을 위해 돈을 모으면서 때를 기다려 왔다. 루진은 젊고 아름다우며 교육도 잘 받았지만, 가난한 여자를 원했다. 그래야 자신을 구원자로 생각하고 순종할 거라고 생각했기 때문이다. 그런 그에게 두냐의 아름다움과 교양은 더할 나위 없이 만족스러웠다. 그런데 일이 이렇게 되다니……. 약간 뽐내고 싶었을 뿐인데 결과는 너무나 심각했다. 그는 일을 이렇게 만든 라스콜리니코프를 단단히 혼내 주기로 결심했다. 그러나 정작 두려운 존재는 스비드리가일로프였다. 루진에게 갑자기 골칫거리들이 생긴 셈이었다.

"내가 나빴어요. 그 사람의 돈이 탐났어요. 그렇지만 오빠, 그가 그렇게까지 비열한 줄은 미처 몰랐어요. 알았다면 절대 청혼을 승낙하지 않았을 거예요."

두냐가 말했다. 두냐가 루진과 헤어질까 봐 내심 불안해 하던 어머니까지 포함해서, 그 자리에 있던 모두가 기쁨을 나누었다. 라주미힌 역시 드러내고 표현할 수는 없었지만 기뻐서 어쩔 줄 몰랐다. 그러나 가장 적극적으로 루진과 헤어지라던 라스콜리니코프는 오히려 담담한 얼굴이었다. 두냐는 오빠가 아직도 자기에게 화가 나 있다고 생각했다.

"오빠, 스비드리가일로프가 또 무슨 말을 했어요?"

"너한테 만 루블을 주겠다더라. 너를 꼭 한번 보고 싶다고도 했어."

"절대 만나서는 안 된다. 뻔뻔스럽게 돈을 주겠다니!"

어머니가 분개했다.

"그래서 뭐라고 했어요?"

"당연히 아무 말도 전하지 않겠다고 했지. 그랬더니 지금은 너한테 아무런 감정도 없지만, 네가 루진과는 절대로 결혼해서는 안 된다고 했어. 말이 앞뒤가 안 맞더라."

"오빠가 보기에는 그 사람이 어땠나요?"

"솔직히 말해서 잘 모르겠어. 만 루블이나 되는 돈을 남에게 주겠다고 하면서 또 자기는 부자가 아니라고도 하고……. 하지만 만약 다른 꿍꿍이가 있다면 그렇게 행동하지는 않았겠지. 어쨌든 내가 보기엔 이상한 사람이야. 마르파 페트로브나의 죽음에 충격을 크게 받은 것 같았어."

"주여, 그녀의 영혼에 안식을 주소서."

어머니가 중얼거렸다.

"그녀를 위해 평생 기도하고 싶은 심정이구나. 그 삼천 루블이 없었다면 우리가 얼마나 큰 곤란을 겪었겠니? 사실은 가지고 있는 돈이 삼 루블밖에 없어서 오늘 아침에 시계를 전당잡힐까 했단다."

두냐는 스비드리가일로프의 제안에 어떤 속셈이 도사리고 있지는 않을까 내내 불안한 모양이었지만, 확실히 삼천 루블은 어머니를 안심시키기에 충분한 돈이었다. 그래서인지 십오 분쯤 지난 뒤에는 모두들 활기에 넘쳐 앞으로의 계획을 이야기했다. 라스콜리니코프는 말이 없었지만 대화에 열심히 귀를 기울였다. 라주미힌이 열정적으로 대화를 이끌었다.

"두 분은 왜 떠나려고 하시죠? 시골에 돌아가서 뭘 하시려고요? 여기에서는 가족이 함께 있을 수 있습니다. 저도 도울 테니, 아들처럼 생각해 주세요. 마침 좋은 계획도 있습니다. 제 삼촌에게 천 루블의 재산이 있는데 자기는 연금으로 생활할 수 있으니 빌려 쓰라고 하셨습니다. 육 퍼센트의 이자만 내면 된다면서요. 작년엔 그 돈이 필요 없었지만, 이제 그 돈을 빌리려고 합니다. 두 분도 저에게 삼천 루블 가운데 천 루블을 빌려 주십시오. 그 돈으로 동업을 하면 되니까요."

라주미힌은 사업 계획을 설명하기 시작했다. 출판업 대부분이 실패로 돌아가긴 했지만 좋은 책을 내기만 한다면 많은 이익이 남는다는 게 그의 주장이었다. 라주미힌은 이 년 동안 출판사 일을 하며 경력을 쌓았고, 3개 국어에 능통하기 때문에 오래 전부터 출판업을 꿈꿨다.

"물론 많은 노력이 필요합니다. 어머니도, 로쟈도, 두냐 양도, 다 같이 힘을 합쳐야 해요. 먼저 번역물을 잘 선택해서 출판도 하고 공부도 하고…… 모든 것을 함께해 나갑시다. 일단 작은 규모로 시작하다가 차츰 사업을 확장해 나가는 겁니다."

"계획은 좋네요."

두냐가 말했다.

"오빠는 어떻게 생각해요?"

"좋은 생각이네. 물론 더 상의해 봐야겠지만 이 친구의 사업 수완은 뛰어나니까……."

"만세!"

라주미힌이 외쳤다.

"그러면 거처부터 마련해야죠. 이 집 주인이 아파트를 한 채 더 갖고 있어요. 독립된 공간이죠. 좁기는 해도 방이 세 개나 있고요. 우선 시계를 전당잡혀서 아파트를 빌리기로 하죠. 그러면 로쟈도 같이……. 이봐, 로쟈, 어딜 가는 거야?"

"로쟈, 벌써 가려고 그러니?"

어머니가 화들짝 놀라며 물었다.

"마치 다시는 못 볼 사람을 보내는 것 같네요."

그가 마음속에 있던 말을 저도 모르게 불쑥 내뱉었다.

"어디로 가려는 거예요, 오빠?"

두냐가 무언가 심상치 않음을 느끼며 물었다.

"당분간 좀 떨어져 지내는 게 좋겠어. 지금은 몸도 안 좋고 마음도 어지러워서……. 나중에 올게. 그래, 혹시 올 수 있다면……. 어쨌든 날 혼자 있게 내버려 둬. 날 사랑한다면 나한테 어떤 일이 일어나든지 상관하지 말고, 완전히 날 잊어 줘. 그렇지 않으면 어머니와 너를 미워하게 될 테니까."

"그게 무슨 소리니?"

어머니가 외쳤다. 모녀는 잔뜩 겁에 질렸다. 라주미힌도 마찬가지였다.

"오빠, 이게 무슨 짓이에요!"

두냐가 쏘아보며 소리쳤다.

"아무것도 아니야. 가끔 들르마!"

그는 웅얼거리며 밖으로 나갔다.

"녀석은 지금 기분이 이상해진 거예요. 얘기를 좀 나눠 보고 곧 돌아오겠습니다!"

라주미힌은 넋이 나간 것처럼 보이는 모녀에게 다급히 말하고 밖으로 뛰어나갔다. 라스콜리니코프가 복도 끝에서 그를 기다리고 있었다.

"네가 따라 나올 거라 생각했어. 부탁이야. 두 사람과 함께 있어 줘. 앞으로도 계속 말이야. 알겠지?"

"그럴게. 그런데 어디로 가려고 그래? 이게 무슨 짓이야?"

"아무것도 묻지 말고 나를 찾지도 마. 제발 나를 내버려 둬. 하지만 두 사람은 끝까지 지켜 줘. 내 말 알겠지?"

복도는 어두침침했다. 둘은 전등 옆에 서서 일 분쯤 아무 말 없이 서로를 바라보았다. 라주미힌은 이 순간을 평생 잊을 수 없게 되었다. 날카롭게 번득이는 라스콜리니코프의 눈동자가 라주미힌의 영혼까지 꿰뚫어 보는 것 같았다. 순간 계시처럼 어떤 생각이 라주미힌의 머릿속을 스치고 지나갔다. 상상만으로도 끔찍한, 그 순간 두 사람이 동시에 떠올린 어떤 생각이……. 라주미힌의 얼굴은 죽은 사람처럼 핏기가 가셨다.

"이제 알겠지? 그들에게로 돌아가 줘."

라스콜리니코프는 황급히 몸을 돌려 밖으로 나갔다. 그날 이후, 라주미힌은 두 여인의 아들이자 오빠가 되었다.

제 11 장
소냐의 발에 입을 맞추다

라스콜리니코프는 그 길로 소냐를 찾아갔다. 그녀는 푸른색이 칠해진, 낡디낡은 삼층집에 살고 있었다. 그는 마당 한구석에서 계단으로 통하는 입구를 찾아내어 이층으로 올라갔다. 어두컴컴한 복도를 따라 이리저리 헤매고 있는데, 세 발자국쯤 떨어진 곳에서 문이 덜컥 열렸다.

"거기 누구세요?"

불안해 하는 여자의 목소리였다.

"납니다."

"어머나, 당신이군요!"

소냐가 소리치며 그 자리에 우뚝 섰다. 라스콜리니코프는 가

급적 그녀와 시선을 마주치지 않으려 애쓰며 그녀의 방으로 들어갔다. 잠시 뒤 소냐도 초를 들고 들어왔다. 갑작스런 그의 방문에 당황한 그녀는 얼굴을 붉힌 채 멍하니 서 있었다. 방은 큰 편이었지만 천장이 너무 낮아서 꼭 창고 같았다. 오른쪽 벽에는 집주인의 방으로 통하는 문이 있었지만 굳게 닫힌 채였다. 반대편에도 옆방과 연결된 문이 하나 있었는데, 언제나 꽉 닫혀 있는 것 같아 보였다. 가구는 몇 개 없었고, 그나마 있는 것들도 무척이나 낡아 있었다.

"여기 찾아오는 것은 이게 마지막이 될 겁니다. 어쩌면 다시는 못 보게 될지도……."

"어디로 떠나세요?"

"모르겠습니다. 내일이면 모든 걸 알게 되겠죠. 당신에게 할 말이 있어서 왔어요."

라스콜리니코프가 동정 어린 눈빛으로 소냐를 보며 말했다.

"당신은 어지간히도 말랐네요. 이 손 좀 봐요! 앙상하게 뼈만 남았군요."

그가 소냐의 손을 잡았다. 그러자 소냐는 살짝 미소 지었다.

"원래부터 그랬는걸요."

"가족과 함께 살 때도 그랬소? 물론 그랬겠지."

라스콜리니코프의 말투가 갑자기 거칠어지더니 표정과 목소리도 차갑게 변했다. 그는 주위를 둘러보았다.

"나더러 이런 방에 머무르라고 하면 무서워서 못 견딜 거요."
"그래도 주인집 사람들은 모두 친절해요. 가구도 그분들이 다 줬어요. 아이들도 곧잘 놀러 오고요."
"거, 말을 더듬는다는 아이 말인가요?"
"네, 그건 어떻게 아세요?"
"당신 아버지가 모든 걸 얘기해 주셨어요. 당신에 대해서도요."
소냐는 몹시 당황한 눈치였다.
"오늘 아버지를 본 것 같았어요."
"아버지를요?"
"네. 저녁에 이 근처 골목길을 걷고 있는데, 앞에서 걷고 있던 분이 어찌나 아버지를 닮았던지……. 어머니에게 들러 볼까 하는 생각이 들 정도였어요."
"아버지와 함께 살 때, 카테리나 이바노브나가 당신을 구박했다면서요?"
"무슨 말씀이세요? 절대 그렇지 않아요!"
"그럼, 어머니를 사랑합니까?"
"어머니를 사랑하냐고요? 그건……."
소냐는 말끝을 흐렸다.
"어머니는 꼭 어린애 같아요. 불행이 연거푸 닥쳐오니까 좀 이상해지신 모양이에요. 하지만 전에는 얼마나 현명하고 마음이 넓은 분이셨다고요! 나를 구박하지 않았냐고요? 그래요, 구박했다고 쳐요! 그게 뭐 어떻다는 거죠? 어머니는 병에 걸린 데다가 불행해서 그렇지, 사실은 좋은 사람이에요."

"그나저나 가족들은 당신을 계속 의지할 텐데, 앞으로 어쩔 셈이에요?"

"실은…… 나도 잘 모르겠어요."

소냐가 슬픈 듯이 말했다.

"난 어떡하면 좋을까요? 오늘만 해도 어머니가 얼마나 많이 울었는지 몰라요. 아침에는 구두를 사러 나갔다가 돈이 모자라니까 상점 주인 앞에서 울음을 터뜨리셨어요."

"그랬군요……."

라스콜리니코프가 쓴웃음을 지었다

"우리 어머니가 불쌍하지 않아요? 하긴 당신은 사정도 묻지 않고 어머니에게 돈을 털어 주셨죠. 나는 뻔히 다 알면서도 어머니를 몇 번이나 울렸는지 몰라요. 아버지가 돌아가시기 일주일 전에도 지독한 짓을 했어요."

"당신이?"

"네. 그날 어머니에게 옷깃을 자랑하려고 집에 들렀어요. 리자베타한테서 산 건데 얼마나 예뻤는지 몰라요. 그런데 자존심이 세서 다른 사람에게 절대로 아쉬운 소리를 못하는 어머니가 그 옷깃을 달라고 했어요. 그런데도 난 '어머니한테는 이런 옷깃이 필요 없잖아요!'라고 말해 버렸어요. 어머니는 그냥 묵묵히 있더군요. 거절당한 게 몹시 괴로우셨던 거예요."

"리자베타? 그녀를 알아요?"

"그럼요. 당신도 그녀를 아세요?"

"카테리나 이바노브나는 폐병으로 곧 죽을 거예요."

라스콜리니코프는 대답하는 대신 화제를 돌렸다.

"그렇지 않아요. 왜 그런 말씀을 하세요?"

"차라리 죽는 게 나을지도 모르죠. 하지만 그렇게 되면 아이들은 당신이 거둬야 할 텐데……."

"그 얘기는 그만하세요!"

소냐는 절망적으로 외치며 두 손으로 머리를 감쌌다. 그녀도 이미 하고 있던 생각임이 분명했다.

"만일의 경우를 생각해 저축을 해야 하지 않아요?"

"그게…… 쉽지가 않아요."

소냐가 작은 목소리로 말했다.

"돈을 매일 벌지는 못하죠?"

"네."

소냐는 얼굴을 붉히며 대답했다.

"아마 폴랴도 당신과 같은 길을 걷겠지요."

"아니에요. 그럴 리가 없어요. 하느님께서 반드시 그 애를 지켜 주실 거예요!"

"하느님이 있다는 걸 어떻게 확신하죠?"

그는 일부러 그녀를 괴롭힐 작정이었던 것처럼 잔인하게 내뱉었다. 소냐의 얼굴이 딱딱하게 굳어졌다. 그녀는 나무라는 눈빛으로 그를 보았지만, 결국 아무 말도 하지 못한 채 두 손으로 얼굴을 가리고 울음을 터뜨렸다.

그는 말없이 방 안을 서성이다가 소냐에게 다가갔다. 두 손으로 소냐의 어깨를 붙잡고 눈물에 젖은 그녀의 얼굴을 뚫어지게 바라보았다. 그의 시선은 차가웠고, 입술은 벌벌 떨리고 있었다. 그는 갑자기 몸을 굽히더니 소냐 앞에 엎드렸다. 그러고는 그녀의 발에 입을 맞추었다. 소냐는 화들짝 놀라 그에게서 물러났다.

"이게 무슨 짓이에요? 왜 나 같은 사람한테 절을 하는 거죠?"

"당신에게 한 게 아니라 온 인류의 고통에 한 거요!"

그는 퉁명스럽게 쏘아붙이더니 창가로 갔다. 그리고 잠시 후 다시 소냐에게 다가와 말했다.

"조금 전에 나는 어떤 무례한 인간한테, 그가 당신의 새끼손가락만큼도 가치가 없다고 말했소."

"아니, 왜 그런 말씀을……? 나는 더러운 여자예요."

"당신의 죄가 아니라 당신의 위대한 고통을 두고 그렇게 말한 거예요. 쓸데없는 일 때문에 명예를 저버리는 것은 분명 죄예요. 그런 일을 한다고 남을 돕거나 불행에서 헤어 나올 수 없다는 것쯤은 당신도 알겠죠. 그러니 구렁텅이에 빠져 사는 것이 얼마나 무서운 일이겠어요? 말해 봐요. 어떻게 그런 천한 일과 신성한 믿음을 동시에 가질 수 있는 거죠? 차라리 물에 뛰어들어 다 끝내 버리는 게 낫지 않을까요?"

"남은 가족은 어떻게 하고요?"

소냐가 체념한 듯 그를 바라보며 대꾸했다. 그녀의 두 눈을 보면서 라스콜리니코프는 깨달았다. 그녀는 끝없는 절망에 빠져 보았기에, 고통을 단번에 끝낼 수 있는 죽음을 수없이 결심해 보았기에, 그의 말에 이처럼 담담할 수 있는 것이었다.

"하느님께 기도를 드리나요?"

느닷없는 질문에 소냐는 한동안 아무 대답도 하지 않았다. 한참 뒤 그녀는 라스콜리니코프를 힐끗 바라보더니 별안간 그의 손을 잡고는 낮지만 힘 있는 목소리로 말했다.

"물론이에요. 하느님이 안 계셨다면 어떻게 살 수 있었겠어요?"

"하느님은 당신에게 뭘 해 주셨나요?"

"그런 말씀 마세요! 당신은 그런 말을 할 자격이 없어요!"

소냐는 단호한 표정으로 그를 쏘아보았다.

"하느님은 어떤 기도든 다 들어주시는 분이에요."

소냐는 지그시 눈을 감고 속삭이듯 대꾸했다. 라스콜리니코프는 진정한 성인(聖人)을 만나고 있다는 느낌에 사로잡혔다.

서랍장 위에는 책이 한 권 놓여 있었다. 러시아 어로 번역한

신약성서였다.

"이건 어디서 난 건가요?"

"리자베타가 가져다 줬어요. 제가 부탁했거든요."

리자베타라니! 무척이나 기묘한 느낌이 들었다.

"라자로의 부활 부분이 어디 있지? 찾아서 좀 읽어 줘요."

"교회에서 읽어 보셨을 거 아니에요?"

"난 그런 데 안 가요. 당신은 자주 가나요?"

"아뇨."

"그럼 내일 아버지 장례식에도 가지 않겠군요?"

"당연히 가야지요. 실은 지난주에도 추도식에 갔었어요."

"누구의 추도식이었나요?"

"리자베타요. 도끼에 맞아서 죽었죠."

소냐의 말에 라스콜리니코프는 어지러움을 느꼈다.

"리자베타와 가까운 사이였어요?"

"네. 여기에도 종종 들렀어요. 아주 정직한 사람이었죠. 분명 하느님을 만났을 거예요."

마지막 이 말은 라스콜리니코프에게 묘한 감명을 주었다.

"어서 빨리 읽어 줘요."

"당신은 하느님을 믿지도 않잖아요?"

"한 번만 읽어 줘요. 꼭 들어 보고 싶어서 그래요."

소냐는 겸연쩍은 표정으로 주춤거리다가 성경을 집어 들고 어렵사리 목소리를 내며 읽었다.

"많은 유대 인들이 오빠의 죽음을 슬퍼하고 있는 마르타와 마리아를 위로하러 와 있었다. 예수께서 오신다는 소식을 듣고 마르타는 마중을 나갔다. 그동안 마리아는 집 안에 있었다. 마르타는 예수께 이렇게 말하였다. '주님, 주님께서 여기에 계셨더라면 제 오빠는 죽지 않았을 것입니다. 그러나 지금이라도 주님께서 구하시기만 하면 무엇이든지 하느님께서 다 이루어 주실 줄 압니다.'"

소냐는 잠시 멈추었다. 목소리가 자꾸 떨리자 부끄러워져서였다.

"'네 오빠는 다시 살아날 것이다.' 예수께서 이렇게 말씀하시자 마르타는 '마지막 날 부활 때에 다시 살아나리라는 것은 저도 알고 있습니다.' 하고 말하였다. 예수께서 '나는 부활이요 생명이니 나를 믿는 사람은 죽더라도 살겠고 또 살아서 믿는 사람은 영원히 죽지 않을 것이다. 너는 이것을 믿느냐?' 하고 물으셨다. 마르타는 '예, 주님. 주님께서는 이 세상에 오시기로 약속된 그리스도이시며 하느님의 아드님이신 것을 믿습니다.' 하고 대답하였다."

그녀는 계속해서 읽었다. 라스콜리니코프는 꼼짝도 하지 않고 듣고 있었다. 별안간 그녀의 목소리가 낭랑해지고 힘 있게 울려 퍼졌다. '소경의 눈을 뜨게 한 사람이 라자로를 죽지 않게 할 수가 없었단 말인가?' 하는 대목에서부터였다. 그녀는 온몸을 부르르 떨면서 읽다가 갑자기 성경을 덮었다.

"라자로의 부활은 여기까지예요."

"솔직히 말하면, 내가 여기 온 것은 따로 할 말이 있어서예요."

라스콜리니코프는 얼굴을 찌푸린 채 말을 이었다.

"나는 오늘 어머니와 누이동생을 버렸어요. 다시는 가족을 보러 가지 않을 거예요."

"왜 그러셨어요?"

소냐가 놀라며 물었다. 어머니와 누이동생과의 만남은 짧았지만, 그녀에게 깊은 인상을 남겼던 것이다.

"이제 나에겐 당신뿐이에요. 나와 함께 떠납시다. 이 말을 하러 온 거예요. 당신이나 나나 저주받은 삶이에요. 그러니까 같이 가요."

"어딜 간다는 거예요?"

그는 어딘가 제정신이 아닌 것 같았다.

"그거야 나도 모르지. 내가 아는 건 우리가 가야 할 길이 같다는 것뿐이에요."

소냐는 그의 말을 하나도 이해할 수 없었다. 그러나 그가 한없이 불행하다는 것만큼은 분명히 느낄 수 있었다.

"당신도 나처럼 넘어서는 안 될 선을 넘은 몸이에요. 하지만 언제까지나 이러고 있을 수는 없어요. 이젠 하느님 어쩌고 하는 말 따윈 그만하고 정신을 바짝 차려야 해요. 내일이라도 당신이 병들면 어떻게 될까요? 폐병쟁이 여자는 곧 죽는다 쳐도 아이들은 어떻게 하죠? 폴랴가 몸을 망치지 않고 버틸 수 있을 것 같아요?"

"그럼 나더러 어떻게 하란 말이에요?"

소냐가 울부짖었다.

"어떡하긴요? 부숴야 할 건 부수면 그만이죠! 그리고 고통을 받으면 그만 아니겠어요? 당신도 차차 알게 되겠지만 중요한 건 자유와 힘이에요. 그중에서도 특히 힘! 당신과 이야기하는 것도 이게 마지막일지 모르겠군요. 만일 내가 내일 여기에 오지 않으면 자연히 나에 대한 얘기를 듣게 될 거요. 하지만 내가 올 수 있으면 누가 리자베타를 죽였는지 알려 주지요."

"당신이 범인을 알고 있다는 말이에요?"

소냐는 두려움으로 온몸을 부르르 떨었다.

"알고말고. 그러니까 말해 준다는 거예요. 그것도 당신에게만! 당신 아버지가 당신 이야기를 하는 순간부터 그러려고 마음먹었으니까요. 악수는 하지 않아도 돼요. 그럼……."

소냐는 실성한 사람을 보듯이 그의 뒷모습을 멍하니 바라보았다. 그러고 있자니 자신도 정신이 나간 것처럼 느껴졌다.

'저 사람이 어떻게 리자베타를 죽인 사람을 안다는 걸까!'

그날 소냐는 밤새도록 고열에 시달렸다. 잠자리에서 벌떡 일어나서는 울면서 두 손을 비비기도 하고, 악몽을 꾸며 허우적대기도 했다. 그녀는 꿈속에서 카테리나 이바노브나와 리자베타를 만났다. 그리고 창백한 얼굴에 눈동자만 타오르던 그……. 그는 자신의 발에 입을 맞추며 울고 있었다. 아아, 하느님이시여!

소냐의 방 한쪽 문은 이웃집 부인의 방에 속하는 중간 방과 통하고 있었다. 부인은 그 방을 세놓으려고 문 옆에 광고문을 붙여 두었다. 그래서 소냐는 그 방이 비어 있는 줄만 알았다.

사실은 그날 밤, 스비드리가일로프가 그 방문 옆에 서서 둘의 이야기를 엿들었다. 라스콜리니코프가 나가자 스비드리가일로프는 의자를 가지고 와서 소냐의 방문 옆에 놓았다. 앞으로 둘 사이에 흥미로운 대화가 많이 오갈 거라고 생각하고 아예 편안한 자리를 준비해 둔 것이었다.

제 12 장
의외의 자수

이튿날 오전 열 시 정각. 라스콜리니코프는 경찰서에 가서 포르피리와의 면담을 요청했다. 그러나 포르피리가 불러 줄 때까지 한참을 기다려야 했다. 자신이 왔다는 걸 알면 경찰들이 바로 달려들 줄 알았는데 전혀 뜻밖의 상황이었다. 불안한 마음에 주위를 둘러보았다. 혹시 몰래 감시하고 있는 사람이 있지 않을까 싶어서였다. 그러나 그런 낌새는 보이지 않았다. 어제의 수수께끼 같은 사내가 모든 것을 알고 신고했다면 이렇게 자신을 기다리게 할 리가 없었다. 그렇다면 가능성은 두 가지였다. 사실은 사내가 아무것도 보지 못했거나, 아니면 아직 신고를 하지 않은 것이었다.

라스콜리니코프는 마음속으로 다시 싸워 보기로 마음먹었다. 분노와 공포가 서서히 끓어올랐다. 그래도 지레 초조해 하지 말고 대범해지기로 결심했다. 그때 마침 포르피리가 그를 불러들였다.

"어서 와요, 선생! 혹시 선생이라고 부르는 게 실례인가요? 그렇다고 너무 허물없이 군다고 생각지는 말고요. 자, 이쪽으로 앉아요."

포르피리는 방에 혼자 있었다. 그는 어딘지 모르게 당황하고 있는 듯했다. 라스콜리니코프는 그에게서 시선을 떼지 않으며 말했다.

"여기 신청서를 가져왔습니다. 시계에 관한……. 서식이 맞지 않으면 다시 쓰지요."

"신청서요? 아, 이거면 충분합니다."

포르피리는 종이를 만지작거리면서 딴 이야기를 잠깐 늘어놓았다.

"어제 분명히…… 정식으로…… 나와 살해당한 노파의 관계를 묻겠다고 한 것 같은데요?"

라스콜리니코프는 말을 마치자마자 '분명히'라는 표현을 쓴 것이 마음에 걸렸다. 포리피리와 이제 겨우 한두 마디 나눴을 뿐인데 자신이 몹시 초조해 하고 있음을 느꼈다. 이는 더없이 위험한 상황이었다.

"네, 그랬지요. 걱정할 것 없어요. 시간은 많으니까요."

포르피리는 탁자 주위를 서성거리며 말했다.

"어제 당신은 내가 신문을 받으러 와 주기를 바란다고 했습니다. 궁금한 게 있으면 물어보세요. 하지만 나에게 볼일이 없다면 이만 돌아가겠습니다. 장례식에도 가야 하거든요. 나는 이런 일이 지긋지긋합니다. 병을 얻은 것도 그 때문이지요. 나를 신문하든지 놓아주든지 하십시오. 그러나 신문을 하려면 절차를 갖추어서 해 주십시오. 더 할 말이 없다면 이만 일어나겠습니다."

라스콜리니코프는 격분한 듯이 내뱉고는 자리에서 일어났다.

"진정해요. 너무 성급하군요."

포르피리는 라스콜리니코프를 다시 자리에 앉혔다.

"수사 방식에 대해서 예리하게 지적하는군요. 하지만 신문이라니, 그게 무슨 말입니까? 내가 건방지게 가르치려 든다고 생각하지 말고 들어 주세요. 자, 만약 누군가를 용의자로 지목했다고 칩시다. 몇 가지 단서를 찾았다고 해서 미리 용의자를 불안에 떨게 할 필요가 있을까요? 그러면 그 사람한테서 더 이상의 증거를 찾는 일은 포기해야 합니다. 오히려 자유롭게 풀어 주면 어떻게 되는지 아십니까? 끊임없이 감시받고 위협받고 있다는 망상에 사로잡혀서 혼란스러워하다가 결국 자수를 하게 되죠. 결정적인 실수를 저질러 증거를 남기기도 하고요. 그거야말로 고마운 일이 아니겠습니까? 하하하!"

라스콜리니코프는 아무 말도 하지 않았다.

'고양이가 쥐를 데리고 노는 수준이 아니야. 나를 부른 데에는 분명히 목적이 있을 텐데……. 그게 뭘까? 어쨌든 지금은 증거가 없어. 이 사람은 내가 예민해져 있다는 걸 이용하는 거야. 두고 보겠어. 네놈이 어떤 술수를 부리는지!'

"내 말을 못 믿겠습니까?"

포리피리는 유쾌하다는 듯 웃으며 말했다. 그는 방 안을 돌아다니며 말하면서, 간간이 한쪽 벽에 있는 문 옆에서 잠깐 걸음을 멈추고 벽 너머로 귀를 기울였다.

'이 자가 누굴 기다리는 걸까?'

"그러는 것도 무리는 아니죠. 하지만 아무쪼록 너그럽게 생각하고 들어 주세요. 당신은 아직 젊습니다. 그래서 여느 청년들처럼 지혜를 높이 평가하고 있는 것 같군요. 지혜는 분명 좋은 것이에요. 때로는 인생의 위험에서 구출해 줄 수도 있는 겁니다. 자칫하면 예심 판사들의 판단력을 흐릴 수도 있고요.

자, 어느 청년이 아주 교묘하게 거짓말을 했다고 칩시다. 처음엔 그게 먹힌 줄 알고 우쭐했는데 갑자기 쓰러지고 맙니다. 그것도 어떤 암시를 줄 수 있는 결정적인 순간에요. 병 때문에 그랬다든가 공기가 답답해서 그랬다든가 하는 이유를 댈 수 있겠지요. 그 청년은 자기에게 혐의를 두고 있는 누군가를 희롱하기도 합니다. 연극 같아 보이지만, 그게 하도 자연스러워서 이 역시도 암시를 남기게 됩니다.

처음엔 속일 수도 있겠지요. 하지만 하룻밤 새 상대도 눈치채게 마련입니다. 그 뒤로는 묻지도 않은 말을 하고, 뭔가 의미 있는 말을 내뱉으면서 초조함을 드러냅니다. 하하! 그러다 마침내 스스로 찾아와서 '왜 나를 체포하지 않느냐?'라고 묻는 겁니다. 이런 일은 지혜로운 사람들에게서도 충분히 일어날 수 있습니다. 그런데 얼굴이 왜 그렇게 창백하지요? 어디가 불편하십니까?"

"포르피리 페트로비치 씨!"

라스콜리니코프는 후들거리는 다리로 간신히 서 있었다. 그러나 목소리만큼은 제법 높고 또렷했다.

"전당포 노파와 그 동생 리자베타의 살인 사건의 혐의를 나에게 두고 있다는 말이군요. 분명히 말씀드리죠. 그런 얘기라면 싫증난 지 이미 오래되었습니다. 합법적으로 조사할 권리가 있다면 그렇게 하세요. 그렇지만 나를 이런 식으로 조롱하는 건 더 이상 참을 수 없습니다."

그는 분노로 불타오르고 있었다. 참고 있던 말들이 한꺼번에 쏟아져 나왔다.

"이런 모욕은 절대로 용서할 수 없습니다! 절대로!"

그는 탁자를 힘껏 두들겼다.

"선생! 진정하세요. 이러다가는 사람들이 달려오겠습니다."

"용서할 수 없어! 절대로!"

라스콜리니코프는 한 말을 되풀이했다. 그러나 그마저도 어느새 속삭이는 듯 작아졌다. 포르피리는 얼른 방 한구석에 있던 물병을 들고 와서 물을 컵에 따라 라스콜리니코프에게 권했다.

"자, 물 좀 드세요. 환기도 해야겠군요. 라스콜리니코프 씨, 어쩌자고 그렇게 자기 몸을 내팽개쳐 둡니까? 어제 당신이 돌아간 뒤에 라주미힌이 찾아와서 한바탕 소동을 일으켰습니다. 당신이 그 사람을 보낸 겁니까?"

"아니, 내가 보낸 게 아닙니다. 하지만 왜 갔는지는 알아요."

"이봐요, 나도 나름대로 당신의 행적을 파악하고 있습니다. 해 질 무렵에 방을 구하러 나간 것도, 피 이야기를 꺼내 사람들을 당황스럽게 만든 것도 압니다. 그러다가는 정말 미쳐 버리고 말 겁니다. 당신의 마음속에는 분노가 매우 강하게 끓고 있어요. 어떤 운명 때문에, 아니면 경찰서에서 받은 모욕 때문이겠지요. 그 때문에 당신은 여기저기 다니면서 모든 사람들의 의심을 풀고 이 일을 단번에 해결하고 싶은 거지요. 어때요? 내가 제대로 짚었나요? 하지만 그건 당신 자신뿐 아니라 라주미힌까지 이상하게 만드는 일입니다. 자, 기분이 나아지면 모든 걸 말씀드리지요. 이제 좀 앉으세요."

라스콜리니코프는 자리에 앉았다. 더 이상 몸이 떨리지는 않았지만, 대신 몸 전체가 열기로 뜨겁게 달아올랐다. 그는 포르피리 페트로비치의 말을 한마디도 놓치지 않고 듣고 있었다. 자신이 방을 구하러 나가서 피 이야기를 한 걸 알고 있다는 것은 큰 충격이었다.

"비슷한 사건이 전에도 있었지요. 어떤 사람이 죄를 뒤집어쓰고 자기가 사람을 죽였다고 자백했습니다. 상상 속에서 온갖 물증을 제시하고 상황을 설명했지요. 모두들 정말인가 싶어 고개를 갸웃거릴 정도였습니다. 물론 그는 살인범이 아니었습니다. 그렇다면 도대체 왜 그랬을까요? 그 사람은 살인 사건에 어느 정도 원인을 제공하긴 했습니다. 거기에 빠져 고민하다가 마침내 자기가 살인을 했다고 착각한 겁니다. 다행히 대법원에서 잘 조사해서 그 사람은 무죄로 판명나고 요양원에 가게 됐습니다. 대법원의 덕택이었지요. 그러니까 선생, 당신도 그렇게 헛소리를 하고 다니면 어떻게 될지 모릅니다. 더 심해지기 전에 그 뚱뚱한 의사 대신 경험이 풍부한 의사에게 가 보는 건 어떨까요? 당신이 하는 행동은 다 열 때문입니다."

"내가 한 행동은 정신이 몽롱해서 저지른 일이 아니었어요. 노파가 살해된 집에 갔을 때도 나는 제정신이었다고요!"

그는 포르피리의 속셈을 간파하기 위해 신경을 곤두세운 채 크게 소리쳤다.

"네, 잘 압니다. 당신은 어제도 제정신이라고 말했지요. 그런데 당신이 만일 죄가 있다면 제정신으로 저질렀다고 말할 수 있을까요? 내 생각에는 아닙니다. 혹시라도 어떤 약점이 있다면 당신은 그때 제정신이 아니었다고 주장하겠죠. 안 그렇습니까?"

이 질문 속에는 무언가 교활한 의도가 담겨 있는 듯 느껴졌다. 라스콜니코프는 의심이 가득한 눈으로 그를 살펴보았다.

"라주미힌에 대한 문제도 그렇습니다. 그가 당신이 시켜서 왔다면, 그 사실을 감추는 것이 당신 입장에서는 이치에 맞을 겁니다. 그런데 당신은 라주미힌을 보낸 게 자기였다고 주장하지 않았습니까?"

라스콜니코프는 그렇게 말한 적이 없었다. 서늘한 기운이 등골을 훑고 지나갔다.

"거짓말을 하는군요. 나를 겁주거나, 아니면 조롱하려는 거겠죠."

"당신은 정말 다루기 힘든 사람이군요."

포르피리가 소리 내어 웃었다.

"분명히 말씀드리지만 일단 건강에 신경 쓰세요. 여기 와 있는 가족도 생각해야죠."

"그게 당신과 무슨 상관이죠? 내 가족이 와 있다는 것은 어떻게 안 겁니까? 내 뒤를 밟았군요?"

"선생! 그건 당신 입으로 직접 한 얘기 아닙니까? 내가 만일 당신을 의심한다면, 형식을 갖추어 신문하고 증언을 듣고 당신 집을 수색할 겁니다. 하지만 그러지 않았으니 선생에게 아무런 혐의도 두고 있지 않다는 뜻이겠죠. 당신은 판단력을 상실했어요. 그래서 상황을 제대로 보지 못하고 있는 거죠."

라스콜리니코프는 온몸을 부르르 떨었다. 포르피리는 그 모습을 놓치지 않았다.

"아무튼 당신이 나를 의심하는지 그렇지 않은지 정확히 알고 싶습니다. 포르피리 씨, 말씀해 주세요!"

"어린아이처럼 구는군요. 그게 무슨 상관입니까? 왜 그렇게 그 문제에 신경 쓰는 거지요? 그럴 까닭이라도 있습니까?"

"놀리지 마세요! 더 이상 참을 수 없습니다! 알아듣겠어요?"

그는 또다시 주먹으로 탁자를 탕탕 쳤다.

"조용히 하십시오. 사람들이 듣습니다. 그리고 자신을 좀 돌보세요."

포르피리가 속삭이듯이 말했다. 이상하게도 격렬하게 화를 내던 라스콜리니코프는 그의 말에 따르지 않을 수 없었다.

"걱정하지 마세요. 오늘은 당신을 친구로서 초대한 거니까요."

"당신의 우정 따위는 바라지 않아요. 자, 난 이제 가겠습니다. 체포하고 싶으면 맘대로 하세요."

라스콜리니코프는 모자를 들고 문 쪽으로 걸어갔다.

"당신 주려고 깜짝 놀랄 만한 선물을 준비했는데, 궁금하지 않아요?"

"선물이라니요?"

"저기 내 방에 있습니다. 도망치지 못하게 자물쇠를 걸어 놓았지요."

포르피리가 잠겨 있는 방문을 가리켰다. 라스콜리니코프가 다가가서 열어 보려고 했지만 문은 꿈쩍도 하지 않았다.

"열쇠는 여기 있습니다!"

포르피리는 주머니에서 열쇠를 꺼내 흔들었다.

"엉터리! 순 엉터리야! 내 속을 바짝 태운 다음에 자백하게 하려는 거지? 내가 아픈 틈을 타 거짓 자백을 받으려는 거야. 하지만 증거가 있어? 있을 리가 없지! 자, 다들 데려와 봐. 배심원이든 판사든 증인이든! 각오는 돼 있으니까!"

바로 그때 뜻밖의 일이 터졌다. 라스콜리니코프는 물론, 포르피리도 전혀 예상하지 못했던 일이었다.

훗날 라스콜리니코프가 기억을 더듬어 되살린 사건의 순서는 이랬다.

문 뒤에서 시끄러운 소리가 들리더니 문이 빠끔히 열렸다.

"무슨 일인가?"

포르피리가 못마땅하다는 듯 소리쳤다.

"니콜라이를 데려왔습니다."

누군가 대답했다.

"지금은 안 돼! 다시 데려가서 기다리라고 해!"

"그런데 이 사람이……."

말소리가 끊어졌다. 잠시 동안 몸싸움이 벌어지는 것 같더니 누가 힘껏 사람을 밀치는 소리가 들렸다. 그리고 한 남자가 얼굴이 하얗게 질린 채 방 안으로 뛰어 들어왔다. 그의 눈빛은 사뭇 비장해 보였지만, 얼굴빛은 너무 파리해서 꼭 죽은 사람 같았다.

"저리 가 있어! 아직 때가 아니라고! 어쩌자고 지금 이 사람을 데려온 거야?"

포르피리가 당황해서 소리쳤다. 그러자 니콜라이가 갑자기 무릎을 꿇었다.

"잘못했습니다. 내가 죽였습니다! 내가 살인자예요!"

니콜라이는 숨을 헐떡이면서도 목청을 높였다. 순간 모두가 얼어붙은 듯 꼼짝하지 않았다. 한참 만에 포르피리가 겨우 정신을 가다듬고 입을 뗐다.

"무슨 소리를 하는 거야! 누구를 죽였단 말이지?"

"알료나 이바노브나와 그녀의 여동생 리자베타 이바노브나를요. 도끼로……. 내가 미쳤죠."

"묻지도 않은 소리는 그만두고! 정말 자네가 죽였나?"

"네, 내가 그랬습니다."

"무엇으로 죽였지?"

"도끼로요. 미리 준비해 뒀습니다."

"혼자서 그랬나?"

"네, 혼자서 했습니다. 드미트리는 아무런 잘못이 없습니다."

"그럼 왜 계단에서 둘이 소란을 피웠지? 다들 당신을 봤다고 증언하잖아?"

"사람들을 속이려고 드미트리와 같이 뛰어 내려간 겁니다."

니콜라이는 미리 준비라도 한 듯 냉큼 대답했다.

"거짓말을 하고 있군!"

포르피리가 중얼거렸다. 그러다가 불현듯 라스콜리니코프가 이 자리에 함께 있다는 사실을 떠올리고는 크게 당황했다.

"로지온 로마노비치 선생, 죄송하게 됐습니다. 놀랄 일이 벌어졌군요!"

"당신에게도 뜻밖인가 보죠?"

라스콜리니코프는 아직 이 상황을 제대로 이해하지는 못했지만 어쩐지 약간 기운이 나서 말했다.

"선생에게도 그렇겠지요. 그래서인가요? 다시 손을 떨기 시작했군요. 하하하."

"당신도 떨고 있는데요? 포르피리 씨, 일이 이렇게 되었으니 선물은 구경할 수 없겠군요?"

"그렇게 말하면서도 아직 떨고 있네요? 하하하! 그럼 오늘은 이만 돌아가고 다음에 또 만나죠."

"글쎄요, 이번이 마지막일 것 같은데요?"

포르피리가 중얼거렸다.

"세상 일은 알 수 없는 법이죠."

라스콜리니코프는 곧장 집으로 돌아왔다. 그는 소파에 몸을 던지고 생각에 잠겨 십오 분 동안 꼼짝도 않고 있었다. 니콜라이에 대해서는 생각해 보지도 않았다. 그는 큰 충격을 받았다.

이 소동의 결과는 뻔했다. 니콜라이의 자백이 거짓으로 밝혀지면 포르피리는 또다시 자신을 불러들여 신문할 것이었다. 그러나 적어도 그때까지는 자유로운 셈이었다. 그동안 자신을 방어하기 위한 대비를 해 두지 않으면 안 되었다. 포르피리는 무모하게도 자신의 속셈을 다 드러냈다.

'가만, 그 깜짝 선물이란 게 도대체 뭐지? 확실한 증거라도 찾은 건 아닐까?'

갑자기 온몸이 떨렸다. 그는 소파에서 일어나 모자를 집어 들고 방문 쪽으로 발걸음을 옮겼다.

문을 열려는 순간이었다. 갑자기 문이 저절로 움직였다. 그는 놀란 나머지 몸서리를 치며 뒷걸음질을 했다. 이윽고 천천히 문이 열리면서 누군가 모습을 드러냈다. 바로 어제 본, 땅속에서 솟아난 듯 나타나서 라스콜리니코프에게 살인자라고 말했던 사내였다. 어제와 비슷한 차림이었지만 표정에는 미묘한 변화가 있었다. 사내는 풀이 죽은 듯한 얼굴로 한숨을 내쉬었다.

"무슨 일이죠?"

라스콜리니코프는 새파랗게 질려서 물었다. 사내는 잠자코 있다가 이내 이마가 바닥에 닿을 만큼 깊이 허리를 굽혔다.

"죄송합니다."

"죄송하다니, 뭐가요?"

"나쁜 생각을 했습니다. 저번에 당신이 그 집에 와서 피 얘기를 했죠. 아마 취하셨던 모양인데, 전 그걸 술주정이라고만 생각하고 당신을 돌려보낸 게 화가 났습니다. 그래서 당신이 말한 주소를 떠올리고 여기에 왔던 겁니다."

라스콜리니코프는 사흘 전 그 집에 갔을 때 경비원 말고도 사람들이 몇몇 더 있었던 게 떠올랐다. 그때 자신을 경찰서로 데려가자고 했던 사람이 바로 자기 눈앞의 이 사내였던 모양이었다. 덕분에 조금 전까지 그를 짓누르던 공포는 말끔히 가시는 듯했다. 그러면서도 한편으로는, 이런 사소한 일 때문에 자신을 망쳐 버릴 뻔했다는 사실이 너무나 무서웠다.

'그러면 이 사람은 그 얘기 말고는 아무것도 하지 않았겠군. 포르피리가 가지고 있는 증거란 겨우 이거였던 거야. 앞으로 다른 증거가 나오지 않는다면 포르피리도 별수 없겠지. 그러고 보니 내가 방을 구하려 했다는 얘기도 이 사내가 한 게 틀림없어!'

"포르피리에게 내 이야기를 한 사람이 당신이었군요?"

"네, 그랬지요. 경비원들은 경찰서에 가지 않겠다고 해서요.

아까 문 뒤에서 포르피리가 당신을 추궁하는 것을 다 듣고 있었습니다."

"뭐라고요? 그럼, 포르피리가 말한 깜짝 선물이 바로 당신이었군요!"

"네, 제가 모든 걸 알려 줬지요. 포르피리는 가슴을 탕탕 치면서 뛰어다니다가 당신이 찾아왔다는 얘길 듣고는 저보고 문 뒤에 숨어 있으라고 하더군요. 자기가 말할 때까지 나오지 말라고 의자까지 손수 갖다 주면서요."

"니콜라이는 신문을 당했나요?"

"당신이 가고 나서 얼마 되지 않아 저를 돌려보냈습니다. 그다음에 니콜라이의 신문을 시작했을 겁니다."

사내는 말을 멈추더니 다시 머리를 깊이 조아렸다.

"당신을 모함한 저를 부디 용서하십시오."

"하느님께서 용서하실 겁니다."

사내는 또 한 번 머리를 조아리고 천천히 방을 나갔다.

'이제부터 다시 싸워 보자!'

그는 계단을 내려오면서 이렇게 마음을 다잡았다. 소심했던 자신의 행동들을 되씹어 보자니 그 모멸감과 수치심을 지울 수가 없었다.

제 13 장
미심쩍은 선행

운명을 결정짓는 담판이 있고 난 다음 날 아침이었다. 루진은 마치 술을 진탕 마셨다가 깬 듯한 기분이었다. 밤새 상처받은 자존심이 그를 괴롭혔다. 이 일로 얼굴이 상하지는 않았을까 걱정이 되어 잠자리에서 일어나자마자 거울을 들여다보았다. 걱정과 달리, 뽀얗게 살이 오른 얼굴은 귀족적으로 보일 정도였다. 이 정도라면 두냐보다 나은 신부감을 얻을지도 모른다는 확신이 생겨 잠시나마 위안이 되었다. 그러나 곧 정신을 차리고 침을 탁 뱉었다.

'정말 수습할 수 없을 정도로 어긋나 버린 건가? 그 사람들에게 돈 한 푼 주지 않은 건 분명 실수였어. 안 그랬다면 받은 만큼 돌려줘야 한다고 생각하는 사람들이니, 돈 때문에라도 파혼은 하지 않았을 텐데. 흠……, 내가 큰 실수를 했어!'

그렇게 생각하고 나니 더 불쾌해졌다. 불현듯 카테리나 이바노브나의 방에서 있을 추도식이 떠올랐다. 어제 이 추도식 이야기를 들으며 초대도 받았다. 이 건물에 세 든 사람들 전부, 심지어 한 달 전 카테리나 이바노브나와 몸싸움을 벌였던 루진의 룸메이트 레베쟈트니코프까지 초대를 받았다고 했다. 추도식에서 과연 어떤 일이 벌어질지 궁금해서 가 볼까 했지만, 라스콜리니코프도 올 거라는 사실이 마음에 걸렸다. 한참 만에 그의 머릿속에 좋은 생각이 떠올랐다.

루진은 옆에 있던 레베쟈트니코프에게 불쑥 질문을 던졌다.

"그 미망인의 집에서 추도식이 열린다고 했지?"

"꼭 아무것도 모르는 것처럼 말하네요. 어제 초대도 받았으면서……."

"그 가난뱅이 여자가 라스콜리니코프 자식한테 받은 돈을 추도식에 쓸 거라고는 상상도 못했어. 술이니 뭐니 하면서 요란하게도 준비하더군. 도대체 웬 난리람!"

루진은 화제를 다른 쪽으로 끌고 가면서 은근슬쩍 캐물었다.

"그런데 나도 초대했던가? 추도식이 언제지? 기억이 잘 안 나는데……. 하긴 내가 거기 가면 또 뭐 하겠어?"

"나도 가지 않을 겁니다."

레베쟈트니코프가 대꾸했다.

"하긴 그 여자를 때렸으니 양심에 찔리겠지."

"누가 누굴 때렸다는 거예요?"

"자네가 카테리나 이바노브나를 때린 적이 있잖아?"

루진이 테이블 위의 돈을 세면서 말했다. 돈은 루진이 아침에 채권과 바꿔 온 것이었다. 굳이 레베쟈트니코프 앞에서 돈 꾸러미를 펼친 것은, 비록 지금은 한 방에서 머물고 있지만 자신과 레베쟈트니코프 사이에는 큰 차이가 있다는 걸 과시하기 위해서였다. 그러나 정작 레베쟈트니코프는 경멸하는 듯한 눈초리로 그를 바라보았다.

"그건 정당방위였어요! 그 여자가 먼저 덤벼들어 할퀴려는데 가만있을 순 없지 않습니까? 그래서 조금 밀쳤을 뿐이라고요. 추도식에 안 가는 건 그런 일이 있었기 때문이 아니라 추도식 자체를 싫어하기 때문이에요."

"흐흐. 그건 그렇고……, 자네 비쩍 마른 그 집 딸 알지? 그 여자에 대한 소문이 모두 사실인가?"

루진이 음흉하게 웃으며 말했다.

"사실이면 어때서요? 내 눈에는 소냐가 지극히 정상적으로 보여요. 비록 소냐 스스로는 고통스러울지라도, 어떤 의미에서는 자신의 자원을 활용하는 거니까 자기 뜻대로 할 권리가 있다고 생각해요. 나는 그녀가 하는 일을 사회 제도에 대한 반항으로 보고 있어요. 그래서 한편으로는 그녀를 존경합니다."
"내가 듣기론 자네가 그녀에게 구애를 했다가 뜻대로 안 되자, 이 집에서 아예 쫓아내 버렸다던데?"
"그건 모함입니다!"
레베쟈트니코프가 발끈했다.
"나는 그 여자에게 치근거린 적 없어요."
"그럼 공산당에 가입하라고 꼬드겼나?"
"정말 멋대로 넘겨짚는군요. 나는 그저 소냐의 정신적인 발전을 돕고 싶었을 뿐입니다. 정말 고운 심성을 가진 여자니까요."
"결국 그 마음씨를 이용하려는 거였군."
"그런 게 절대 아니에요. 오히려 그 반대지요. 소냐와 나는 지금도 친하게 지내고 있습니다. 내가 그녀를 모욕했거나, 적으로 느끼게 했다면 그럴 수 있겠어요?"
"그렇게 친한 사이인가? 그러면 그 여자를 이 방으로 좀 불러주게. 다들 묘지에서 돌아온 모양이던데."
"무슨 일로요?"
레베쟈트니코프가 궁금해 했다.
"별것 아냐. 오늘내일 중으로 이 집에서 나갈 계획인데, 그 전에 할 말이 있어서."
"그럼 지금 다녀오지요."

레베쟈트니코프는 밖으로 나간 지 채 오 분도 안 되어 소냐를 데리고 왔다. 그녀는 잔뜩 겁먹은 모습이었다. 루진은 친절하고 상냥하게 그녀를 맞이하고 자리를 권했다. 그리고 레베쟈트니코프에게 물었다.
"라스콜리니코프가 추도식에 와 있던가?"
"네, 있더군요. 그런데 그건 왜요?"
"이 아가씨와 내가 방 안에 단둘이 있지 않게 같이 있어 줘. 나중에라도 라스콜리니코프가 오해하는 건 싫으니까."
"그런 걱정은 좀 지나친 감이 있지만, 일단 그렇게 하죠."
　레베쟈트니코프가 대답했다. 루진은 소냐의 맞은편에 앉아서 엄숙한 얼굴로 그녀를 뚫어져라 바라보았다. 소냐는 당황해서 어쩔 줄 몰라 했다.
"소냐, 먼저 어머니께 사과 말씀을 전해 주세요. 부득이한 사정으로 오늘 추도식에 참석하지 못했습니다."
"그러죠, 그렇게 전하겠습니다."
　소냐는 서둘러 자리에서 일어났다.
"아니, 아직 얘기가 끝나지 않았습니다. 나는 어제 불행에 빠진 당신의 어머니와 두어 마디 얘기를 나누었습니다. 확실히 그분의 상태가 좋지 않더군요."
"네, 건강이 몹시 안 좋아요. 그런데 저도 한 가지 여쭈어 봐도 될까요? 당신이 어제 어머니에게 연금을 받을 수 있다고 하셨다던데, 그게 사실인가요?"

"그럴 리가요! 나는 재직 중에 사망한 공무원 가족에게 일시적으로 보조금이 지급된다고 했을 뿐입니다. 하지만 돌아가신 당신의 부친께서는 최근에 거의 일을 하지 않으신 것 같더군요. 그런데도 연금을 받을 수 있다고 생각하시다니······."

"그건······ 어머니가 사람 말을 너무 잘 믿어서 그래요. 마음이 워낙 순수해서요. 게다가 지금은 마음도 좀 불안한 상태고요. 그럼, 저는 이만 가 볼게요."

"잠깐만요. 아직 용건이 남아 있습니다."

소냐는 어쩔 줄 몰라 하며 다시 자리에 앉았다.

"자식들을 데리고 힘들게 살고 있는 당신 어머니에게 뭔가 도움을 드리고 싶었습니다. 복권 판매를 추천한다든지 기금을 모은다든지 해서요."

"네, 감사드립니다. 하느님께서 당신에게······."

소냐는 말끝을 흐리며 루진을 쳐다보았다.

"그런데 미리 말씀드리고 싶은 것은 어떻게 모인 돈이든 당신 어머니의 손에 들어가서는 안 된다는 겁니다. 당장 오늘 추도식만 봐도 그래요. 내일 먹을 빵 한 조각도 없는 마당에 자메이카 럼주에 마제이라 포도주, 그리고 커피까지 사다니요! 그러고서 내일은 또 당신에게 신세를 질 게 아닙니까? 그러니 수입이 생기면 당신만 알고 있어야 해요."

"글쎄요. 어머니가 그러는 건 평생에 단 한 번, 오늘 하루뿐인 걸요. 어머니는 진심으로 아버지의 명복을 빌어 주고 싶어서 그런 거예요. 아무튼 감사합니다. 우리 가족 모두……. 하느님께서도 당신께……."

소냐는 말을 잇지 못하고 결국 울음을 터뜨렸다.

"알겠습니다. 그럼 그렇게 아시고 작은 성의니 우선 이거라도 받아 주십시오. 부탁드리지만 내가 이 돈을 주었다는 건 절대로 밝히지 말아 주세요."

루진은 십 루블짜리 지폐를 정성껏 펴더니 소냐에게 내밀었다. 소냐는 얼굴이 새빨개지며 뭔가 중얼거리다가 급히 인사를 했다. 루진은 의기양양하게 그녀를 문 앞까지 배웅했다.

소냐가 나가자 레베쟈트니코프가 루진에게 다가왔다.

"당신은 정말 인간적인 분이었군요. 개인적으로 자선을 죄악이라 여기지만, 오늘 일은 정말 아름답습니다. 더구나 어제 그렇게 엄청난 일을 겪고도 오늘 남을 위해 애쓰다니! 당신이 이런 사람인 줄은 미처 몰랐습니다."

"이게 뭐 대단한 일이라고!"

루진이 아무것도 아니라는 듯 말했지만, 속으로는 약간 흥분해 있었다. 그리고 무슨 생각을 하고 있는 건지 계속 히죽거렸다. 레베쟈트니코프는 한참 지난 뒤에야 그의 태도가 미심쩍었다는 것을 깨달았다.

카테리나 이바노브나가 어떤 이유로 이렇게 무의미한 추도식을 열었는지는 설명하기 힘들다. 그녀는 추도식을 여느라 라스콜리니코프에게서 받은 이십오 루블 중에 십 루블이나 써 버렸다. 그녀에게는 너무 큰 지출이었지만 다른 세입자들, 특히 집주인 아말리야 표도로브나에게 고인이 하찮은 사람이 아니라는 걸 보여 주고 싶었던 게 아닐까. 아니면 함께 세 들어 사는 비천한 사람들에게 상류층의 손님 접대법과 생활 방식을 뽐내고, 자기가 원래는 이렇게 살 사람이 아니라는 것, 정확히 말해 귀족 출신이라는 걸 과시하고 싶었는지도 모른다.

루진의 말과 달리 추도식에 포도주는 없었다. 하지만 나름대로 몇 가지 요리를 갖춘 데다, 고급은 아니었지만 술도 충분하게 준비하였다. 식탁에는 깨끗한 식탁보를 깔았으며, 식기도 제법 그럴싸하게 갖췄다.

그러나 시간이 지나면서 몇 가지 일들이 카테리나 이바노브나를 불쾌하게 만들었다. 장례식에는 폴란드 인 한 사람밖에 참석을 안 하더니, 추도식, 즉 식사 시간에는 시시한 인간들이 꾸역꾸역 몰려들었다. 그러나 세 든 사람들 중에서 제일 지위가 높은 신사이자, 전남편의 친구인 루진 같은 사람은 코빼기도 비치지 않았다. 엊저녁에 루진이 연금을 받게 해 준다고 약속했다며 여기저기 떠벌린 터라 더욱더 난처했다. 자비를 베푸는 심정으로 초대한 레베자트니코프도 루진의 흉내를 내는지 나타나지 않았다. 이런 와중에 얼굴 한 번 본 적 없는 사람이 인사도 없이 테이블에 앉아 버리는 등, 이런저런 일들이 그녀를 짜증스럽게 만들었다.

마침내 라스콜리니코프가 도착했다. 그제야 카테리나 이바노브나는 매우 흡족한 기분이 들었다. 그는 손님들 가운데 유일한 교양인일 뿐 아니라, 들어오자마자 장례식에 참석하지 못해 죄송하다고 정중하게 사과를 하는 예의까지 보여 주었기 때문이다. 그녀는 라스콜리니코프를 자기 왼쪽 자리에 앉혔다. 최근 며칠 새 기침이 더욱 심해져 숨쉬기가 곤란했지만, 쉴 새 없이 자신의 우울한 심경과 불만을 그에게 털어놓았다.

"이게 다 저 주인 여자 때문이에요. 자기 이야기를 하는 것 같긴 한데 못 알아듣겠으니 눈을 부릅뜨고 있군요. 꼭 부엉이 같네요. 콜록콜록! 사실은 저 여자한테 소령의 미망인과 딸을 불러 달라고 부탁했어요. 연금을 받겠다고 문턱이 닳도록 관청에 드나드는 여자인데, 쉰다섯 나이에 분을 바르고 입술까지 칠하는 주제에 내 초대를 거절했어요. 미안하단 말 한마디 없이요. 콜록콜록! 그나저나 루진 씨는 왜 안 올까요? 소냐는 대체 어딜 간 거야? 아, 저기 오는군요. 콜랴, 발을 떨면 못써. 상류층 도련님처럼 점잖게 있어야지. 콜록콜록! 응? 뭐라고 했니, 소냐?"

소냐는 모든 사람들이 들을 수 있게, 최대한 정중하게 다듬어진 표현으로 루진의 사과를 전했다. 소냐는 이런 방식이 카테리나 이바노브나를 만족시킨다는 것을 잘 알고 있었다. 소냐의 말을 전해 들은 카테리나 이바노브나는 근엄한 목소리로 루진의 건강이 어떤지 물어보았다.

그러고는 아무리 루진 씨가 자기네 일가와 친분이 두텁다 해도 이렇게 '평범한' 사람들 틈에 섞이는 것은 어울리지 않는다며, 다른 사람들도 들으라는 듯이 라스콜리니코프에게 큰 소리로 말했다. 그가 대꾸를 하지 않자, 카테리나 이바노브나는 집주인인 아말리야 표도로브나 쪽으로 몸을 돌리고는 기세 좋게 떠들기 시작했다.

"루진 씨는 정말 훌륭한 분이에요. 저따위 주책없는 여자와는 비교도 안 되죠. 죽은 내 남편은 사람이 좋으니까 다 상대해 줬지만요."

"다른 건 몰라도 술은 정말 좋아하는 사람이었지!"

손님 가운데 한 남자가 열 잔째 보드카를 들이켜며 말했다.

"물론 남편이 술을 많이 좋아한 건 사실이에요. 당신은 내가 남편에게 심하게 굴었다고 생각하고 있지요?"

그녀는 라스콜리니코프에게 물어 놓고선 대답도 듣지 않고 말을 이었다.

"꼭 그렇지만은 않아요. 불쌍해서 잘해 주고 싶었지만, 그렇게 하면 술을 더 마실 것 같아서 일부러 그랬던 거예요."

"그래서 그렇게 머리채를 잡아 이리저리 끌고 다녔군요?"

보드카를 마시던 남자가 또 끼어들었다.

소냐는 점점 불안해지는 듯 얼굴빛이 어두워졌다. 그녀는 초대받은 부인 하나가 "어떻게 내 딸을 그런 여자와 한자리에 앉힐 수 있겠어요?"라며 참석하지 않았다는 얘기를 집주인에게서 들어 알고 있었다. 그것은 자신보다 어머니에게 더 치명적인 얘기였다.

카테리나 이바노브나가 연금을 받으면 아름답고 평화로운 마을에 상류층 딸들을 위한 기숙사를 열 것이라고 거들먹거리며 말하자, 식탁 저편에서 누군가가 콧방귀를 뀌었다. 하지만 그녀는 애써 못 들은 척하고 소냐의 인품이 워낙 뛰어나서 기숙사 일을 거들기에 충분하다고 칭찬했다.

아슬아슬하게 유지돼 오던 이 분위기는 아까부터 자신이 무시당했다고 생각하던 아말리야 표도로브나의 참견으로 무참히 깨지고 말았다. 기숙사 문제로 시작되었던 둘의 말다툼은 곧 서로의 신분에 대한 시비로 이어졌다. 두 여자는 잘 알지도 못하는 서로의 아버지를 들먹이며 헐뜯었다. 그러다 마침내 아말리야 표도로브나의 입에서 소냐의 행실 운운하는 얘기가 터져 나왔다. 그 순간 카테리나 이바노브나는 온몸으로 말리는 소냐를 밀어젖히고 아말리야 표도로브나에게 달려들었다.

바로 그때, 갑자기 문이 열리며 루진이 나타났다. 그는 한껏 무게를 잡으며 집 안에 모여 있는 사람들을 찬찬히 살펴보았다.

카테리나 이바노브나는 그에게로 곧장 달려갔다.

"루진 씨! 당신이라도 내 편이 되어 주세요. 불행한 일을 당한, 기품 있는 귀부인을 괴롭히면 안 된다고 말씀해 주세요. 내 아버지를 생각해서라도……."

"실례지만 부인, 아쉽게도 나는 당신 아버님을 뵙는 영광을 누려 본 적이 없습니다. 더구나 두 사람의 싸움에 끼어들 생각은 추호도 없습니다. 나는 다른 용건이 있어서 왔으니까요. 당신의 의붓딸 이름이 소냐지요? 그 아가씨와 이야기를 좀 나누었으면 하는데요."

루진은 카테리나 이바노브나를 밀치며 소냐에게 걸어갔다.

"모처럼의 모임을 방해해서 죄송합니다만, 마침 여러분이 계셔서 다행입니다. 아말리야 표도르브나, 나와 소냐의 얘기를 들어주십시오."

그는 어리둥절한 표정을 짓고 있는 소냐를 보며 이야기를 꺼냈다.

"실은 내 친구인 레베쟈트니코프의 방에 당신이 다녀간 직 후, 백 루블이 사라졌습니다. 당신이 그걸 돌려준다면 이대로 물러나겠습니다. 만약 그렇지 않을 경우에는 나도 나름의 조치를 취하겠습니다."

갑자기 방 안이 찬물을 끼얹은 것처럼 조용해졌다.

"무슨 말씀이세요? 저는 모르는 일입니다."

소냐가 힘없이 대답했다.

"나중에 후회하지 말고 잘 생각해 보세요. 나는 오늘 이자가 붙은 채권을 현금 삼천 루블로 바꿔 왔습니다. 이건 레베쟈트니코프가 증인이 되어 줄 겁니다. 그 돈을 이천삼백 루블까지 세어 지갑에 넣었고, 탁자 위에는 오백 루블이 넘게 남아 있었지요. 그중 세 장은 백 루블짜리 지폐였습니다.

당신을 불렀던 건 가엾은 당신 어머니를 어떻게 도와드릴지 상의하기 위해서였습니다. 당신은 감사의 눈물까지 보였지요. 나는 탁자 위에서 십 루블을 집어 당신에게 건넸습니다. 당신은 한참을 머뭇거리다 나가더군요. 나는 레베쟈트니코프와 십 분쯤 얘기를 나누고, 그가 나간 뒤 다시 돈을 세기 시작했습니다. 그런데 백 루블짜리 한 장이 없어진 겁니다.

레베쟈트니코프를 의심할 수는 없습니다. 그건 상상도 못할 일이죠. 그때 당신이 방에서 바로 나가지 않고 망설이던 모습이 떠올랐어요. 더구나 잠시 동안 탁자 위에 손을 올려놓기도 했지요. 당신의 행동, 그리고 당신의 사회적인 위치와 거기에 걸맞은 습관 등을 따져 보았을 때 당신을 의심할 수밖에 없습니다. 나는 기꺼이 호의를 베풀었는데, 도대체 이게 무슨 일입니까? 용서할 수 없어요!"

"저는 아무것도 훔치지 않았어요!"

소냐는 두려움에 떨며 대답했다. 그러나 사람들은 이미 그녀를 경멸하는 눈빛으로 보고 있었다.

"저한테 주신 십 루블을 돌려 드리겠어요."

소냐는 주머니에서 손수건을 꺼내더니 그 안에 싸 두었던 십 루블짜리 지폐를 내밀었다.

"결국 백 루블은 내놓지 않겠다는 거군요? 아말리야 표도로브나, 번거롭겠지만 경찰을 불러야겠습니다. 먼저 경비원을 불러 주시죠."

"정말 어이가 없군! 나도 저 아이가 한 짓이라고 생각해요!"

아말리야 표도로브나가 손뼉을 치며 말했다.

"뭐라고요? 루진 씨, 소냐가 도둑질을 했단 말인가요? 소냐, 넌 어쩌자고 이런 작자한테 돈을 받은 거니? 어서 이리 내!"

카테리나 이바노브나는 지폐를 뺏어 들더니 꼬깃꼬깃하게 뭉쳐서 루진에게 집어던졌다. 지폐는 루진의 눈을 맞고 튕겨 나가 바닥에 떨어졌다. 아말리야 표도로브나가 잽싸게 그 돈을 집어 들었다. 루진은 화가 머리끝까지 치밀었다.

"누가 저 미친 여자를 붙잡아 주세요!"

"뭐라고? 미친 여자? 이 얼간이 같은 놈! 이 소시지 같은 여편네야, 너도 소냐가 돈을 훔쳤다고 했지? 아아, 여러분! 이 아이는 저 빌어먹을 놈한테 들렀다 곧장 여기로 와서 한 발짝도 움직이지 않았습니다. 그러니 돈을 훔쳤다면 당연히 이 아이의 수중에 있을 겁니다. 직접 뒤져 보세요! 만일 아무것도 나오지 않으면, 그때는 가만있지 않겠어요! 소냐, 저 인간들에게 네 주머니를 뒤집어 보여라! 자, 봐요! 손수건밖에 더 있어요?"

카테리나 이바노브나는 주머니 속을 샅샅이 뒤집어 보였다. 그때였다. 한쪽 주머니에서 지폐 한 장이 툭 튀어나오더니 공중에서 포물선을 그리며 루진의 발 아래로 떨어졌다. 여덟 겹으로 접힌 백 루블짜리 지폐였다.

"도둑년! 내 집에서 썩 나가! 경찰을 불러요, 경찰을!"

아말리야 표도로브나가 악을 써 댔다. 사방에서 탄식 소리가 흘러나왔다. 라스콜리니코프는 조용히 소냐를 지켜보았다. 틈틈이 루진의 기색도 살펴보았다.

"아니에요. 저는 절대로 훔치지 않았어요. 정말이에요!"

소냐가 절규했다.

"얘야, 나는 너를 믿는다. 네가 도둑질을 하다니 말도 안 되지! 여러분! 이 애는 심성이 얼마나 고운지 몰라요. 비록 몸을 팔지만 그건 동생들이 굶주리니까 어쩔 수 없이 그러는 거예요. 아아, 여보! 보고 있어요? 하느님! 이 애를 보호해 주세요."

카테리나 이바노브나의 절규는 사람들에게 강한 울림을 주었다. 이 폐병 환자의 부르짖음이 그만큼 처절했던 것이다. 루진은 겉으로는 동정하는 척하며 이렇게 말했다.

"부인이 공범이라고 생각하지는 않아요. 직접 나서서 주머니를 뒤집었으니까요. 그런데 소냐, 당신은 왜 자백하지 않죠? 두려워서 그러는 건가요?"

루진은 잠깐 말을 멈추었다가 사람들 쪽으로 돌아서서 말을 이었다.

"여러분, 나는 오늘의 모욕을 깨끗이 잊고 이 사건을 덮어 두겠습니다. 아가씨, 이 일이 앞으로 당신의 삶에 큰 교훈이 되기를 빕니다. 자, 이제 됐습니다!"

루진은 여기까지 말하고 라스콜리니코프를 슬쩍 보았다. 라스콜리니코프의 이글대는 시선이 꼭 그를 태워 버릴 것만 같았다. 카테리나 이바노브나는 소냐를 꼭 껴안고 있었다. 아이들도 조그만 손을 뻗어 소냐에게 달라붙었다.

"어쩌면 이렇게 비열할 수가!"

갑자기 문가에서 큰 소리가 들렸다. 레베쟈트니코프였다. 루진은 흠칫 놀란 표정을 지었다.

"감히 나를 증인으로 내세우다니! 정말 뻔뻔스럽군요!"

"뭐라고? 지금 나한테 하는 말인가?"

"당신은 협잡꾼입니다!"

라스콜리니코프는 레베쟈트니코프의 말에 귀를 기울였다. 방 안에는 다시 침묵이 흘렀다.

"자네, 아무래도 제정신이 아닌 모양이야."

"난 멀쩡해요. 정신이 나간 건 당신이지! 도대체 무슨 꿍꿍이로 이런 짓을 한 건지 이해할 수 없어. 여러분! 이 사람은 자기 손으로 소냐에게 백 루블을 주었습니다. 내 눈으로 똑똑히 봤습니다. 내가 바로 증인입니다!"

"단단히 미쳤군!"

루진이 소리를 질렀다.

"조금 전에 저 여자가 십 루블밖에 받지 않았다고 했어. 그런데 어떻게 내가 백 루블을 줬다는 거지?"

"계속 지켜보고 있었어요! 모조리 다 보고 있었다고요! 문 앞에서 배웅할 때 한 손으로 그녀의 손을 잡더니 다른 손으로 그녀의 주머니에 슬쩍 지폐를 찔러 넣더군요. 나는 당신이 남몰래 자선을 베푸는 거라 생각했어요."

"창가에 있던 자네가 그걸 어떻게 봤단 말이야? 자넨 눈이 나쁘잖아? 자네가 잘못 본 거야."

"당신이 소냐에게 십 루블을 주려고 할 때 백 루블도 함께 집는 걸 내 두 눈으로 분명히 봤어요. 나는 당신이 좋은 일을 하려는 줄로만 알고 한 장면도 빠뜨리지 않고 지켜보고 있었다고요. 알겠어요? 분명히 다 봤어. 맹세할 수 있어요!"

레베쟈트니코프는 숨을 헐떡이고 있었다. 사방에서 놀라는 소리가 새어 나왔다. 이 사기꾼을 응징해야 한다는 목소리도 있었다. 사람들이 루진 주위로 몰려들었다.

카테리나 이바노브나는 레베쟈트니코프에게 달려갔다.

"레베쟈트니코프 씨, 내가 당신을 오해하고 있었어요. 아무쪼록 저 아이를 지켜 주세요."

"말도 안 되는 소리 집어치워. 그럼 내가 일부러 지폐를 저 아가씨의 주머니에 넣었단 말이야? 대체 내가 왜 그런 짓을 한단 말인가?"

루진은 미친 사람처럼 목소리를 높였다.

"그 이유는 모르겠군요. 처음엔 당신이 선행을 베풀려고 한 거라 생각했죠. 아니면 소냐에게 깜짝 선물을 주고 그녀가 감사 인사를 하러 오는지 안 오는지 시험하는 건지도 모른다고 생각했어요. 나는 아무것도 모르는 소냐가 백 루블을 땅에 흘리면 어쩌나, 속으로 걱정했습니다. 그래서 호주머니에 돈이 있다고 알려 주러 왔는데 이런 일이 벌어지고 있더군요."

레베자트니코프의 확신에 찬 말에서는 진심이 느껴졌다. 루진은 자신이 불리하다는 것을 깨닫고 오히려 분통을 터뜨렸다.

"자네가 나를 모략하는군. 내가 자네의 사상을 인정하지 않는다고 앙갚음을 하는 거야!"

그러나 그의 변명은 조금도 효과가 없었다. 여기저기에서 비난의 소리가 들려왔다.

"이 사람이 왜 그런 짓을 저질렀는지는 내가 분명히 설명할 수 있습니다."

라스콜리니코프가 앞으로 나섰다.

"이 사람은 내 누이인 두냐에게 청혼을 한 적이 있습니다. 그런데 상트페테르부르크에 올라오자마자 나와 다투고 내 방에서 쫓겨났지요. 이 자는 그 일로 앙심을 품은 겁니다. 얼마 전에는 내가 카테리나 이바노브나에게 돈을 주었던 걸 소냐에게 준 것처럼 꾸며서, 나와 소냐가 특별한 사이라고 내 가족에게 전한 적도 있습니다. 그마저 먹혀들지 않으니 소냐를 도둑으로 몰아 내게 보복하려 한 거지요. 그게 목적이었습니다. 달리 생각할 필요도 없어요."

"맞아요. 틀림없어요!"

레베쟈트니코프가 맞장구를 쳤다.

"내가 소냐를 데리러 갔다 오자마자 라스콜리니코프 씨가 와 있는지부터 물었거든요."

루진은 냉소를 머금었지만 얼굴은 새파랗게 질려 있었다. 그는 어떻게 하면 이 자리에서 도망칠 수 있을까, 궁리하기 바빴다. 소냐는 잔뜩 긴장한 채 이야기를 듣고 있었지만, 사정을 속속들이 이해하지는 못했다. 카테리나 이바노브나는 이미 기진맥진한 상태였다.

계략이 실패로 돌아가자, 루진은 체념한 듯 더욱 뻔뻔스럽게 굴었다.

"비켜요. 이 여자의 범행은 명백히 밝혀졌어요. 나는 끝까지 추궁할 겁니다. 자유 사상에 미쳐 날뛰는 사람과 날마다 술에 절어 있는 주정뱅이의 말만 믿고 이 사건을 덮어 둔 책임은 고스란히 당신들이 지게 될 겁니다. 자, 비켜 주세요."

그는 이렇게 말하고 사람들 사이를 빠져나갔다. 한 남자는 그에게 욕을 퍼붓는 것으로 부족해 테이블 위의 컵을 집어던졌다. 그런데 이것이 그만 아말리야 표도로브나를 맞혀 버렸다. 그녀는 자지러지게 비명을 질러 댔다. 루진은 그 틈을 타서 서둘러 방을 빠져나갔다. 소냐 역시 자신의 결백이 밝혀졌는데도 여전히 모욕감을 떨치지 못하며 방에서 뛰쳐나갔다.

아말리야 표도로브나는 미친 듯이 비명을 지르며 카테리나 이바노브나에게 분풀이를 해 댔다. 이 모든 일이 그녀 탓이라고 생각했기 때문이다.

"당장 내 집에서 나가! 어서 꺼지라고!"

카테리나 이바노브나가 그 말을 듣고 벌떡 일어나 그녀에게 달려들었지만 도무지 상대가 되지 않았다. 카테리나 이바노브나는 새털처럼 가볍게 떠밀렸다.

"어떻게 이럴 수가 있어? 억울한 누명을 씌워 놓고 이젠 내쫓기까지 해? 내 남편 장례식 덕분에 실컷 얻어먹고는 거리로 내치는구나. 하느님, 이 세상에 정의란 정녕 없는 겁니까? 우리처럼 불쌍한 사람들을 보살피지 않으면 도대체 누구를 보호한다는 건가요? 폴랴, 동생들을 돌보고 있으렴. 내 어디 좀 다녀오마. 기다려, 이 천벌받을 여자! 이 세상에 정의가 있는지 없는지 찾아봐야겠다."

그녀는 모직 목도리를 뒤집어쓰고 울부짖으며 거리로 뛰쳐나갔다.

'이제 나도 가야 할 시간이군. 소냐, 당신이 이 일을 두고 무슨 말을 할지 들어 보고 싶어!'

라스콜리니코프는 참다못해 먼저 자리를 뜬 소냐를 만나러 발걸음을 옮겼다.

제 14 장
고 백

　자신의 고민만으로도 충분히 괴로웠는데도, 라스콜리니코프는 최선을 다해 소냐를 변호해 주었다. 이 일은 도저히 견딜 수 없을 정도로 엉망이 된 기분을 바꾸는 계기가 되었다. 뭔가를 해냈다는 느낌이 그를 기쁘게 하였다.
　한편으로는 소냐와의 만남을 앞두고 가슴이 떨렸다. 누가 리자베타를 죽였는지 그녀에게 고백해야 했던 것이다. 라스콜리니코프는 이 일로 겪게 될 고통을 예감하고 그것을 떨쳐 버리려는 듯 팔을 휘휘 내저었다. 소냐의 집이 가까워지자, 온몸에 힘이 빠지면서 공포에 사로잡혔다.
　'누가 리자베타를 죽였는지 굳이 알려 줄 필요가 있을까?'

그러나 고백을 미루는 것은 불가능했다. 왜 불가능한지는 설명하기 어렵지만, 어떤 식으로든 피할 수 없다는 사실을 뼈저리게 느끼고 있었다.

그는 더 이상 고민하지 않겠다는 듯 소냐의 방문을 급히 열었다. 소냐는 작은 탁자에 팔꿈치를 괴고 앉아 있다가 벌떡 일어서서 그를 맞았다.

"당신이 아니었다면 정말 난감했을 거예요!"

"소냐, 모든 일은 당신의 '사회적인 위치와 거기에 걸맞은 습관' 때문에 일어난 겁니다. 무슨 말인지 알겠어요?"

"부탁이에요. 제발 그런 말은 하지 말아 줘요. 안 그래도 충분히 괴로우니까요······."

그녀는 잠시 괴로운 표정을 짓다가, 자신의 말이 혹시라도 그의 마음을 상하게 할까 싶어서 재빨리 미소를 지었다.

"아까는 별 생각 없이 나와 버렸어요. 거긴 어떻게 되었나요? 다시 가 볼까도 했지만 왠지 당신이 찾아올 것 같아서······."

그는 아말리야 표도로브나가 행패를 부린 일과 카테리나 이바노브나가 정의를 찾겠다며 어디론가 뛰쳐나갔다는 사실을 전해 주었다.

"아아, 어쩌죠? 어서 찾으러 가 봐야겠어요!"

"늘 이런 식이군."

라스콜리니코프가 짜증스럽다는 듯이 말했다.

"당신 머릿속은 온통 그 사람들 생각뿐이군요. 잠깐이라도 나와 함께 있어 줄 순 없어요?"

소냐는 잠시 머뭇거리다가 다시 의자에 앉았다.

"루진이 마음만 먹었다면 당신은 오늘 감옥에 갔을지도 몰라요. 나와 레베쟈트니코프가 있었으니 망정이지……."

"맞아요."

소냐는 가냘픈 목소리로 말했다.

"내가 그 자리에 가지 않았을 수도 있잖아요. 레베쟈트니코프가 마침 그때 찾아온 것도 우연이었죠. 만약 당신이 감옥에 가게 되었다면 어떻게 됐을까요?"

소냐는 말이 없었다.

"대답하기 싫은가 보군요. 만일 당신이 루진의 음모를 미리 알고 있었다면 어땠을까요? 폴랴도 당신처럼 살게 될지도 모르는 상황을 가정해 봅시다. 당신에게 결정권이 있다고 쳐요. 루진이 살아서 또 나쁜 짓을 하도록 놔둘 것인지, 당신 어머니가 죽도록 놔둘 것인지……. 당신이라면 어느 쪽을 선택하겠어요?"

"어쩐지 그런 질문을 할 것 같았어요. 당신은 어떻게 그런 있을 수 없는 일을 제게 묻는 거죠?"

"루진이 살아남아서 나쁜 짓을 계속해도 좋다는 말인가요?"

"제가 하느님의 뜻을 감히 어떻게 알 수 있겠어요? 누구는 살고 누구는 죽어야 한다고 판결할 권리를 누가 제게 주겠냐고요?"

"하느님의 뜻이니 뭐니 하면 할 말이 없죠."

라스콜리니코프는 씁쓸한 표정으로 중얼거렸다.

"무슨 말을 하고 싶은 거죠? 당신은 나를 괴롭히러 찾아온 건가요?"

소냐는 흐느껴 울기 시작했다. 그는 안타까운 눈으로 그녀를 바라보았다.

"당신 말이 맞아요. 내가 루진 이야기를 꺼낸 것은 나 자신을 위해서였어요. 내가 지은 죄에 용서를 구한 겁니다, 소냐……."

그는 힘없이 웃고는 두 손으로 얼굴을 감쌌다. 그러자 갑자기 소냐를 향한 뜻밖의 감정이 솟아올랐다. 그것은 강렬한 증오와 비슷했지만, 그보다는 야릇한 것이었다.

라스콜리니코프는 자신의 감정이 당황스러워서 고개를 들고 소냐를 유심히 살폈다. 그가 마주친 것은 자기를 응시하는 조심스러운 시선이었다. 거기에는 사랑이 담겨 있었다. 소냐에 대한 감정이 증오처럼 느껴졌던 것은 순전히 착각이었다.

그는 아무 말 없이 그녀의 옆자리로 옮겨 앉았다. 그 순간은 노파의 등 뒤에서 도끼를 꺼내기 직전, 더 이상 지체할 수 없다고 느꼈던 그때와 무서울 만큼 비슷했다.

"왜 그러세요? 아아, 당신은 진심으로 괴로워하고 있군요."

그녀는 그의 얼굴을 가만히 바라보며 안타까운 목소리로 말했다.

"내가 어제 한 얘기를 기억하나요? 다시 오게 된다면 누가 리자베타를 죽였는지 알려 주겠다고 했지요."

소냐는 갑자기 얼굴이 해쓱해지더니 부들부들 떨기 시작했다.

"당신이 범인을 어떻게 알죠?"

소냐는 숨이 막혀 오는 것 같았다.

"그 자와 나는 아주 가까운 친구거든요. 녀석은 리자베타를 죽일 마음은 없었어요. 노파만 죽일 작정이었는데, 그 현장에 뜻하지 않게 리자베타가 들어온 거죠."

무서운 침묵이 흘렀다.

"아직도 모르겠어요?"

"네."

"잘 생각해 봐요."

되살아난 옛 기억이 그를 몸서리치게 만들었다. 도끼를 들고 다가갈 때, 리자베타는 잔뜩 겁을 먹은 나머지 눈 한 번 깜박이지 못했다. 꼭 울음을 터뜨리기 직전의 어린아이 같았다. 리자베타의 모습을 지금 소냐한테서 다시 보고 있는 듯했다. 그녀 역시 겁에 잔뜩 질린 모습이었다. 소냐는 갑자기 일어나더니 그에게 시선을 고정한 채 지그시 바라보았다. 라스콜리니코프의 표정에도 고통이 스며 있었다.

"이제 알겠소?"

"아아, 하느님!"

소냐의 입에서 비명이 터져 나왔다. 그녀는 비틀거리며 침대에 쓰러지더니 베개에 얼굴을 파묻었다. 그러나 곧 일어나 라스콜리니코프의 두 손을 으스러지도록 꽉 잡았다. 그러고는 꼼짝도 하지 않고 그의 얼굴을 뚫어져라 바라보았다.

"그만해, 소냐. 더 이상 나를 괴롭히지 말아요."

그가 애원하듯 말했다. 그녀는 벌떡 일어나서 넋을 잃은 듯한 얼굴로 방 한가운데까지 갔다가 다시 그의 곁으로 돌아왔다. 그러더니 다짜고짜 그의 앞에 무릎을 꿇었다.

"어쩌자고 그런 일을 저질렀어요?"

소냐가 절망 어린 표정으로 그의 목에 입을 맞추려고 하자, 라스콜리니코프는 차갑게 뿌리쳤다.

그는 씁쓸하게 미소를 지었다.

"참 이상한 여자군. 이런 이야기를 했는데도 입을 맞추려 들다니……."

"당신은 정말 가엾은 사람이에요."

소냐가 흐느껴 울기 시작했다. 그 모습을 보고 있자니 오랫동안 잊고 있던 감정이 파도처럼 밀려와 순식간에 그의 마음에 스며들었다. 그의 눈에도 눈물이 맺혔다.

"소냐, 당신은 나를 버리지 않을 거죠? 그렇죠?"

그는 실낱 같은 희망이라도 붙잡으려고 애썼다.

"버리지 않아요. 당신을 따라가겠어요. 그곳이 어디든……. 감옥에라도 함께 가겠어요."

그러자 그가 얼굴을 찡그리며 말했다.

"아직은 감옥에 갈 생각이 없어요."

격한 동정심이 가라앉고 나자, 그가 살인자라는 사실이 소냐에게 새삼스럽게 충격을 주었다. 갑작스레 달라진 그의 말투에서 살인자의 음성이 느껴졌다. 그녀는 어쩌다 이런 일이 일어났는지 이해할 수가 없었다. 이 사람이 살인자라고는 도저히 믿기지 않았다.

"어째서 당신 같은 분이 그런 짓을 저지른 거예요?"

"돈을 훔치려고 그랬어요."

그는 이제 지쳐 버렸다는 듯 힘없이 대답했다.

"굶주리며 지냈군요. 그래서 어머니를 도우려고 한 거죠?"

"아니, 그렇지는 않아요. 어머니를 돕고 싶기는 했지만……."

"믿을 수가 없어요. 당신은 가진 돈을 모두 털어 다른 사람을 도우면서 어떻게……. 그럼 우리한테 주었던 돈도……?"

"아니, 그 돈은 우리 어머니가 나에게 부쳐 준 거예요. 내가 아팠을 때 받은, 온전한 내 돈이에요."

소냐는 의아스럽다는 듯 그를 보았다.

"훔친 돈은…… 나도 잘 모르겠어요. 노파의 목에서 벗겨 낸 지갑은 어느 집 뒤뜰의 바윗돌 밑에 숨겼어요. 지금도 거기 있을 거예요."

"돈을 훔치려고 그런 짓을 저질렀다면서 왜 쓰지 않은 거예요?"

"모르겠어요. 그 돈을 가질지 말지 마음을 정하지 못했어요."

순간 소냐는 그가 미쳐 버린 게 아닐까, 하는 생각이 들었다. 그러면서도 한편으로는 이럴 수밖에 없는 이유가 있을 거라 생각했다. 하지만 그게 무엇인지는 도무지 짐작할 수 없었다.

"소냐, 내가 굶주림 때문에 살인을 했다면 오히려 행복할 거예요. 그나저나 이게 당신과 무슨 상관이지? 내 죄를 고백하는 게 무슨 소용이라고!"

소냐는 무언가 말을 하려고 입을 달싹이다가 그만 입을 다물어 버렸다.

"어제 당신한테 함께 가자고 한 건 내 곁에 남아 있는 사람이 당신밖에 없었기 때문이에요!"

"어디로 갈 건가요?"

소냐가 조심스레 물었다.

"도둑질이나 살인을 하러 가자는 건 아니니까 걱정 말아요. 사실 같이 떠나자고 하면서도 어디로 가야 할지는 정하지 못했어요. 그저 당신이 나를 버리지 말았으면 해서⋯⋯. 그래도 그렇지, 어쩌자고 당신에게 고백해 버린 걸까요?"

그는 절망에 찬 목소리로 외쳤다.

"어차피 당신은 아무것도 이해하지 못하고 괴로워하기만 할 텐데……. 혼자서는 괴로움을 견딜 수 없어서 당신과 나누러 온 건가? 당신은 이렇게 비열한 나를 사랑해 줄 수 있어요? 여기로 온 건 정말 용서받을 수 없는 일이에요!"

"아니에요. 잘 오셨어요. 저는 마음으로 느낄 수 있어요."

"느낄 수 있다고? 그럼 다 얘기해 줄게요. 어머니는 거의 빈털터리예요. 내 누이는 가정교사를 해서 돈을 벌었고요. 두 사람은 나한테 모든 희망을 걸었지요. 그런데도 끝내 학비를 대지 못해서 그만 휴학을 하게 되었어요. 십 년이나 이십 년쯤 후면 교사나 관리가 되어 연봉을 천 루블 정도는 받을 거라는 기대도 있었는데……. 하지만 그때까지 기다릴 수가 없었어요. 어머니는 갖은 걱정으로 바짝 말라 버릴 거고, 누이는 무슨 꼴을 당할지 모르니까요. 그래서 결심한 거예요. 노파의 돈으로 대학을 졸업하고 새 인생을 살자고……. 이게 전부예요."

말을 마친 그는 맥이 빠진 듯 고개를 떨구었다.

"아, 아니에요. 그런 일이 어떻게 있을 수 있어요?"

"나는 이를 한 마리 죽였을 뿐이에요. 쓸모없고 추잡스럽기만 한 이를……."

"사람한테 이라니요?"

"그럼 이렇게 생각해요. 내가 제정신이 아니었다고. 등록금을 마련할 수 없었다고 했지만 꼭 그런 것만은 아니었어요. 어쩌면 해결할 수 있었을지도 몰라요. 학비는 어머니가 어떻게든 보내 주셨을 거고, 생활비는 내가 벌 수 있었을 테니까. 라주미힌도 그렇게 일하면서 살거든요. 그런데 나는 일하고 싶지 않았어요. 거미처럼 방에 틀어박혀서 공상만 했죠. 나스타샤가 먹을 걸 주면 먹고, 안 주면 굶으면서요. 이제 알았어요, 소냐. 강한 자만이 권리를 갖는 거예요. 결단을 내릴 수 있는 자만이 세상을 지배할 수 있어요. 권력은 허리를 굽히는 자만이 주울 수 있는 거지요. 왜 이토록 불합리한 세상의 꼬리라도 흔들어 보는 사람이 없을까요? 그래서 결단을 내렸어요. 그게 다라고요!"

"그런 말 말아요. 하느님께서 벌을 내려 당신에게 악마를 보내신 거예요."

"나는 생각하는 인간으로서 그 일을 한 거예요. 오로지 나 한 사람을 위해 그 노파를 죽이고 싶었던 거예요! 돈이 필요해서가 아니었어요. 내가 평범한 인간인지 아닌지 알고 싶었어요. 노파에게 간 건, 단지 그걸 시험해 보고 싶었던 것뿐이에요."

"하지만 그대로 죽여 버렸잖아요!"

"그래, 노파를 죽인 건 악마였어! 내가 아니라고! 이제 나를 그만 내버려 둬!"

그는 격렬한 고통에 사로잡혔다.

"이렇게나 괴로워하는군요!"

소냐가 탄식했다.

"이제 어떻게 해야 할까……?"

"일어나세요! 지금 당장 거리로 나가서 당신이 더럽힌 땅에 입을 맞추세요. 그리고 사람들이 다 듣도록 큰 소리로 '내가 사람을 죽였습니다!'라고 말해요. 그러면 하느님이 당신을 거듭나게 해 주실 거예요."

"자수를 하고 감옥에 가라는 건가요? 그렇게는 못 해요."

"고통으로 속죄해야 해요. 그러지 않겠다면 이제부터 뭘 믿고 살아갈 거죠? 어머님은요? 아, 당신은 가족도 이미 버렸군요. 오, 하느님! 어떻게 사람들을 떠나서 살 수가 있어요?"

"어리석은 소리 말아요. 내가 왜 사람들 앞에 서야 하죠? 난 그들한테 잘못한 게 없어요. 다들 자기가 지은 죄는 생각하지 않고, 스스로 착하다고만 믿는 비열한 자들이라고요!"

"안 그러면 앞으로 점점 더 괴로워질 거예요."

"익숙해지겠지요. 내가 여기 온 건, 경찰이 곧 나를 체포하러 올 거라는 말을 하기 위해서예요."

"맙소사!"

소냐가 겁에 질려 외쳤다.

"감옥에 가라고 할 땐 언제고, 그렇게 놀라는 이유가 뭐죠? 나는 끝까지 싸울 거예요. 확실한 증거가 없으니까요. 그래도 감옥에 가긴 하겠죠. 사정이 없었다면 오늘 갇혔을지도 몰라요. 그래도 상관없어요. 좀 지나면 풀려날 테니까요. 어머니와 누이동생이 놀라지 않도록 무슨 수를 써야 할 텐데……. 그런데 소냐, 내가 감옥에 간다면 면회를 와 주겠어요?"

"물론이죠. 가고말고요."

두 사람은 폭풍이 지나간 텅 빈 바닷가에 남겨진 사람들처럼 슬픔에 잠긴 채 나란히 앉았다. 그는 소냐를 바라보면서 자신을 향한 그녀의 사랑이 얼마나 깊은지를 느꼈다. 이렇게까지 사랑받고 있다니! 이상하리만큼 쓰리고 아릿한 기분이었다. 그가 소냐를 찾아온 것은 그녀가 자신의 유일한 희망이자 출구라고 생각했기 때문이었다. 소냐를 만나면 자신의 고통을 덜 수 있을 것만 같았다. 그러나 지금 그녀의 마음이 온통 자신에게 향해 있음을 느끼자, 여기에 오기 전보다 더 불행해진 듯한 느낌이 들었다.

"소냐! 내가 감옥에 가더라도 면회는 오지 않는 게 좋겠어요."

소냐는 그의 말에 대답하지 않았다. 울고 있었기 때문이다. 몇 분이 흐른 뒤, 그녀가 갑자기 생각난 듯이 물었다.

"혹시 십자가 갖고 있어요?"

라스콜리니코프는 그 질문이 무엇을 뜻하는지 언뜻 이해가 가지 않았다.

"안 갖고 있군요. 제 걸 드릴게요. 제겐 리자베타가 준 십자가가 또 있어요. 리자베타와 십자가를 서로 바꾸어 건 적이 있거든요. 전 리자베타의 십자가를 걸 테니, 이걸 가져요. 이제부터 함께 십자가를 지는 거예요."

"그래, 그걸 이리 줘요."

그는 소냐를 실망시키고 싶지 않았다. 그러나 내민 손을 이내 거두었다.

"나중에 받는 게 낫겠어요."

"그래요. 고통을 짊어지러 갈 때, 그때 걸어 드릴게요."

그때 누군가가 문을 세 번 두드렸다.

"소냐, 들어가도 될까요?"

소냐가 놀라서 문 쪽으로 달려갔다. 문 앞에 서 있는 사람은 레베쟈트니코프였다.

"소냐, 실례합니다만 급히 드릴 말씀이 있어서요. 아, 당신도 와 계실 줄 알았어요."

레베쟈트니코프는 라스콜리니코프를 발견하고 그를 보며 말했다.

"아니……, 꼭 그렇게 생각했다는 건 아니고요. 그나저나 소냐, 당신 어머니가 이상해졌어요."

소냐가 그 말을 듣자마자 신음 소리를 냈다.

"당신 어머니가 마르멜라도프 씨가 다니던 관청에 가서 장관한테 행패를 부린 모양이에요. 하필 식사 때 장관을 불러내서 할 말 못 할 말 해 가며 소동을 피웠대요. 결국 쫓겨나고 말았죠.

지금은 장관 집 창문 아래로 아이들을 데려가겠다며 고집을 부리고 있어요. 관리의 아이들이 거지꼴로 구걸하는 걸 보여 주겠다나요. 리다에게는 노래, 콜랴에게는 춤을 가르치고 있더군요. 폴랴의 옷은 다 찢어서 광대처럼 만들고, 자기는 냄비를 가져가서 두드리겠대요. 사람들이 아무리 말려도 통 듣지를 않아요."

그의 말을 듣고 있던 소냐가 갑자기 망토와 모자를 집어 들고 후다닥 뛰쳐나갔다. 라스콜리니코프가 그녀의 뒤를 쫓았고, 그 뒤를 레베쟈트니코프가 따랐다.

"그 여자는 미친 게 틀림없습니다!"

레베쟈트니코프는 라스콜리니코프와 함께 거리로 나서다가 대뜸 이렇게 말했다.

"소냐가 걱정할까 봐 그 앞에서는 말하지 않았지만……. 분명합니다. 아무리 달래 봐도 전혀 소용이 없더군요. 인간이란 으레 울 일이 없다는 걸 논리적으로 설득하면 울음을 그치기 마련인데 말예요."

"당신 말대로만 된다면 인생이 참 편하겠군요."

라스콜리니코프가 대꾸했다. 그러자 레베쟈트니코프가 설득하는 것만으로 미친 사람을 치료한 예가 있다며 떠들어 대기 시작했다. 그러나 라스콜리니코프는 이미 그의 얘기를 듣지 않고 있었다.

그는 집 앞에 도착하자마자 건성으로 인사를 하고는 건물 안으로 들어가 버렸다. 방 한가운데에 우뚝 서자 지독한 고독감이 사무치듯 몰려왔다. 그는 다시 한 번, 자신이 진정으로 소냐에게 증오 비슷한 감정을 갖고 있음을 느꼈다. 그것도 소냐를 한껏 불행하게 만든 지금에 와서.

'어쩌자고 나는 그녀의 눈물을 구하러 간 걸까? 비열하다, 비열해! 이제부터는 혼자 있자. 감옥에 가더라도 그녀가 면회를 오지 못하도록 해야겠어.'

갖가지 상념에 잠긴 채로 소파에 앉아 있는데, 갑자기 문이 벌컥 열리면서 누이동생 두냐가 들어왔다. 라스콜리니코프는 그녀를 무심한 눈으로 바라보았다.

"잠깐 들른 것뿐이니까 화내지 말아요, 오빠."

라스콜리니코프는 동생이 라주미힌 때문에 찾아왔다는 것을 직감으로 알 수 있었다.

"이제 나도 알아요. 라주미힌 씨에게 다 들었거든요. 오빠는 터무니없는 혐의를 받고 괴로워하고 있다면서요? 라주미힌 씨는 아무 걱정도 할 필요가 없다고 하지만, 오빠의 분노가 마음속에 씻지 못할 상처를 남길까 봐 두려워요. 오빠, 어머니는 내가 돌볼 테니 걱정 말아요. 하지만 어머니를 봐서라도 한 번쯤 우릴 보러 와 주세요."

두냐는 말을 마치자마자 자리에서 일어섰다. 그리고 방을 나가다 말고 이렇게 덧붙였다.

"할 수만 있다면 내 목숨을 걸고라도 오빠를 도울 거예요. 그러니 필요하면 언제든 불러 주세요. 그럼, 갈게요."

"두냐!"

라스콜리니코프가 두냐를 불러 세웠다.

"라주미힌은 정말 좋은 녀석이란다. 부지런하고 성실하지. 네가 사랑할 만한 사내야. 잘 가렴."

"왜 그렇게 영영 헤어질 사람처럼 말하는 거예요?"

두냐는 얼굴을 살짝 붉히며 대답했다.

"그 비슷한 거야. 안녕."

걱정스러운 눈길로 자신을 바라보는 두냐를 보내고 난 뒤, 라스콜리니코프도 곧 밖으로 나갔다. 그리고 해가 저물 때까지 정처 없이 거리를 헤매고 다녔다. 얼마쯤 그렇게 헤맸을까? 어디선가 그를 부르는 소리가 들렸다. 레베쟈트니코프였다.

"지금까지 당신을 찾으러 다녔습니다. 카테리나 이바노브나가 기어이 일을 저질렀어요. 자기는 냄비를 두들기고 아이들에겐 춤을 추게 하고 있어요. 소냐도 제정신이 아닙니다. 지금 운하의 다리 옆 둑 위에 있습니다. 자, 갑시다!"

소냐가 사는 셋방 근처의 운하 둑에는 많은 사람들이 몰려 있었다. 멀리서부터 카테리나 이바노브나의 쉰 목소리가 들렸다. 그녀는 아이들을 윽박질렀다가 달랬다가 하면서 춤과 노래를 가르치고 있었다. 그러다가 옷차림이 괜찮은 사람이 나타나면 유서 깊은 집안의 아이들이 이렇게 한순간에 몰락해 버렸다고 하소연했다. 사람들이 비웃거나 비난이라도 하려는 것 같으면 앞뒤 가리지 않고 싸움을 벌였다. 소냐가 돌아가자고 애원했지만 그녀는 막무가내였다. 급기야 경찰이 나타났다.

"여기서 불법 영업을 하면 안 됩니다. 허가를 받아야죠."

"오늘 남편 장례식을 치르고 왔는데 허가는 무슨 허가야?"

둘이 실랑이하는 모습을 보고 관리로 보이는 신사가 다가와 동정 어린 눈빛으로 그녀에게 말했다.

"부인, 진정하세요. 내가 댁까지 바래다 드리겠습니다. 몸도 성치 않으신 것 같고, 남 보기에도 부끄러우니……."

"당신은 아무것도 몰라요! 다들 왜 이러는 거지? 콜랴, 리다, 어디 가는 거야?"

아이들은 안 그래도 잔뜩 몰려든 구경꾼과 어머니의 이상한 행동 때문에 겁을 먹은 상태였다. 그런데 경찰까지 다가오자 자기들을 잡으러 온 줄 알고 마구 달아나기 시작했다. 카테리나 이바노브나는 아이들을 쫓아가다 돌부리에 걸려 그만 넘어져 버렸다. 길바닥은 그녀가 쏟은 피로 순식간에 새빨개졌다. 소냐가 얼른 달려가서 살펴보니, 피는 상처 난 곳이 아니라 목에서 나온 것이었다.

"폐결핵이군요. 내 친척의 딸도 저랬어요. 저렇게 놔두면 죽을 텐데……."

관리가 라스콜리니코프와 레베쟈트니코프에게 속삭이듯 말했다.

"어머니를 제 집으로 옮겨 주세요. 저기 두 번째 집이에요. 어서요."

소냐가 애원했다. 관리와 경찰의 도움을 받아 카테리나 이바노브나를 소냐의 집으로 옮겼다. 폴랴가 덜덜 떨면서 훌쩍거리고 있는 콜랴와 리다를 데리고 왔다. 그들 주위로 몰려든 사람들 가운데 스비드리가일로프도 있었다. 의사와 신부를 불러야 한다는 말이 여기저기에서 터져 나왔다. 보다 못한 집주인 카페르나무모프가 의사를 부르러 뛰어나갔다.

그사이 카테리나는 어느 정도 진정이 되었다. 그녀는 그때까지 부들부들 떨고 있는 소냐의 창백한 얼굴을 지그시 바라보았다. 그녀는 몸을 일으켜 달라고 부탁을 한 뒤 침대 위에 힘겹게 일어나 앉았다. 마른 입술에는 아직도 피가 묻어 있었다.

"소냐, 이렇게 살고 있었구나. 지금까지 한 번도 와 보지 않았다니……. 우리가 너를 너무 괴롭혔어. 아이들은 어디 있니? 가까이 오너라. 너희는 고상한 사람이 되어야 해. 내 걱정은 하지 말아라. 하느님은 내가 얼마나 괴로워했는지 훤히 알고 계시니까."

그녀는 쉰 목소리로 노래를 부르다가 별안간 절규했다.

"각하! 고아들을 지켜 주세요. 죽은 제 남편과의 우정을 잊지

마시고……. 귀족이나 마찬가지인 이 아이들을…….'

그러고는 겁에 질린 표정으로 주위를 두리번거리다가 다시 소냐를 찾았다.

"소냐, 귀여운 것! 우리가 가엾은 너를 너무 부려 먹었구나. 잘 있거라, 불쌍한 소냐!"

그녀의 창백한 얼굴에 경련이 일었다. 그러더니 깊은 숨을 한 번 들이쉬고는 그대로 숨을 거두었다. 폴랴는 어머니의 발에 입을 맞추며 울부짖었다. 무슨 일이 일어났는지 제대로 이해하지 못하는 콜랴와 리다도 서로 마주 보며 울음을 터뜨렸다. 소냐는 어머니 가슴에 얼굴을 파묻고 그대로 정신을 잃었다.

"라스콜리니코프 씨, 당신에게 할 말이 있습니다."

스비드리가일로프가 어느새 다가와 말했다. 지금껏 함께 이 모습을 지켜보던 레베쟈트니코프는 짐짓 자리를 피해 주었다.

"장례 비용은 내가 책임지죠. 말씀드렸다시피 필요 없는 돈이 있으니까요. 아이들도 시설이 좋은 고아원에 맡기고, 성인이 될 때까지 쓸 수 있도록 한 사람 앞에 천오백 루블씩 기부하겠습니다. 그러면 소냐도 안심할 수 있을 겁니다. 물론 그녀도 수렁에서 구해 내야지요. 당신 누이동생에게 만 루블을 이렇게 쓰겠다고 전해 주겠습니까?"

"무슨 속셈으로 자선을 베푸는 거지요?"

"당신도 꽤나 의심이 많은 사람이군요. 이 돈은 내게 쓸모가 없다고 말하지 않았습니까? 그러니 순수하게 받아들여 주세요. 카테리나 이바노브나가 고리대금업자 노파 같은 '이'는 아니니까요. '루진이 살아서 파렴치한 짓을 계속 저지르도록 내버려 둘까요, 아니면 카테리나 이바노브나가 죽기를 바라야 할까요?' 내 도움이 없으면 폴랴도 소냐와 같은 길을 가게 될 겁니다."

그는 교활한 표정을 지으며 라스콜리니코프가 소냐에게 했던 말을 그대로 따라 했다.

"그 애길 어떻게 아는 거지요?"

라스콜리니코프는 거칠게 숨을 몰아쉬며 물었다.

"친애하는 라스콜리니코프 씨, 처음 만났을 때 나는 우리가 반드시 친해질 거라고 생각했습니다. 보세요, 벌써 이렇게 친해졌잖아요. 내가 얼마나 사교적인 사람인지 차차 알게 될 겁니다."

제 15 장
나는 미국으로 간다네

 그 후 며칠간은 라스콜리니코프에게 이상하기만 한 시기였다. 마치 눈앞이 짙은 안개에 싸인 듯, 앞으로 한 발짝도 나아갈 수 없는 깊은 고독 속에 갇힌 기분이었다.
 무엇보다 그를 불안하게 만든 사람은 스비드리가일로프였다. 소냐의 방에서 그가 입에 올린 말, 그 말을 듣고부터 라스콜리니코프는 매사를 온전하게 생각하기가 힘들어졌다. 그러면서도 어떻게 된 일인지 알아보려고 하지는 않았다. 그저 싸구려 음식점에서 몽상에 빠져 있다든가, 풀숲에서 잠이 들었다가 새벽녘에 깬다든가 하는 일이 반복될 뿐이었다.
 그러는 동안에도 스비드리가일로프와 두 번이나 마주쳤다. 두 번 다 중요한 문제는 때가 될 때까지 덮어 두겠다는 듯이 간단한 인사만 나누었다. 최근에 마주친 것은 소냐의 집 계단에서였다. 스비드리가일로프는 남은 세 아이를 적당한 고아원에 보냈다고 알려 주었다. 또한 소냐에 대해서 할 말이 있다면서, 조만간 라스콜리니코프를 찾아가겠다고 말하고는 금세 가 버렸다.

라스콜리니코프는 잠시 그대로 서서 뭔가를 생각하다가 소냐의 방으로 들어갔다. 세 아이와 소냐는 관 앞에 무릎을 꿇은 채 기도를 올리고 있었다. 소냐는 라스콜리니코프를 발견하고 곁으로 다가와서 그의 어깨에 머리를 기댔다.

라스콜리니코프는 소냐의 그런 행동에 흠칫 놀랐다. 자신이 살인자라는 사실을 알게 된 후부터 소냐가 자기를 피하리라고 생각했는데, 지금 그녀의 행동에서는 그 어떤 혐오도 느껴지지 않았기 때문이다. 라스콜리니코프는 그날도 술에 잔뜩 취해 풀숲에서 곯아떨어졌다.

아침 일찍 집으로 돌아와 한숨 더 자고 일어나 보니 오후 두 시였다. 나스타샤가 가져온 식사를 허겁지겁 먹어치우고 나자, 기분이 좀 나아지는 듯했다. 그때, 문이 열리더니 라주미힌이 들어왔다.

"밥 먹고 있었어? 병은 다 나은 것 같은데?"

라주미힌이 라스콜리니코프의 맞은편에 앉으며 말했다. 그는 약간 흥분한 듯이 보였다. 그러나 서두르지 않고 조용히 이야기를 꺼냈다.

"더 이상 네 일은 상관하지 않겠어. 나로서는 아무것도 이해할 수 없으니까. 하지만 어떻게 어머니와 동생에게 그럴 수 있어? 어제 어머니가 여기서 널 얼마나 기다리셨는데……. 넌 결국 오지 않더군. '아무리 에미라도 애정을 구걸하는 건 부끄러운 일이지. 그래도 로쟈는 소냐한테 내줄 시간은 있는 모양이야.' 이렇게 말씀하시고는 집에 가시자마자 앓아누우셨어. 그래서 그 여자에게 가 봤더니 너는 없고 관만 덩그러니 있더군. 그 여자는 아이들 상복 치수를 재고 있었지. 로쟈, 난 네가 미치지 않았다는 걸 알아. 뭔가 비밀이 있을 뿐이지. 그렇다고 거기에 장단을 맞출 생각도 없어. 그냥 욕이나 실컷 퍼부어 주려고 온 거야."

"그래서 어쩌겠다고? 홧김에 술이라도 마시겠다는 거야?"

"그건 어떻게 알았지? 쳇! 그래, 나는 술이나 실컷 마시러 가야지. 잘 있어!"

라주미힌이 밖으로 나가려 하자, 라스콜리니코프가 그를 급히 붙잡으며 말했다.

"엊그제 두냐랑 네 얘기를 했어."

"뭐? 둘이 어떻게 만났지?"

"여기 잠깐 들렀더군. 네가 성실하고 좋은 사람이라고 말해 줬어. 네가 그 아이를 사랑한다는 말은 하지 않았어. 어차피 그 애도 알고 있을 테니까. 라주미힌, 나한테 무슨 일이 생기면 두 사람을 돌봐줘. 내가 이런 말을 하는 건 네가 두냐를 아낀다는 걸 잘 알기 때문이고, 두냐 역시 너를 사랑한다고 생각해서야."

"로쟈, 넌 도대체 어디로 가려는 거야? 오늘 두냐 양은 누군가의 편지를 받고부터 얼굴에 수심이 가득하던데……. 네 이야기를 꺼내니까 아무 말도 말아 달라더군."

"편지라고?"

"그래. 몰랐어? 참, 그 살인 사건 말이야. 노파와 그 여동생이 죽은……. 범인이 잡혔어. 페인트공 가운데 한 명이었대. 내가 절대 범인이 아닐 거라고 확신했던 사람이었지. 계단에서 벌인 싸움도 모두 꾸며 낸 것이었대. 초보치곤 제법이야. 깨끗이 속았어."

"그 얘긴 어디서 들었어? 그리고 그 사건에 왜 그렇게 관심이 많은 거야?"

"포르피리 형한테서 들었어. 심리학을 적용해서 아주 멋지게 설명해 줬어."

"녀석이 너한테 직접?"

"그렇다니까. 나중에 자세히 얘기해 줄게. 지금은 일이 있어서 가 봐야 하거든."

라주미힌이 나가자 라스콜리니코프는 소파에 주저앉았다.

'이제 빠져나갈 구멍이 생겼다. 남은 건 스비드리가일로프야. 하지만 그 역시도 어떻게든 해결할 수 있을 거야. 문제는 포르

피리다. 그 사람은 왜 라주미힌을 속였을까? 도대체 무슨 속셈이지?'

라스콜리니코프는 모자를 들고 잠시 생각에 빠져 있다가 방에서 나왔다.

'일단 스비드리가일로프와 담판을 지어야겠어.'

이렇게 생각하고 나자, 지칠 대로 지친 그의 마음속에서 적개심이 불타올랐다. 지금이라면 두 사람 가운데 누구라도 죽일 수 있을 것 같았다.

그가 주인집으로 통하는 현관문을 열자, 뜻밖에도 포르피리가 서 있었다.

"라스콜리니코프 씨, 내가 너무 갑자기 찾아왔지요? 지나던 길이라 들렀습니다. 잠시 시간을······."

"들어오시죠, 포르피리 페트로비치 씨."

라스콜리니코프는 마지막 인내심을 발휘해서 상냥하게 그를 맞아들였다. 그리고 포르피리와 마주 앉은 채, 눈 한 번 깜박이지 않고 그를 응시했다. 포르피리는 눈을 가늘게 뜨고 담배를 피워 물었다.

"몸에 해로운 걸 알면서도 도저히 끊을 수가 없군요. 담배를 대신할 게 없어요. 술은 입에도 못 대거든요. 허허허."

담배를 한 대 피우고 난 뒤 포르피리가 마침내 입을 열었다.

'또 지겨운 장난을 시작하는군.'

라스콜리니코프는 짜증이 치밀어 올랐다.

"실은 엊그제도 여기에 들렀습니다. 모르고 있었나요?"

포르피리는 방 안을 천천히 둘러보며 말했다.

"이 방 안에도 들어왔지요. 오늘처럼 잠깐 들렀던 것뿐입니다. 문이 열려 있기에 들여다보고 잠시 기다리다가 그냥 돌아갔지요. 원래 자물쇠는 채우지 않나 봐요?"

라스콜리니코프의 얼굴이 점차 굳어져 갔다. 포르피리는 얼굴에 미소를 띠고 그의 마음을 꿰뚫어 보고 있다는 듯한 태도로 말을 이었다.

"오늘은 당신에게 해명을 하러 왔습니다. 지난번에 큰 실수를 했습니다. 당신은 떨고 있었고, 나는 몹시 흥분해 있었죠. 니콜라이가 아니었다면 일이 어디까지 치달았을지 상상하기도 싫습니다. 그때 누군가 내 방에 숨어 있었는데, 이미 알고 계시죠? 그 사람이 당신을 찾아왔다는 것은 알고 있습니다. 어쨌든 나는 내가 노린 것을 절대 놓치지 말아야겠다고 생각했죠. 나는 당신을 약간은 파악했다고 생각합니다. 당신은 흥분을 잘 하는 성격이더군요. 거기에 의지해 보기로 한 겁니다. 잘만 하면 증거를 잡을 수도 있다는 생각이 들었습니다. 물론 심증이 아닌 물증을요."

"이제 와서 왜 그런 얘기를 하는 거죠?"

라스콜리니코프는 깊이 생각해 보지도 않고 대꾸했다.

"왜냐고요? 해명을 하려고요. 이건 내 의무니까요. 당신은 처음부터 나를 싫어했죠. 하긴 내가 당신을 들볶기는 했습니다. 그러나 당신의 인품을 알고 나서 당신이 나중에 큰 인물이 되리라는 걸 알았습니다. 그리고 애정도 생겼고요. 당신이 어떻게 생각하든, 나는 내 첫인상을 지우고 나도 양심적인 인간이라는 걸 보여 주고 싶습니다."

그는 포르피리가 더 이상 자신을 범인으로 생각하지 않는 것 같아 더욱 공포스러웠다.

"기왕 털어놓는 김에 솔직하게 말하죠. 처음 당신을 범인으로 지목한 건 나였어요. 전당잡힌 물건이나 노파의 메모 같은 건 그다지 중요하지 않았죠. 그러다가 경찰서에서 당신이 기절한 이야기를 자세히 들을 기회가 있었어요. 그 후로 모든 일들이 차곡차곡 쌓여서 그 방향으로 가게 된 겁니다.

당신은 자부심이 강하고 감수성도 뛰어납니다. 논문도 그런 열정에서 나온 거겠죠. 나는 당신의 논문을 무척 좋아합니다. 비록 불합리한 몽상의 결과 같기는 하지만, 순수한 열정과 고집으로 가득 차 있으니까요. 그때 알았죠. '이 사람은 뭔가 저지를 사람이다!'

내가 가택 수색을 하지 않았다고 생각하나요? 실은 했습니다. 당신이 병에 걸려, 지금 앉아 있는 그 소파에 누워 있을 때요. 방 안을 이 잡듯이 조사했지만 헛수고였어요. 그러나 나는 만일 당신이 범인이라면 언젠간 스스로 나를 찾아올 거라고 생각했어요. 다른 사람이라면 몰라도 당신이라면 분명히 그럴 거라고 생각했습니다.

내가 당신을 의심한다고 라주미힌이 떠들어 댄 것 기억하나요? 실은 당신을 자극하려고 내가 일부러 그를 부추겼어요. 라주미힌은 흥분하면 물불을 가리지 않으니까요. 하지만 당신이 가장 대담했던 건 식당에서 자묘토프를 만났을 때였어요. 진짜 범인이라면 대단한 투사겠구나, 하고 생각했죠. 노파의 집에 가서 초인종을 울린 이야기도 들었습니다. 나는 그 얘길 듣고 온몸이 얼어붙는 것 같았습니다. 이거다, 싶었거든요. 낯선 남자가 당신더러 살인자라고 했을 때는 한마디도 못했죠? 그때 당신의 표정을 볼 수만 있다면 천 루블이라도 낼 수 있을 것 같았습니다. 이러니 내가 의심을 해도 이상할 게 없지 않습니까?

당신이 나를 찾아왔을 때 니콜라이가 왔던 일은 기억하죠? 그건 정말 뜻밖이었습니다. 당신도 알잖아요. 니콜라이 따위가 그랬을 리 없다는 걸요!"

"라주미힌이 그러던데요. 당신이 범인은 니콜라이라고 했다고……."

라스콜리니코프는 숨이 막히는 듯 한참 동안 말을 잇지 못하다가 간신히 말했다.

"그건 라주미힌을 우리 사이에서 좀 떼어 놓고 싶어서 그랬던 겁니다. 니콜라이는 공상에 빠져 있는 애송이입니다. 조만간 제 발로 찾아와서 내게 모든 걸 털어놓을 게 틀림없어요. 이 사건은 절대 니콜라이의 짓이 아닙니다. 범인은 사람을 둘씩이나 죽이면서 문 닫는 것조차 잊어버리고, 훔친 물건도 버리다시피 해서 흔적을 없앴어요. 사람들한테 들키기 직전에 겪었던 공포로도 부족해서, 다시 사건 현장을 찾아가기도 했고요. 물론 이 모든 걸 정신병자의 소행으로 생각할 수도 있습니다. 하지만 범인은 사람을 죽여 놓고도 자신이 결백하다고 믿고, 다른 사람들을 경멸하며 거리를 돌아다니고 있습니다. 니콜라이가 그랬을까요? 절대로 아닙니다!"

"그렇다면…… 누가…… 누가 죽인 거죠?"

라스콜리니코프는 신음하듯이 물었다.

"누구라뇨? 당신이 죽인 겁니다, 라스콜리니코프 씨."

속삭이듯 나지막하면서도 확신에 찬 그의 말에 라스콜리니코프가 자리에서 벌떡 일어났다.

"난 아닙니다!"

라스콜리니코프는 나쁜 짓을 하다 들켜서 떠는 아이처럼 말했다.

"아니, 당신입니다. 결코 다른 사람이 한 짓이 아닙니다."

잠시 동안 침묵이 감돌았다. 라스콜리니코프가 경멸 어린 눈빛으로 포르피리를 응시했다.

"또 그 낡아 빠진 수법을 쓰시는군요. 싫증도 안 나요?"

"아아, 그만하세요. 술수 같은 걸 부릴 때가 아닙니다. 당신이 뭐라 하든 나는 당신이 범인이라고 확신하고 있어요."

"그렇다면 왜 잡아들이지 않는 거죠?"

"지금 당신을 체포하는 게 나한테 불리하니까요. 이건 모두 나의 추측입니다. 페인트공과 당신을 대질시킨다 해도 당신 말이 훨씬 그럴듯하겠지요. 그 사람은 생김새도 험악한 데다 술주정뱅이거든요. 솔직히 말하자면, 지금은 모든 게 나한테 불리합니다. 그런데도 여기에 온 건 당신에게 해명할 필요가 있어서입니다. 당신한테 악당 소리를 듣고 싶지는 않으니까요. 나는 진심으로 당신에게 호의를 가지고 있어요. 그래서 마지막으로 자수를 권하러 왔습니다."

"지금 엄청난 실수를 저지르는 거라고 생각해 본 적은 없습니까?"

"아뇨, 전혀요. 게다가 나는 하느님의 도움으로 아주 사소하지만 결정적인 증거를 찾았거든요."

"그게 뭔가요?"

"그건 말하지 않겠습니다. 그리고 더 이상 지체할 수 없으니 조만간 당신을 체포할 겁니다."

"그것 참 우습군요. 인정할 수는 없지만, 내가 범인이라고 쳐요. 어차피 당신이 나를 잡아넣을 건데, 왜 자수를 해야 하는 겁니까?"

"자수하면 형량이 줄어들 테니까요! 그리고 이 점을 생각해 보세요. 지금 한 사람이 죄를 뒤집어쓰고 있습니다. 지금이 자수해야 할 때라고 생각하지 않아요? 맹세컨대 당신이 자수한다면 나는 전혀 몰랐다고, 당신에게 혐의를 둔 적도 없다고 하겠습니다."

라스콜리니코프는 입을 다물고 고개를 떨어뜨렸다. 얼마 후, 고개를 들고 다정하면서도 슬픔이 어린 미소를 지으며 말했다.

"아니, 감형 같은 건 필요 없습니다."

"내가 걱정한 게 바로 이겁니다!"

포르피리가 흥분해서 소리쳤다.

"당신은 아직 앞날이 창창하지 않습니까? 왜 감형이 필요 없다는 거예요?"

"창창하긴 뭐가 창창하다는 겁니까?"

"당신은 사람을 믿지 못하니, 내가 속이 빤히 들여다보이는 설교를 하고 있다고 생각하겠죠. 하지만 언젠가는 내 말을 떠올릴 때가 있을 겁니다. 노파를 죽인 걸로 끝나 다행이네요. 다른 이론을 생각해 냈더라면 얼마나 더 추악한 짓을 했겠습니까? 생명을 소중히 여기세요. 인생을 알면 얼마나 안다고 그런 짓을……. 하느님은 당신에게 참된 인생을 준비해 주셨어요."

"설교는 그만둬요. 나를 언제 체포할 건가요?"

"하루, 아니면 이틀 정도 자유를 주도록 하죠. 기도하세요. 그 편이 유리할 겁니다."

"내가 도망을 친다면?"

"아니, 당신은 도망가지 않을 겁니다. 평범한 농부나 광신도라면 벌써 줄행랑을 쳤겠죠. 그러나 당신은 다릅니다. 자기 신념에 강한 확신이 있는데 왜 도망치겠습니까? 혹시 도망을 간다 해도 머지않아 돌아와서 자수하겠죠. 틀림없습니다."

라스콜니코프는 모자를 들고 일어섰다. 포르피리도 덩달아 일어섰다.

"포르피리 씨, 내가 오늘 자백했다고 착각하지 마십시오."

"물론이죠. 하지만 이 일을 다른 식으로 끝내겠다는 생각을 품는다면……. 가령 당신의 몸에 손을 대거나 해서 말입니다. 그렇다면 단 몇 줄이라도 좋으니 이 일에 대한 정확한 내용을 편지로 남겨 주세요. 부탁합니다."

포르피리는 라스콜니코프의 시선을 피하듯 허리를 굽히고 밖으로 나갔다. 라스콜니코프는 창가에 서서 포르피리의 모습이 완전히 사라지기를 초조하게 기다렸다. 얼마 후, 그도 허겁지겁 방을 나섰다.

라스콜니코프는 스비드리가일로프의 집으로 발걸음을 재촉했다. 무엇을 기대하는 건지는 확실히 모르지만, 그에게는 분명 라스콜리니코프를 이끄는 힘이 숨어 있었다.

라스콜리니코프는 별안간 한 가지 의문이 떠올랐다.

'스비드리가일로프가 포르피리에게 가서 내 얘기를 한 게 아닐까?'

딱히 이유를 대기는 어렵지만 왠지 아직은 가지 않았을 것 같았다. 그러나 앞으로도 가지 않으리라는 보장은 없었다. 어쩌면 스비드리가일로프는 자신이 알고 있는 사실을 무기 삼아 두냐를 괴롭히려 들지도 몰랐다. 그렇다면 당장 두냐에게 알려야 했다. 그렇지 않으면 두냐가 당황한 나머지 무슨 짓을 저지를지 알 수 없었다. 편지? 그러고 보니, 두냐는 오늘 아침에 편지를 받았다고 했다.

'루진이 보낸 걸까?'

라스콜리니코프는 가능한 한 빨리 스비드리가일로프를 만나기로 마음먹었다.

그는 한참 동안 정신없이 거리를 걷다가 센나야 광장 근처에서 멈춰 섰다. 자신이 왜 여기에 왔는지 이해하지 못하고 온 길을 되짚어 가려는데, 갑자기 문이 열려 있는 음식점의 한쪽 끝 테이블에서 담배 파이프를 물고 있는 스비드리가일로프를 발견했다. 라스콜리니코프는 온몸이 오싹해지는 기분이었다.

반면에, 스비드리가일로프는 라스콜리니코프를 보고는 피하고 싶은 듯 슬금슬금 몸을 움직였다. 그러나 의자를 밀고 일어서려는 순간, 라스콜리니코프가 자신을 보고 있다는 사실을 눈치챘다. 그제야 스비드리가일로프는 교활한 웃음을 띠고 크게 웃으면서 다가와 말을 건넸다.

"자, 자! 들어오십시오. 여깁니다!"

라스콜리니코프는 음식점 안으로 들어갔다. 스비드리가일로프와 앉은 테이블 위에는 샴페인 한 병과 반쯤 채운 술잔이 놓여 있었다. 라스콜리니코프는 한쪽 팔꿈치를 테이블에 괴고 스비드리가일로프를 물끄러미 바라보았다. 짙은 금발에 흰 피부, 그리고 혈색 좋은 얼굴 때문이지 나이에 비해 무척 젊어 보였다. 그런데도 어딘지 모르게 매서운 기운이 느껴졌다.

"안 그래도 당신을 찾아가려던 참이었습니다. 분명히 해 둘 말이 있어서요. 만일 아직도 내 누이동생에게 흑심을 품고 내 약점을 이용하려고 한다면, 당신이 날 감옥에 보내기 전에 내가 당신을 먼저 죽이겠어요! 빈말로 듣지 말아요. 그리고 또 한 가지, 당신도 나한테 할 말이 있을 텐데요. 어디 한번 해 봐요."

"내게 무슨 꿍꿍이라도 있는 줄 아나 본데, 그건 순전히 오해입니다."

"그러면 왜 내 뒤를 캐고 다니는 겁니까?"

"당신이 처한 그 어처구니없는 상황이 마음에 들어서죠. 게다가 내가 마음에 담아 둔 여자의 오빠이기도 하고요."

"당신…… 대체 뭐요? 무슨 생각으로 상트페테르부르크에 온 겁니까?"

"나요? 나로 말하자면 귀족 출신으로 기병대에서 이 년간 근무했고, 그 후엔 상트페테르부르크에서 빈둥거렸죠. 마르파 페트로브나와 결혼한 다음엔 시골에 묻혀 살았고요. 이게 전부입니다. 다시 여기로 올라온 건, 솔직히 말하자면 여자 때문이죠."

"아내가 죽은 지 얼마 안 되지 않았습니까?"

"그게 뭐 어떻다는 겁니까? 그렇다고 내가 여자를 아예 버려야 하는 건가요?"

"그 정도면 병입니다."

"비약하지 말아요. 그보다 당신에게 할 말이 있는데……. 아, 시간이 충분할까 모르겠군요."

"여자와 약속이 있나 보죠?"

"네, 맞습니다. 하지만 아직은 괜찮아요. 당신만 좋다면 내가 여자에게 구원받은 얘기나 해 볼까요? 이미 짐작했겠지만, 그 여자는 바로 당신 누이동생이거든요."

"설마 당신……?"

"걱정 말아요. 두냐 양에게는 존경심 하나밖에 없으니까요. 말했다시피 어마어마한 빚을 진 나를 마르파 페트로브나가 구해 줬습니다. 그 여자는 좋은 사람이었지만 교양이라고는 전혀 없었죠. 나보다 나이도 많은 데다가 일 년 내내 입 냄새가 났어요. 결혼할 때 성실한 남편이 될 자신이 없다고 했는데도 괜찮다고 하더군요. 그녀는 내가 진심으로 누군가를 사랑하지 못하는 인간이라고 생각한 모양입니다. 그래도 그렇지, 당신 누이동생을 가정교사로 들인 일은 심했어요. 어쩌자고 그런 미인을 들인 건지!"

"당신은 내 누이동생 때문에 여기로 온 게 확실하군요!"

"어차피 두냐 양은 나를 증오하고 있습니다. 그러니 걱정하지 않아도 돼요."

"당신은 분명히 뭔가 음모를 꾸미고 있습니다. 내 누이동생에게 편지를 쓴 것도 당신이죠? 이렇게 안절부절못하는 것만 봐도 이상해요. 꿍꿍이가 뭔지 내 눈으로 직접 확인해 봐야겠군요."

"그래요? 그렇다면 경찰부터 부르겠습니다."

"부르세요!"

둘은 일 분 정도 말없이 마주 보았다. 스비드리가일로프는 라스콜리니코프가 자신의 협박에 굴복하지 않을 거라는 걸 알고는 갑자기 명랑한 표정이 되었다.

"대단한 분이군요. 그 얘기는 일부러 꺼내지 않으려고 했는데……. 그럼 같이 가시죠."

스비드리가일로프가 먼저 음식점에서 나오고 라스콜리니코프가 뒤를 따랐다. 거리로 나서자, 스비드리가일로프가 말했다.

"나는 돈을 가지러 잠깐 집에 들렀다가 마차를 불러서 바실리예프스키 섬으로 갈 겁니다. 그리고 저녁 내내 거기 있을 거예요. 당신은요?"

"먼저 당신 집으로 갈 겁니다. 당신을 따라가려는 게 아니라, 소냐에게 장례식에 참석하지 못한 걸 사과하려고요."

"지금 집에 없을 겁니다. 동생들과 함께 내가 아는 고아원 원장한테 갔어요. 내가 카테리나 이바노브나의 세 아이 몫으로 돈도 맡긴 데다 기부까지 해서 원장의 환심을 사 두었죠."

"그래도 들러 보겠습니다."

"마음대로 하세요. 어차피 동행할 것도 아니니까. 그리고 앞으로는 좀 더 신중하게 대처하도록 해요."

"당신처럼 문 앞에서 남의 얘기나 엿들으라는 겁니까?"

"하하. 그 얘기는 왜 안 하나 했어요. 나는 낡아 빠진 인간이라 당신이 그때 소냐에게 허세를 부리며 한 말을 이해하지 못하겠더군요. 말 나온 김에 설명 좀 해 주겠어요?"

"당신은 아무것도 듣지 못했어! 거짓말이야!"

"아니, 얘기를 좀 듣긴 했습니다. 엿듣는 건 안 돼도 자기만족을 위해 노파를 때려죽이는 건 괜찮다고 생각한다면, 지금 당장 미국으로라도 떠나십시오. 돈이 없다면 여비라도 보태 줄까요? 하긴……, 그보다는 아예 그런 일은 하지 않는 게 좋았을 텐데……. 분수에 맞지 않는 일을 하느니 차라리 자살이라도 하는 게 낫지 않아요?"

"일부러 나를 자극하는군요."

"자, 다 왔습니다. 내 방으로 가시죠. 잘 보세요. 나는 이 서랍에서 채권을 꺼내겠습니다. 오늘 모조리 돈으로 바꿀 겁니다. 보셨죠? 자, 이제 나는 마차를 타고 떠나겠습니다. 같이 타시겠어요?"

스비드리가일로프는 라스콜리니코프에게 집을 둘러보게 한 뒤 곧바로 마차에 올라탔다. 라스콜리니코프는 한마디 대꾸도 하지 않고 그대로 등을 돌려 센나야 광장 쪽으로 걸어갔다. 그가 한 번이라도 뒤를 돌아보았다면, 마차에 올랐던 스비드리가일로프가 이내 내리는 걸 봤을 테지만, 그에 대한 혐오감 때문에 무작정 앞만 보고 걸었다.

라스콜리니코프는 다리 입구에서 두냐와 마주쳤다. 그러나 그는 동생을 알아보지 못하고 그냥 지나쳐 버렸다. 두냐는 적잖이 당황했다. 그녀는 멈춰 서서 오빠를 부를까 하고 망설였다. 그러다가 센나야 광장 쪽으로 황급히 걸어오는 스비드리가일로프를 발견했다.

그는 라스콜리니코프에게 들키지 않으려고 눈치를 살피며 두냐에게 눈짓을 보냈다. 오빠에게 말을 걸지 말고 내버려 두라는 뜻인 것 같았다. 두냐는 스비드리가일로프에게 다가갔다.

"우리가 만나는 걸 들키고 싶지 않습니다. 당신 오빠가 나를 찾아오는 바람에 지금까지 함께 있다가 겨우 떼어 놓았거든요. 내가 당신에게 편지를 보낸 걸 어떻게 알았는지 다짜고짜 나를 의심하더라고요. 당신이 말했을 리는 없고…….”

"이제 오빠에게 들킬 염려는 없어요. 그러니까 어서 하실 말씀을 하세요."

"이건 절대로 길거리에서 할 수 있는 이야기가 아니에요. 소냐에 대한 얘기도 있습니다. 보여 주고 싶은 서류도 있고요. 내 방으로 가는 걸 꺼린다면, 나는 이대로 그냥 돌아가겠습니다. 하지만 당신이 그렇게 사랑하는 오빠의 비밀이 내 손 안에 있다는 사실만은 잊지 마세요."

두냐는 망설이는 눈빛으로 그를 쳐다보았다.

"당신이 염치없는 인간인 건 잘 알지만, 조금도 겁나지 않아요. 앞장서세요."

짐짓 태연한 척 말했지만, 그녀의 얼굴은 몹시 창백했다.

스비드리가일로프는 집에 도착하자마자 소냐가 있는지부터 확인했다.

"소냐는 집에 없네요. 유감인데요. 하지만 곧 돌아올 겁니다. 고아원에 간 것 같으니까요. 내가 소냐의 일을 약간 봐주고 있거든요. 자, 여기가 내가 머무는 방입니다. 이제부터 중요한 걸 보여 드리겠습니다. 이 문을 열면 비어 있는 방으로 통합니다."

두냐는 사방을 두리번거렸지만 별다른 점은 느끼지 못했다. 오히려 왜 자기에게 텅 빈 방을 구경시켜 주는지 이해할 수가 없었다.

"보십시오. 이 문에는 자물쇠가 채워져 있죠. 문 옆에 있는 이 의자는 내가 엿듣기 편하게 옮겨 놓은 겁니다. 바로 이 뒤가 소냐의 방입니다. 그녀는 거기 앉아서 당신 오빠와 얘기를 나누었어요. 이틀 내내 엿들은 끝에 무언가를 얻어 냈지요. 이해가 됩니까?"

스비드리가일로프는 두냐를 자기 방으로 데리고 가서 의자에 앉도록 권했다. 그리고 자신은 그녀와 약간 떨어져 앉았다. 두냐는 왠지 불안해져서 주위를 연방 두리번거렸지만, 불신감을 드러내지 않으려 애썼다.

"여기, 당신이 보낸 편지예요."

그녀는 탁자 위에 편지를 올려놓았다.

"당신은 오빠가 무슨 범죄를 저질렀다고 썼더군요. 난 이 어처구니없는 얘기를 전에도 들은 적이 있습니다. 하지만 한마디도 믿지 않아요. 이건 정말이지 끔찍한 모함이에요."

"당신이 내 말을 믿지 않았다면 과연 여기까지 왔을까요? 당신 오빠는 소냐를 찾아가서 모든 걸 고백했습니다. 고리대금업자 노파를 살해했고, 노파의 여동생까지 죽였다고요. 그가 두 사람을 죽인 건 돈을 훔치기 위해서였습니다. 그런데 정작 돈이나 물건에는 손도 안 대고 어느 바윗돌 밑에 묻었다죠. 오빠는 소냐에게 낱낱이 고백했으니, 그녀는 비밀을 전부 알고 있습니다. 하지만 지금의 당신처럼 그저 떨고만 있는 것 같더군요. 소냐가 오빠를 배반할 리는 없으니 그 점은 걱정하지 않아도 됩니다."
"그럴 리 없어요. 오빠가 어떻게 그런 짓을 저질렀겠어요?"
"물론 믿기 어렵겠죠. 하지만 난 내 귀로 직접 들었습니다. 오빠는 소냐에게 왜 그런 일을 저질렀는지도 설명하더군요. 소냐도 처음엔 믿지 않는 것 같았지만, 결국 자신이 보고 들은 것을 믿게 되었어요."
"이유가…… 뭐였나요?"
"당신 오빠에겐 그만의 이론 같은 게 있어요. 목적이 좋다면 개인의 악행은 용납된다는 겁니다. 재능 있고 자존심도 강한 청년의 입장에서 보면 이런 거죠. 삼천 루블만 있으면 인생을 바꿀 수 있는데 그걸 구할 수 없다면, 얼마나 분하겠습니까? 오빠는 또 다른 이론도 갖고 있었어요. 인간은 두 가지 종류가 있다는 겁니다. 평범한 인간과 비범한 인간……. 이를테면 법에 구애받는 높은 신분의 인간과 받지 않는 인간으로 나눌 수 있겠죠. 당신 오빠는 자신을 법을 넘어서는 천재라고 생각했습니다. 그러나 막상 범죄를 저지른 후에는 그게 아니라는 사실을 깨닫고 괴로워한 것 같더군요."
"양심의 가책은요? 오빠에게 양심이나 도덕심 같은 건 없단 말인가요?"
"두냐, 러시아 사람들 대부분이 땅만큼이나 광활한 영혼을 갖고 있습니다. 그래서 공상을 좋아하고 무질서를 동경하지요. 그러나 특별한 천재성도 없이 대범하기만 한 영혼은 재앙입니다. 아시겠지만 나는 절대로 이유 없이 남을 비난하지 않습니다. 아, 당신 안색이 몹시 나빠졌군요?"

"소냐를 만나겠어요."

"저녁까지 돌아오지 않을 겁니다."

"아까는 금방 돌아온다더니……. 거짓말을 했군요!"

두냐는 넋 나간 표정으로 자리에서 벌떡 일어나더니 흥분해서 비틀거렸다. 스비드리가일로프는 재빨리 그녀를 부축해 의자에 앉혔다.

"두냐 양, 정신 차려요. 다행히 오빠에겐 친구들이 있습니다. 내게 돈이 있으니 외국으로 데려갈 수도 있고요. 살인을 했다 해도 앞으로 착하게 살면 구원을 받을 수 있을 겁니다."

"사람 놀리지 말아요! 오빠에게 가겠어요! 오빠는 어디에 있죠? 그리고 방문은 어째서 잠겨 있는 거예요?"

"우리 얘기가 새어 나가지 않게 잠가 둔 것뿐입니다. 그리고 당신을 놀리려는 생각은 추호도 없어요. 그러지 말고 차분히 앉아서 오빠를 어떻게 구할지 생각해 보자고요."

"정말 오빠를 구할 수 있나요?"

스비드리가일로프는 두냐 옆에 나란히 앉았다.

"모든 것은 당신 하기에 달렸습니다. 당신의 말 한마디면 오빠를 충분히 구할 수 있을 겁니다. 여권을 마련하지요. 당신 오빠

것, 내 것, 그리고 당신과 어머니 것도요. 나는 당신을 사랑합니다. 나를 그런 눈으로 보지 말아요. 아아, 당신을 위한 일이라면 뭐든지 다 하겠습니다."

두냐는 소스라치게 놀라며 문쪽으로 달려갔다.

"열어 주세요! 이 문을 열어 주세요!"

스비드리가일로프의 입가에 비웃음이 번지고 있었다.

"집에는 아무도 없으니 소리 질러도 소용없어요."

"열쇠는 어디 있어요? 이 비열한 인간 같으니!"

"진심으로 오빠를 배신하고 싶은 건 아니겠지? 내가 당신을 폭행한다 해도 누가 당신 말을 믿어 줄까? 아가씨 혼자서 남자 집을 방문한 이유를 뭐라고 설명할 거요? 오빠를 희생시킨다 해도 당신은 아무것도 증명할 수 없어요."

두냐는 증오심에 사로잡혔다. 그녀는 갑자기 주머니에서 권총을 꺼내 안전장치를 풀고 탁자 위에 내려놓았다. 그것을 보고 스비드리가일로프가 자리에서 벌떡 일어났다.

"아하! 상황이 달라지겠군. 대체 그 권총은 어디서 난 거요? 아, 내 권총이잖아! 그렇게 찾아도 없더니······."

"당신 것이 아니라 당신이 죽인 마르파 페트로브나 거야. 그 집에 당신 거라고는 아무것도 없었으니까! 당신이 나한테 무슨 짓을 할지 몰라서 가져온 거지. 거기서 꼼짝 마! 한 발자국이라도 움직이면 쏴 버릴 테야."

"그럼 오빠는 어쩌고?"

"신고를 하든 말든 마음대로 해. 당신은 부인을 독살했어. 너야말로 살인자야."

"그 말이 사실이라 해도 그건 당신 때문이었어. 정말 쏠 모양이군. 그렇다면 자, 쏴 보시지."

두냐는 권총을 들고 새파랗게 질린 입술을 부들부들 떨면서 그를 쏘아보았다. 그녀는 결심을 굳힌 듯 스비드리가일로프를 겨냥하고 그의 움직임을 주시했다. 그런 두냐의 모습이 스비드리가일로프에게는 그 어느 때보다 아름답게만 보였다. 그러나 그녀의 눈 속에 담긴 증오의 불꽃이 그의 심장을 쓰라리게 만들었다. 그가 한 발짝 움직이자 총성이 울렸다. 그러나 총알은 그의 머리를 아슬아슬하게 스친 후 뒷벽으로 날아가 박혔다.

"꼭 벌한테 쏘인 것 같군. 머리를 조준하다니! 이게 뭐야? 피 잖아!"

그는 오른쪽 관자놀이에 흐르는 핏줄기를 손으로 닦았다.

"잘못 쐈어. 다시 쏴요. 그런 식으로 하다가는 안전장치를 풀기도 전에 내가 당신을 먼저 잡겠군."

두냐는 부들부들 떨며 다시 권총을 들었다. 그는 다시 두 발 앞으로 나갔다. 두냐가 방아쇠를 당겼다. 하지만 이번에도 불발이었다.

"장전을 잘못했군. 하지만 상관없어요. 뇌관이 하나 더 있으니까. 기다릴 테니 고쳐 봐요."

그 순간, 두냐는 그가 자기를 놓아줄 바에야 차라리 죽음을 선택할 사람이라는 걸 깨달았다. 그녀는 총을 내던졌다. 그 모습을 보자 스비드리가일로프는 어쩐지 슬픈 마음이 들었다. 그는 두냐에게 다가가 와락 끌어안았다.

"제발 놓아줘요."

두냐가 애원했다. 그는 자기도 모르게 흠칫 놀랐다. 그녀의 어조가 어딘지 달라져 있었던 것이다.

"절대로 나를 사랑할 수는 없는 거요?"

"그럴 일은 절대 없을 거예요!"

두냐는 낮지만 단호한 목소리로 말했다. 스비드리가일로프는 손을 풀고 창가로 다가갔다. 잠시 동안 무거운 침묵이 흘렀다.

"열쇠 여기 있어요. 어서 나가요, 어서!"

말투에 섬뜩한 느낌이 묻어났지만 그녀는 뒤도 돌아보지 않고 황급히 뛰어나갔다. 스비드리가일로프는 슬프고 절망적인 미소를 머금은 채 창가에 서 있었다. 그는 두냐가 던지고 간 권총을 집어 들고 가만히 훑어보았다. 두 발의 총알과 한 발의 뇌관이 남아 있었다. 아직 한 발은 쏠 수 있었다. 그는 권총을 주머니에 넣고 밖으로 나갔다.

그날 밤 스비드리가일로프는 여러 음식점과 유흥가를 방황했다. 열 시 정도 되었을 때 사방에서 먹구름이 몰려와 천둥이 치더니 소나기가 쏟아졌다. 그는 흠뻑 젖은 채 집으로 돌아와서는 서랍을 열고 안에 있던 돈을 모두 꺼냈다. 그리고 복도로 나가 소냐의 방문을 두드렸다. 소냐는 스비드리가일로프가 흠뻑 젖은 채로 서 있는 모습을 보고 깜짝 놀랐지만 짐짓 아무렇지 않은 얼굴로 그를 맞이했다. 소냐와 스비드리가일로프는 테이블에 마주 앉았다.

"소냐, 나는 조만간 미국에 갈지도 모릅니다. 이렇게 얼굴을 보는 것도 마지막이 될 것 같아서 처리할 건 처리하려고요. 오늘 고아원 원장을 만나셨죠? 아, 그분이 뭐라고 했을지 알고있으니 내게 다시 말할 필요는 없습니다. 내가 동생들에게 준 돈에 대해서 각각의 명의로 영수증을 받아 놓았습니다. 이것도 당신이 가지고 있도록 해요. 그리고 채권으로 삼천 루블이 있습니다. 이건 당신 몫입니다. 이제 다시는 그런 치욕적인 생활을 할 필요가 없을 겁니다."

"저와 아이들, 그리고 어머니께서도 감사하게……."

소냐는 더듬거리며 말을 이었다.

"하지만 이 돈은 필요 없어요. 제 힘으로 살 수 있으니까요. 그러니 언짢아하지 마시고……."

"당신에게 필요한 돈이니까 드리는 겁니다. 그러니 제발 아무 말 하지 말고 받아 주세요. 라스콜리니코프 앞에는 두 가지

길밖에 없습니다. 머리에 총알을 박거나, 시베리아 유형을 가거나……."

소냐는 깜짝 놀란 나머지 그를 바라보며 덜덜 떨기 시작했다.
"걱정 말아요. 아무한테도 말하지 않을 테니……. 그때 당신이 자수하라고 한 건 잘한 일입니다. 그가 시베리아로 가면 당신도 따라가겠죠? 그러려면 돈이 필요할 겁니다. 당신한테 드리는 돈은 그 사람에게 주는 거나 마찬가지예요. 혹시 누가 물어도 내가 오늘 밤 여기 들렀다는 얘기는 하지 말아 주세요. 돈도 아무에게나 내보이지 말고, 내가 돈을 주었다는 얘기도 하지 말아요."

그는 의자에서 일어섰다.
"라스콜리니코프에게 안부 전해 주세요. 그리고 돈은 필요해질 때까지 라주미힌에게라도 맡겨 두는 게 좋겠네요. 그는 좋은 사람이니까요."

소냐는 무언가 할 말이 있는 듯한 표정으로 따라 일어섰다. 그러나 어떻게 말을 꺼내야 할지 모르는 듯, 겁먹은 눈으로 그를 바라보며 말했다.
"이렇게 비가 오는데……."
"먼 데로 가려는 사람이 비를 무서워하면 되나요? 하하! 소냐, 부디 몸 건강하세요. 당신은 다른 사람을 보듬어 안을 수 있는 사람이니까요. 라주미힌에게도 안부 전해 주세요."

그는 놀라움과 의혹에 휩싸인 소냐를 홀로 남겨 두고 밖으로 나갔다. 그리고 한참을 쏘다녔다.

자정이 될 무렵, 스비드리가일로프는 다리를 건너 상트페테르부르크 구역으로 가고 있었다. 어느새 비는 그쳤지만 바람은 여전히 몰아치고 있었다. 그는 다리 위에 멈춰 서서 네바 강의 검은 물줄기를 한참 동안 바라보았다. 그리고 다시 거리로 나와 제일 먼저 눈에 띈 호텔로 들어갔다. 작은 방을 하나 잡고 차와 송아지 요리를 주문했다. 하지만 식욕을 잃은 터라 차만 홀짝이다 말았다. 옷을 벗고 침대에 눕자 좀 전에 바라보았던 네바 강의 물줄기가 떠올랐다. 그러자 마치 아직도 물가에 서 있는 것처럼 온몸이 차가워지면서 덜덜 떨기 시작했다.

'나는 예전부터 물을 좋아하지 않았어. 풍경화에 나오는 물도 싫어했을 정도니까······.'

그는 좀처럼 잠을 이루지 못했다. 아까 본 두냐의 모습이 눈앞에 아른거리더니 갑자기 전율이 일었다.

'이제 두냐 생각은 그만하자! 나는 지금까지 누구든 강렬하게 증오해 본 적이 없어. 당연히 복수해야겠다는 생각도 해 본 적 없고. 하지만 그녀라면 어떻게 해서든 나를 바꿔 놓았을 텐데······.'

다시 두냐의 모습이 떠올랐다. 총을 한 발 쏘고 나서 겁에 질린 나머지 권총 든 손을 늘어뜨리던, 송장 같은 얼굴로 자신을 바라보던 그 모습이……. 그 순간 문득 그녀가 가엾어져서 심장이 조이는 듯하던 느낌까지 되살아났다.

'제기랄, 잊자! 깨끗하게 잊자고!'

그러나 잠은 오지 않았다. 밖에는 바람이 휘몰아치고 창문 사이로 습기 찬 바람이 새어 들어왔다. 캄캄한 어둠 속에서 괘종시계가 세 번 울렸다.

'잠을 자긴 틀렸어!'

그는 숙박비를 치르고 호텔에서 나가기로 했다. 그러나 아무리 찾아봐도 누구 하나 눈에 띄지 않았다. 그러다 어두컴컴한 복도 끝에서 어린아이를 발견했다. 허리를 굽혀 보니 다섯 살 정도 됐을까 싶은 여자아이로 옷이 흠뻑 젖은 채 와들와들 떨고 있었다. 스비드리가일로프가 무언가 물어보면 아이는 무서워하는 기색도 없이 냉큼 대답을 했다. 아이의 발음이 어눌해서 무슨 말인지는 정확히 모르겠지만, 찻잔을 깨고 혼날까 봐 무서워서 집에 들어가지 못하는 것 같았다.

스비드리가일로프는 아이를 안고 자기 방으로 데려가서 침대에 뉘었다. 아이는 금방 곤히 잠이 들었다. 아이를 가만히 들여다보니 추위 때문에 창백했던 볼에 붉은 기가 돌기 시작했다. 그런데 자세히 보니, 그건 체온이 올라서가 아니라 술 때문인 것 같았다. 문득 아이의 속눈썹이 파르르 떨렸다. 살짝 치켜뜬 눈 사이로 어린애답지 않은 교활함이 보였다. 아이는 이제 노골적으로 그를 쳐다보며 유혹하고 있었다. 추악하고 끔찍했다. 스비드리가일로프는 등골이 싸늘해짐을 느끼며 아이를 향해 손을 올렸다.

그 순간, 그는 꿈에서 깨어났다. 날은 이미 훤하게 밝았다.

'밤새도록 악몽을 꿨군.'

그는 온몸에 피로를 느끼면서 아직 젖어 있는 외투를 몸에 걸쳤다. 주머니에 있는 권총을 손으로 더듬어 뇌관을 바로잡았다. 그다음 의자에 앉아 수첩을 펼쳤다. 그는 가장 눈에 잘 띄는 페이지에 큼지막한 글씨로 몇 줄 적고, 그것을 읽어 본 후 다시 생각에 잠겼다. 일 분 뒤, 그는 거리를 걷고 있었다.

우유처럼 짙은 안개가 자욱했다. 하룻밤 사이 물이 불어난 네바 강과 페트로프스키 섬, 비에 젖은 오솔길, 그리고 물기를 머금은 숲이 보였다. 그는 거리에 즐비한 간판들을 하나하나 읽으며 걸었다. 추위에 꽁꽁 언 더러운 개가 그의 앞을 가로질렀다. 길바닥에는 술에 취한 사람이 땅에 얼굴을 대고 죽은 듯이 뻗어 있었다. 문득 왼쪽을 보니 소방서가 보였다.

'여기가 좋겠군. 목격자도 있을 테니까……'

그는 쓴웃음을 지으며 건물 앞으로 갔다. 회색 군복을 입고 철모를 쓴 키 작은 사나이가 문에 기대고 있었다. 두 사람은 말없이 서로를 살폈다. 철모를 쓴 사내는 취한 것 같지도 않은 사람이 코앞에서 서성거리는 걸 심상찮은 눈길로 바라보았다.

"이봐, 여기 무슨 볼일이 있나?"
"아무것도 아니오. 안녕하신지?"
"여기 있으면 안 돼."
"나는 미국으로 간다네."
"미국으로?"
스비드리가일로프는 주머니에서 총을 꺼내 안전장치를 풀었다. 철모를 쓴 사내가 눈썹을 치켜세웠다. 스비드리가일로프는 오른쪽 관자놀이에 권총을 갖다 댔다.
"이봐, 안 돼! 여기선 안 돼!"
철모 쓴 사내는 눈을 점점 더 치켜뜨면서 몸을 부르르 떨었다. 스비드리가일로프는 방아쇠를 힘껏 당겼다.

제 16 장
속 죄

같은 날 저녁 무렵, 라스콜리니코프는 누이동생과 어머니가 머물고 있는 집에 들렀다. 마침 두냐는 없고 어머니 혼자뿐이었다. 그녀는 놀랍고 기쁜 나머지, 라스콜리니코프의 손을 덥석 잡고 방으로 들어갔다.

"세상에, 네가 왔구나! 어서 앉거라, 사랑스러운 내 아들!"

"두냐는요?"

"외출했어. 그 애는 요새 외출이 잦아. 하지만 라주미힌 씨가 자주 들르고 있단다. 너는 혼자 있는 어미를 위로하려고 찾아왔구나?"

어머니는 눈물을 훔치며 말했다.

"어머니는 저에게 무슨 일이 생겨도 변함없이 사랑해 주실 거죠?"

"그게 무슨 말이니? 안 그래도 어젯밤에 두냐가 잠꼬대로 네 얘기를 하기에 불안했단다. 로쟈, 너 어디론가 떠나려는 게 맞지?"

"네, 더 이상은 지체할 수가 없어요."

"나도 함께 가면 안 되겠니?"

"안 돼요. 그냥 저를 위해 기도나 해 주세요."

"물론이지. 언제나 너를 축복하고 기도할게."

어머니는 지나치게 놀라지도, 더 캐묻지도 않았다. 이미 오래전부터 아들에게 무서운 일이 일어났음을 짐작하고 있었던 것이다. 그녀는 아들을 껴안고 흐느끼며 말했다.

"사랑하는 아들아, 난 여기 도착해서 너를 처음 본 순간부터 다 알아차렸단다. 뭔가 큰일이 일어났다는 걸 말이야. 그렇다고 지금 당장 떠나는 건 아니지? 내일은 올 수 있니?"

라스콜리니코프는 두려움으로 일그러진 어머니의 얼굴을 보고 여기에 온 것을 후회했다.

"물론 와야지요. 이만 갈게요."

그는 어머니의 손을 간신히 뿌리치고 밖으로 나와 집을 향해 걸었다. 얼마 후, 집에 도착해 계단을 오르는데, 자신의 뒷모습을 응시하는 나스타샤의 시선이 느껴졌다.

'누가 찾아오기라도 한 걸까?'

방문을 조심스레 열자, 두냐가 놀란 얼굴로 의자에서 일어섰다. 그녀의 두 눈에는 공포와 슬픔이 가득 차 있었다. 그는 누이동생이 모든 걸 알고 있음을 직감했다.

"오늘 하루종일 소냐 집에 있었어요. 둘이 함께 오빠를 기다렸지요. 틀림없이 들를 거라 생각했거든요."

"힘이 하나도 없어. 난 너무 지쳤나 봐."

"밤새 어디 있었어요?"

"기억이 안 나. 결판을 지으려고 네바 강 주변을 거닐었지. 거기서 자살하고 싶었지만 차마 결단을 내릴 수 없었어."

그는 의혹에 찬 눈초리로 두냐를 보며 속삭였다.

"다행이에요. 우리는 무엇보다 그게 가장 두려웠어요. 하지만 오빠는 아직 삶을 믿는군요."

"난 삶을 믿지 않아. 방금 어머니를 만나고 왔단다. 나는 하느님을 믿지 않지만, 나를 위해 기도해 달라고 부탁드렸지. 어머니한테 말씀드리지는 않았지만 대강 눈치채고 계시더구나. 네가 밤에 잠꼬대하는 걸 들으셨대. 내가 어머니를 찾아간 게 잘못이야. 난 비열한 인간이야."

"비열한 인간이라도 고통을 짊어지기 위해 가려는 거잖아요. 갈 거죠, 오빠?"

"가야지. 그래, 갈 거야. 실은 이런 고통에서 벗어나려고 강물에 빠져 죽으려고 했어. 그런데 이런 생각이 들더라. 나는 스스로를 강하다고 여기면서 살아왔는데, 이런 치욕 따위가 뭐 그리 두려울까 하는……. 오만한 생각이니?"

"오만이에요, 오빠."

두냐는 탁자 끝에 앉아 슬픔이 배인 눈길로 그를 보고 있었다.

"이미 늦었어. 가 봐야겠다. 자수하러 가는 거야. 그런데 내가 왜 가는지는 모르겠구나."

굵은 눈물이 두냐의 뺨을 따라 흘렀다. 그녀는 오빠를 꼭 끌어안고 말했다.

"고통을 짊어지러 간다는 것 자체가 이미 죄의 반을 씻는 것이 아닐까요?"

"죄? 무슨 죄 말이야?"

그는 격분해서 외쳤다.

"내가 그 아무짝에도 쓸모없는 노파를 죽인 게 죄라고? 난 가난한 사람들의 피를 빤 그 여자를 죽인 게 죄라고 생각하지 않아! 자수하려는 건 내가 비열하고 무능했기 때문이야. 그리고 포르피리의 말처럼 자수하는 게 형량을 줄이는 데 유리하기 때문이지."

"오빠는 사람들을 피 흘리게 했잖아요!"

두냐는 절망적인 목소리로 외쳤다.

"이 세상에 폭포처럼 흐르는 피 말이니? 난 좋은 일을 하려 했던 거야. 하지만 실패하고 나면 뭐든지 어리석은 일로 보이지. 나는 나 자신을 독립적인 위치에 올려놓을 자금이 필요했지만 그 시작조차 견디지 못했어. 나약했기 때문이야."

"오빠, 지금 무슨 말을 하는 거예요?"

그는 고통이 가득한 두냐의 눈을 보고 정신이 번쩍 들었다.

"두냐, 귀여운 내 동생아. 내게 죄가 있다면 용서해 다오. 하긴 용서할 수 없겠지만……. 돌아가서 어머니 곁에 있어 주렴. 라주미힌이 너를 돌봐 줄 거야. 녀석에게는 내가 얘기를 해 두었어. 나 때문에 울지 마라. 나는 비록 살인자지만 용기를 내고 성실한 인간이 되도록 노력할게."

두 사람은 거리로 나와 서로 반대 방향으로 걷기 시작했다. 두냐는 괴로운 심정으로 빠르게 걷다가 곧 뒤로 돌아 오빠를 바라보았다. 라스콜리니코프도 뒤를 돌아보았다. 두 사람은 마지막 눈길을 나누었다. 그러나 라스콜리니코프는 화라도 난 듯이 이내 손을 흔들며 성큼성큼 걸어갔다.

'나는 정말 비열한 인간이야. 내겐 그럴 만한 가치가 없는데 그들은 왜 나를 사랑할까?'

라스콜리니코프가 소냐의 방에 들어갔을 때는 이미 해가 지고 있었다. 소냐는 하루 종일 불안에 떨며 그를 기다리고 있던 참이었다. 아침에는 두냐도 함께였다. 두냐는 소냐를 만남으로

써 한 가지 위안을 얻고 돌아갔다. 적어도 오빠가 혼자는 아니라는 사실을 깨달았던 것이다.

묻지는 않았지만, 소냐가 언제 어디서든 오빠와 함께할 거라는 걸 느낄 수 있었다. 소냐는 경건한 눈빛으로 자신을 바라보는 두냐 때문에 눈물이 터져 나올 것만 같았다. 소냐의 마음속에는 마주 앉을 자격도 없는 자신에게 친절과 존경의 몸짓으로 인사하던 두냐의 아름다운 모습이 깊이 새겨져 있었다.

라스콜리니코프가 방으로 들어서자, 소냐는 기쁨의 탄성을 질렀다.

"당신의 십자가를 얻으러 왔어요. 내게 거리로 나가라고 한 건 당신이니까."

소냐는 라스콜리니코프의 말에 놀라서 그를 빤히 쳐다보았다. 그녀는 그가 허세를 부리고 있다는 것을 알아차렸다. 그가 자신의 시선을 피하는 것 같았기 때문이다.

"당신 말대로 하는 편이 유리하긴 하겠지. 그런데 소냐, 나를 화나게 하는 게 뭔지 알아요? 짐승 같은 인간들이 나를 둘러싸고 훑어보면서 질문에 대답하라고 강요하거나 뒤에서 손가락질하는 거예요. 난 포르피리에게 가지 않을 겁니다. 그 사람이라면 진절머리가 나니까요. 차라리 화약 중위를 찾아가는 게 낫겠어요. 그래서 모두를 깜짝 놀라게 해 줄 작정이에요. 그나저나 십자가는 어디 있죠?"

소냐는 아무 말 없이 상자에서 십자가 두 개를 꺼냈다. 삼나무와 청동으로 된 것이었다. 소냐는 자신과 라스콜리니코프를 향해 성호를 그은 뒤, 삼나무 십자가를 그의 목에 걸어 주었다.

"이건 십자가를 진다는 의미인가? 지금까지의 괴로움으로도 부족하다는 거군요. 청동으로 된 건 리자베타 거니까 당신이 걸겠죠. 이제 내가 감옥살이를 하면 당신 소원이 이루어지는 셈이네요. 그런데 왜 우는 거죠? 당신이 울면 내가 얼마나 괴로운지 알아요?"

그러나 말과는 달리, 그의 마음속에서는 감동이 일고 있었다.

'이 여자는 왜 나를 위해 우는 걸까? 어째서 어머니나 두냐처럼 나를 감싸는 걸까? 내 유모라도 되어 주겠다는 건가?'

"부탁이니 한 번만이라도 기도를 하세요."

소냐가 떨리는 목소리로 간청했다.

"그러죠. 당신이 진정으로 원한다면……."

그는 몇 번이나 성호를 그었다. 잠시 후, 소냐는 라스콜리니코프와 함께 나가려고 숄을 머리에 썼다.

"어디에 가려는 거예요? 여기에 그냥 있어요! 난 혼자 갈 거니까요. 동행은 필요하지 않아요."

라스콜리니코프는 작별 인사도 나누지 않은 채 밖으로 나가 버렸다. 소냐는 방에 남았다. 어느새 그의 마음에서는 소냐의 존재가 까마득히 사라져 버렸다. 반항심만 부글부글 끓어오를 뿐이었다.

'내가 왜 그녀에게 갔을까? 그녀를 만나서 뭘 어쩌겠다고? 혹시 내가 그녀를 사랑하는 걸까? 그럴 리 없어! 그러면 정말로 십자가가 필요했던 건가? 아니야, 난 그 여자의 눈물이 필요했던 거야. 그 눈물로 시간을 지체하고 싶었던 거지. 난 비열하다. 비열한 놈이야!'

그는 센나야 광장으로 들어섰다.

'거리에 나가서 당신이 더럽힌 땅에 입을 맞추세요. 그리고 사람들이 다 듣도록 '내가 사람을 죽였습니다!'라고 말하는 거예요. 그러면 하느님이 당신을 거듭나게 해 주실 거예요.'

문득 소냐가 한 말이 떠오르자 몸이 떨리기 시작했다. 그리고 눈물이 넘쳐흘렀다. 그는 광장의 한복판에 무릎을 꿇고 환희와 감격을 느끼면서 땅에 입을 맞추었다. 그러고는 일어나서 또 한 번 절했다.

"저것 좀 봐. 저 사람 엄청 취했군."

"아직 젊어 보이는데……."

"귀족 출신 같지 않아?"

"요즘 세상에 귀족이고 아니고를 어떻게 알아?"

지나가던 사람들이 한마디씩 던졌다. 그 바람에 '내가 죽였습니다.'라는 말은 차마 입 밖으로 나오지 않았고, 벅차오르던 감정도 스르르 가라앉았다.

그는 경찰서로 발길을 돌렸다. 그때, 오십 걸음쯤 떨어진 곳에서 몸을 숨기고 있는 소냐를 보았다. 그 순간 라스콜리니코프는 소냐가 자기를 영원히 떠나지 않을 것임을 깨달았다. 그의 마음이 벅찬 감동으로 끓어오르는 듯했다. 그러나 그는 벌써 운명의 장소에 다다르고 있었다.

제법 힘찬 걸음걸이로 문 안에 들어섰다. 삼층까지 가야 했다. 계단을 오를 때까지 운명의 시간이 남아 있었다. 그는 뭔가 더 생각해 봐야 할 일들이 남은 것 같은 느낌이었다.

라스콜리니코프는 수위가 서 있는 사무실을 지나 방으로 들어갔다. 거기엔 서기로 보이는 남자 한 명이 책상 앞에 앉아 뭔가를 쓰고 있었다. 자묘토프와 니코짐 포미치는 자리에 없었다.

"누구를 찾으십니까?"

갑자기 귀에 익은 목소리가 들렸다. 라스콜리니코프는 긴장하기 시작했다. 그 앞에 화약 중위, 일리야 페트로비치가 서 있었다. 세 번째 방에서 갑자기 튀어나온 것이었다. 이게 바로 운명인가 싶었다.

"무슨 일로 오셨나요? 좀 일찍 오셨지만, 뭐든 도와드릴 일이 있다면……. 그런데 성함이?"

"라스콜리니코프입니다."

"아! 라스콜리니코프 씨. 그 이름을 잊을 리가요! 로지온 로지오노비치, 맞죠?"

"로지온 로마노비치입니다."

"아, 맞아요! 로지온 로마노비치 씨, 그때는 내가 심했습니다. 사과하고 싶었어요. 가족이 와 계시다면서요?"

"네, 어머니와 누이동생이……."

"다행히 누이동생 분을 만나는 영광을 누렸습니다. 교양 있고 아름다우시더군요. 솔직히 당신이 기절했던 일로 약간 의심을 하고 있었습니다. 지금은 후회막급이지만요. 당신에 관한 일은 멋지게 해명됐습니다. 이 일로 화가 나셨다 해도 무리는 아닙니다. 그런데 무슨 일로 오신 건가요?"

"그저 잠깐…… 자묘토프가 있나 해서요."

"아, 둘이 친구가 되었다면서요? 그런데 자묘토프는 이제 여기 없습니다. 전근을 갔거든요. 가기 전에 여기 있는 사람들과 대판 싸움을 했어요. 경솔한 젊은이예요. 당신이나 라주미힌 씨와는 다른 부류입니다. 아, 그런데 요즘은 자살이 유행인가 봐요. 정말 상상도 못할 정도입니다. 이봐, 닐 파블리치! 오늘 아침에 자살한 신사 이름이 뭐였지?"

"스비드리가일로프입니다."

옆방에서 누군가 쉰 목소리로 대답했다.

"스비드리가일로프! 그가 자살을 하다니!"

라스콜리니코프가 흠칫 놀라서 외쳤다.

"아니, 그 사람을 아십니까?"

"네, 압니다. 여기 온 지 얼마 되지 않았죠. 내 누이동생이 그 집에 가정교사로 있었습니다."

"그렇다면 그 남자에 대한 정보를 주실 수 있겠군요. 그나저나 당신은 조금도 낌새를 못 느끼셨나요?"

"어제 만났을 때는 술을 마시고 있긴 했지만 자살할 줄은 전혀 몰랐습니다."

라스콜리니코프는 뭔가가 자신을 짓누르는 느낌을 받았다.

"또 안색이 창백해지는군요. 여기 공기가 나빠서……."

"네, 전 가 봐야겠습니다. 그럼……."

라스콜리니코프는 중얼거리듯 말하고 급히 밖으로 나왔다. 현기증이 나서 손으로 벽을 짚으면서 계단을 내려가기 시작했다. 그런데 그곳, 마당 입구에 죽은 사람처럼 얼굴이 파리해진 소냐가 서 있었다. 그녀의 얼굴은 절망과 고통으로 일그러져 있었다. 그녀가 다가와서 라스콜리니코프의 두 손을 애원하듯 꽉 잡았다. 그런 그녀를 보는 라스콜리니코프의 입가에 어색한 미소가 번졌다. 그는 잠시 서서 쓴웃음을 짓더니 몸을 돌려 다시 경찰서로 올라갔다.

일리야 페트로비치는 자리에 앉아서 서류를 뒤적이고 있었다.

"또 오셨군요? 뭐 잊으신 거라도? 아, 몸이 안 좋은가 봅니다. 여기 앉으세요. 이봐, 물 좀 가져와!"

두 사람은 잠시 동안 얼굴을 마주 보고 있었다. 누군가 물을 가지고 왔다. 라스콜리니코프는 한 손으로 자기 앞에 놓인 물잔을 밀치고는, 조용하지만 분명한 목소리로 말했다.

"내가 바로 고리대금업자 노파와 그녀의 여동생 리자베타를 도끼로 살해하고 돈을 훔친 사람입니다."

일리야 페트로비치가 깜짝 놀라 소리를 지르자 사방에서 사람들이 몰려들었다.

그는 다시 한 번 자백을 되풀이했다.

제 17 장
에필로그

시베리아. 넓고 황량한 강기슭에는 요새가 있고, 그 안에 감옥이 있었다. 바로 그곳에 이급 유형수 로지온 로마노비치 라스콜리니코프가 구 개월째 갇혀 있었다. 그사이 범죄를 저지른 날로부터 일 년 반이란 세월이 흘렀다.

라스콜리니코프에 대한 재판은 일사천리로 진행되었다. 범인은 자신에게 불리한 것까지도 빠뜨리지 않고 꼼꼼하게 진술했다. 그는 살인의 모든 과정을 상세하게 전했고, 열쇠를 어떻게 빼앗았는지, 궤짝 안에 무엇이 있었는지, 그리고 금품을 숨긴 바윗돌이 있는 집의 위치까지 정확히 설명했다.

검사와 판사들은 그가 지갑 속 돈과 금품을 조금도 쓰지 않고 숨긴 것과 훔친 물건의 수를 기억하지 못하는 것을 보고 놀라움을 감추지 못했다. 특히 그가 한 번도 지갑을 열어 보지 않았다는 사실은 좀처럼 납득하기 어려워했다.

이로써 범죄는 특별한 이득을 얻으려고 저지른 것이 아니라, 일시적인 정신 착란 때문에 일어난 걸로 결론이 내려졌다. 라스콜리니코프가 얼마 전까지 우울증을 앓았다는 사실이 의사 조시모프와 하숙집 여주인, 하녀 등에 의해 증언되었다. 이러한 증언들은 라스콜리니코프가 보통의 강도나 살인범과는 다르고, 무언가 사정이 있었다는 결론을 끌어내는 데 도움이 되었다.

그러나 라스콜리니코프는 끝내 자기를 변호하려 들지 않았다. 범죄를 저지른 이유가 무엇이냐는 질문에도 그저 돈 때문이었다고 대답했다. 그런데도 판결이 관대하게 내려진 까닭은, 범인의 그런 태도가 스스로를 벌주려는 것처럼 보였기 때문이다.

이 밖에도 그에게 유리한 정황이 드러났다. 라주미힌은 범인이 대학에 다닐 무렵, 주머니를 털어 폐병에 걸린 친구를 반년 동안이나 돌봐 주었다는 이야기를 참고로 제시했다. 그뿐이 아니었다. 그 친구의 아버지까지 병원에 입원시켰고, 그가 죽자 장례까지 치러 주었다는 것이다. 또 라스콜리니코프가 한밤에 불이 번진 집으로 뛰어들어 두 아이를 구해 내고 화상을 입었다는 증언도 이어졌다. 이 사실은 자세히 조사되어 훌륭히 입증되었다. 재판부는 범인이 자수한 것과 그 밖의 정상을 참작하여 예상보다 낮게 팔 년의 징역형을 내렸다.

선고는 범인이 자수하고 오 개월이 지나서 이루어졌다. 라주미힌과 소냐는 그를 자주 면회했다. 라주미힌은 삼사 년 내에 돈을 모아 시베리아로 이주하겠다는 계획을 세우고 있었다. 라스콜리니코프가 있는 고장에 자리를 잡고 함께 새로운 생활을 시작하기 위해서였다.

헤어질 때는 모두 울었다. 라스콜리니코프는 어머니를 끊임없이 걱정했다.

소냐는 오래전부터 스비드리가일로프가 준 돈으로 라스콜리니코프를 따라갈 채비를 하고 있었다. 둘은 그 일에 대해 한 번도 대화를 나눈 적이 없지만, 자연스레 그리 될 것을 알고 있었다.

형기를 마친 후 두 사람에게 행복한 미래가 있을 것이라고 장담하는 라주미힌과 두냐에게 라스콜리니코프는 알 듯 말 듯한 미소를 보냈다. 그리고 소냐와 라스콜리니코프는 드디어 출발했다.

두 달 후, 두냐는 라주미힌과 결혼했다. 쓸쓸하고 초라한 결혼식이었는데, 손님 중에는 포르피리와 조시모프도 끼어 있었다. 라주미힌과 소냐는 시베리아로의 이주 계획을 다지며 하루하루 부지런히 살아갔다. 그때까지는 소냐에게 기대를 걸 수밖에 없었다.

어머니는 건강이 몹시 나빠졌다. 밑도 끝도 없이 아무나 붙잡고 자기 아들이 친구를 도와준 이야기며, 아이들을 구한 이야기를 떠벌였다. 두냐가 어찌해 볼 도리가 없을 정도로 건강은 하루가 다르게 나빠졌다.

그러던 어느 날 아침, 별안간 아들이 곧 돌아올 거라며 가구를 손보고 커튼을 바꾸기 시작했다. 어머니는 즐거운 공상 속에서 헤매다가 결국 뇌염에 걸려 세상을 떠나고 말았다. 고열에 시달리며 내뱉은 말들로 보아, 어머니는 아들에게 무서운 일이 일어났음을 알고 있는 것 같았다.

라스콜리니코프는 소냐가 전해 준 편지를 통해 어머니의 죽음을 알게 되었다. 그는 어머니의 죽음을 알고도 크게 동요하지 않는 듯 보였다. 노동에 앞장서지는 않았지만 그렇다고 피하지도 않았다. 그리고 잠자리에는 널빤지에 담요 한 장 깐 것 외에는 아무것도 갖추려 하지 않았다. 그가 그런 식으로 비참한 생활을 하는 것은 오로지 운명에 대한 무관심 때문이었다.

그러던 어느 날부터인가, 라스콜리니코프는 병을 앓기 시작했다. 그를 꺾어 버린 것은 고된 노동이나 박박 깎은 머리, 누더기 같은 옷이 아니었다. 오히려 그는 힘겨운 노동을 기꺼이 반겼다. 바퀴벌레가 뜨는 멀건 양배추 국물도 문제가 안 되었다. 발에 채워진 쇠고랑도 금세 익숙해졌다. 그가 부끄러워한 것은 오로지 상처 입은 자존심이었다.

팔 년 형기를 마쳐도 그는 겨우 서른두 살이다. 그러나 이것도 희망은 못 되었다.

'새로운 인생이 시작된다고 해서 무슨 의미가 있단 말인가? 무엇을 목표로 하고 살 것인가?'

그는 단순한 존재로 사는 것에 언제나 갈증을 느꼈다. 자신의 행동을 돌이켜보아도 그렇게 추하게 느껴지지 않았다.

'내 이론이 그렇게 기이한 건가? 아니다. 하지만 왜 남들 눈에는 추악하게 보이는 거지? 그게 죄이기 때문인가? 하지만 내 양심은 편하다. 스스로 권력을 구한 천재들이 법률을 뛰어넘는 첫 걸음을 지켜 냈다면, 나는 그걸 견디지 못했을 뿐이야!'

라스콜리니코프가 자수를 한 것은 이 한 가지 이유 때문이었다. 그는 자신의 죄를 뉘우치려 하지 않았다. 다만 스스로 목숨을 끊지 않은 것을 후회했다.

'어째서 강물에 몸을 던지지 않고 자수를 했을까? 살고자 하는 욕망을 뿌리치기가 그렇게 힘들었나? 죽음을 두려워하던 스비드리가일로프도 그것을 뛰어넘었는데……'

무엇보다 두려운 것은 감옥 안의 다른 사람들과 자신 사이의 뛰어넘을 수 없는 벽이었다. 사람들은 그를 다른 인종처럼 보았으며, 불신과 적의의 눈길을 거두지 않았다. 몇몇 정치범이나 장교, 그리고 학생들은 농노 죄수들을 무시했으나 그는 그렇지 않았다. 그런데도 그는 사람들에게서 한결같이 미움을 받았다.

그에게는 또 하나 해결되지 않는 궁금증이 있었다. 어째서 그들은 모두 소냐를 그토록 사랑하는가 하는 점이었다. 죄수들은 그녀가 어떻게 라스콜리니코프를 따라 이곳에 왔는지 잘 알고 있었다. 모두가 그녀와 가까이 지냈다. 그렇다고 그녀가 그들에게 특별히 해 주는 건 딱히 없었다. 그저 딱 한 번 크리스마스 때 죄수들에게 만두와 백설기를 선물했다. 그리고 죄수들이 가족에게 보내는 편지를 대신 써 주거나 우체국에 가서 부쳐 주는 일을 맡아 했을 뿐이었다. 그런데도 그들의 아내와 애인들까지 소냐를 깊이 신뢰하였다. 작업을 하러 나가는 죄수들은 그녀를 보면 모두 모자를 벗고 인사를 했다.

"소냐, 당신은 우리의 어머니예요. 상냥하고 인정 많은 어머니요."

거칠고 난폭한 죄수들은 소냐가 그들을 향해 미소 지어 주는 걸 좋아했다. 마치 더 이상 어떻게 찬양해야 좋을지 모르겠다는 태도였다.

라스콜리니코프는 사순절이 끝날 무렵부터 부활절에 이르는 일주일 동안 병원에서 지냈다. 병세가 차츰 회복되어 갈 무렵, 그는 예전에 꿨던 무시무시한 꿈을 기억해 냈다. 꿈속에서 몇몇 선택된 사람들을 빼고 온 세상 사람들이 전염병에 희생될 운명에 처했다.

전염병의 증상은 일종의 기생충이 인간의 몸에 붙어 정신 착란을 일으키는 것이었다. 일단 감염된 인간은 자신이 몹시 총명해서 진리를 발견했다고 믿었다. 병은 점점 널리 퍼져서 모두가 서로를 믿지 못하고, 무엇이 선이고 악인지에 대한 의견을 모을 수가 없었다. 결국 사람들은 의미 없는 증오심에 휩싸여 서로를 죽이기 시작했다. 여기에서 제외된 선택받은 사람들은 새로운 세상을 만들어 갈 사명을 갖고 있었으나, 누구도 이들의 목소리를 듣거나 얼굴을 보지 못했다. 라스콜리니코프는 이 꿈의 기억 때문에 몹시 괴로웠다.

부활절도 끝나고 따뜻한 봄날이 계속되던 어느 날이었다. 그 무렵 소냐는 라스콜리니코프를 자주 문병하러 오지 못했다. 문병할 때마다 허가를 받아야 했는데 그게 쉽지 않았기 때문이다. 대신 그녀는 병원 안뜰의 창 아래에서 병실 안쪽을 바라보다가 돌아가곤 했다.

그런데 그날, 거의 회복된 라스콜리니코프가 무심코 창가로 갔다가 소냐를 발견했다. 뜰을 서성이며 무언가를 기다리는 듯한 그녀의 모습은 그의 마음에 찌릿한 감동을 불러일으켰다. 그는 흠칫 놀라서 몸을 떨며 창가에서 물러났다.

다음 날 소냐는 오지 않았다. 사흘째도 마찬가지였다. 그는 감옥으로 돌아가서야 그녀가 병들었다는 사실을 알게 되었다.

라스콜리니코프는 불안해진 나머지 다른 사람을 통해 그녀의 상태를 알아보았다. 다행히 그녀의 병은 그리 심각하지 않았다.

소냐는 곧 그를 만나러 작업장에 가겠다는 내용의 쪽지를 보냈다.

그날도 맑게 개어 따뜻한 날이었다. 그는 이른 아침 여섯 시에 강변으로 작업을 하러 갔다. 오두막집에 있는 구운 돌을 가루가 되도록 빻는 일이었다. 그는 한참 동안 일에 몰두하다가 불현듯 강변으로 가서 황량하리만큼 넓은 강을 바라보기 시작했다.

그런데 별안간 그의 옆에 소냐가 나타났다. 그녀는 아무 소리도 없이 슬그머니 다가와서 그의 옆에 나란히 앉았다. 아침의 추위가 아직 풀리지 않았는데도, 그녀는 낡디낡은 외투에 녹색 숄만 겨우 두르고 있었다. 얼굴에는 아직 병색이 남아 창백한 데다 한층 여위어 있었다. 그녀는 그에게 상냥한 미소를 보내고 언제나처럼 겁먹은 얼굴로 조심스레 손을 내밀었다.

어떻게 해서 그렇게 되었는지 알 수 없지만, 별안간 어떤 힘이 그의 몸을 그녀의 발아래로 떠밀었다. 그는 울면서 그녀의 두 무릎을 안았다. 그녀는 와들와들 떨면서 그를 바라보다가 모든 것을 이해한 듯 온화한 빛을 띠었다. 그녀의 눈은 한없는 행복으로 반짝였다. 그가 자신을 사랑하고 있음을 깨달았던 것이다. 두 사람은 아무 말도 하지 못하고 하염없이 눈물만 흘렸다. 둘 다 얼굴색이 창백하고 몸이 여위어 있었다. 그러나 이 병들어 지친 얼굴에 새로운 미래, 새로운 생활을 향한 완전한 부활이 아침 햇살처럼 환하게 내리비쳤다. 두 사람을 부활시킨 것은 사랑이었다.

그들은 참고 기다리기로 결심했다. 형기는 아직 칠 년이나 남아 있었다. 얼마나 많은 고통과 행복이 둘을 기다리고 있을 것인가!

라스콜리니코프는 완전히 다시 태어난 듯한 느낌이었다. 그는 완전히 새로워진 자신의 존재를 느끼고 있었다. 그리고 소냐가 오로지 자신의 생명 속에서 살아왔음을 이해하게 되었다.

그날 밤, 감옥의 문이 닫힌 뒤 라스콜리니코프는 널빤지 침대에 누워 그녀를 생각했다. 그날만큼은 평소 그를 적대시하던 죄수들까지도 자신을 사뭇 다르게 보는 것 같았다. 그는 그들에게 스스럼없이 말을 걸었고, 그들도 그에게 상냥하게 대해 주었다.

라스콜리니코프는 소냐의 마음에 상처를 입혔던 일들을 하나하나 생각해 보았다. 그녀의 창백하고 여윈 얼굴도 떠올랐다. 하지만 그는 괴로워하지 않았다. 앞으로 얼마나 큰 사랑으로 그녀의 고통을 보상해야 하는지 잘 알고 있었기 때문이다.

베개 밑에는 복음서가 놓여 있었다. 그는 자신도 모르게 그것을 손에 들었다. 소냐가 라자로의 부활 부분을 읽어 준 적이 있었다. 그는 죄수 생활이 시작되면, 소냐가 반드시 종교를 믿도록 강요할 것이라고 생각했다. 하지만 그녀는 한 번도 그런 말을 꺼낸 적이 없었다. 이 복음서도 그가 소냐에게 갖다 달라고 부탁한 것이었다. 물론 지금도 복음서를 펼칠 마음은 없었다. 그런데 한 가지 생각이 그의 머리를 스쳤다.

'이제 그녀의 신념이 나의 신념이 될 수 있지 않을까? 적어도 그녀의 감정과 소망은······.'

소냐 역시 하루종일 흥분한 탓에, 밤이 되자 다시 앓기 시작했다. 그러나 두려움이 느껴질 만큼 몹시 행복했다.

칠 년! 겨우 칠 년! 두 사람은 칠 년을 일주일처럼 생각할 준비가 되어 있었다. 그녀는 새로운 생활이 거저 얻어지지 않으며, 비싼 값을 치러 보상해야 한다는 것, 그리고 그 생활을 위해서 앞으로 큰 고통을 감수하지 않으면 안 된다는 것을 까맣게 잊고 있었다.

여기, 새로운 이야기가 시작되고 있다. 한 사람이 새 삶을 얻는 이야기, 그가 새사람이 되어 하나의 세계에서 다른 세계로 천천히 옮겨 가 이제까지 몰랐던 새로운 현실을 알게 되는, 그런 이야기가······. 그것은 또 다른 이야기의 주제가 될 수도 있을 것이다. 그러나 우리의 이야기는 이로써 끝이 났다.

| 《죄와 벌》 제대로 읽기 |

사회 부조리에 도전한 지식인의 죄의식, 이를 감싸 안은 숭고한 사랑

강혜원 _ 전 서울 상암고등학교 국어 교사

가난하다고 해서 왜 모르겠는가

가난하다고 해서 외로움을 모르겠는가
너와 헤어져 돌아오는
눈 쌓인 골목길에 새파랗게 달빛이 쏟아지는데.
가난하다고 해서 두려움이 없겠는가
두 점을 치는 소리
방범대원의 호각 소리 메밀묵 사려 소리에
눈을 뜨면 멀리 육중한 기계 굴러가는 소리.
(중략)
가난하다고 해서 사랑을 모르겠는가
내 볼에 와 닿던 네 입술의 뜨거움
사랑한다고 사랑한다고 속삭이던 네 숨결
돌아서는 내 등 뒤에 터지던 네 울음.
가난하다고 해서 왜 모르겠는가
가난하기 때문에 이것들을
이 모든 것들을 버려야 한다는 것을.

— 신경림, 〈가난한 사랑 노래〉 중에서

    신경림 시인의 시에는 참혹한 가난에 빠져 있지만, 남들처럼 누군가를 그리워하고 사랑하며 평범하게 살고 싶은 어느 젊은이의 소망이 잘 나타나 있다. 하지만 '가난하기 때문에 이 모든 것들을 버려야' 하는 그에게는 이런 생각조차 사치다.
    하지만 시인은 이런 상황을 절망적으로만 그리지 않았다. 가난이라는 현실 속에서 모든 것을 참고 견뎌야 하겠지만, 인간의 가장 중요한 본성인 '인간애'만은 결코 버릴 수 없다는 것을 누구보다도 잘 알고 있기 때문이다.

시인 자신도 젊은 날 혹독한 가난으로 방황했지만, 지인들의 관심과 사랑으로 그 시절을 버텨 냈다. 그렇기에 시 속의 젊은이에게서 역시 어떤 상황에서도 삶을 포기하거나 현실을 비관적으로만 생각하지 않으리라는 강한 의지를 느낄 수 있다.

그러나 가난의 횡포에 굴하지 않고 인간성을 지켜 내는 것, 그것은 누구나 할 수 있는 일은 아니다. 백오십여 년 전, 지독한 가난에 시달리다 못해 돈은 많지만 비정하기 짝이 없는 고리대금업자 노파를 살해할 계획으로 고심하는 청년이 있었다.

러시아 모스크바의 생가 옆에 세워진 도스토옙스키의 동상.

바로 도스토옙스키가 쓴 《죄와 벌》의 주인공, 라스콜리니코프이다. 가난과 타인의 멸시 등, 견디기 힘들었던 갖은 어려움을 단 한 번에 해결해 주리라고 믿었던 살인. 과연 그것은 그를 삶의 고뇌에서 구출해 낼 수 있을까?

사회에 도움이 안 되는 자는 죽어 마땅하다?

찌는 듯이 무더운 7월의 상트페테르부르크. 네바 강 주변의 화려한 풍경과 대비되는, 불결함과 추악함으로 가득 찬 센나야 광장의 뒷골목. 그 안에 살고 있는 라스콜리니코프는 자존심이 강하고 고결한 성품의 청년이지만, 방세는 물론 끼니조차 해결하지 못할 정도로 가난에 허덕이고 있다. 가난으로 말미암아 이상 실현은커녕 하루하루 살아가는 것도 벅찬 라스콜리니코프. 그는 자신을 둘러싼 부조리를 바로잡고 악을 없애기 위해 전당포 노파인 알료나 이바노브나를 살해할 계획을 세운다.

라스콜리니코프는 미리 방의 구조도 알아볼 겸 전당포에 은시계를 저당잡히고 술집에 들렀다가 술주정뱅이이자 퇴역 관리인 마르멜라도프를 만난다. 그는 가족의 유일한 생계 수단인 월급은 물론이고, 폐병을 앓는 계모와 배다른 동생들을 위해 몸을 파는 딸 소냐의 돈까지 몽땅 술로 바꿔 마셨다고 떠들어 댄다. 라스콜리니코프는 술에 잔뜩 취한 마르멜라도프를 집에 데려다 주면서 가난과 알코올 중독, 병으로 신음하는 가정의 끔찍한 생활을 목격하게 된다.

한편, 그는 고향에서 어머니가 보낸 편지를 통해 여동생 두냐가 가정교사로 일하던 스비드리가일로프의 집에서 수모를 당하고, 자신과 어머니를 위해 사랑하지도 않는 남자, 루진과 결혼하려고 한다는 사실을 알게 된다. 라스콜리니코프는 동생이 탐욕적이고 속물스러운 사람과 결혼하겠다는데도, 당장 아무것도 할 수 없는 자신의 처지를 비관하며 거리를 헤맨다.

그는 결국 자신의 신념을 증명하기 위해 사회 악이라고 여겨지는 전당포 노파를 무참히 살해한다. 그런데 이 과정에서 뜻하지 않게 노파의 여동생까지 죽이게 된다. 노파의 여동생은 사회 부조리 속에서 보호받아야 할 선량한 존재였다. 그러므로 두 번째 살인은 라스콜리니코프가 생각했던 이상 실현과 너무나 거리가 먼 것이었다. 이때부터 그는 양심의 가책에 시달리고, 언제든 경찰이 자신을 잡으러 올 것이라는 불안감 속에서 살게 된다.

아무에게도 들키지 않고 집으로 돌아온 라스콜리니코프는 사

《죄와 벌》의 산실, 상트페테르부르크

도스토옙스키는 《죄와 벌》을 구상할 때 외출을 삼간 채 아파트 창문 너머로 거리의 움직임을 면밀히 관찰했다고 한다. 그는 굶주린 사람들의 피를 빨아 엄청난 재산을 모은 전당포 노파를 벌레만도 못한 인간으로 규정하고 살해한 라스콜리니코프를 만들어 낸 다음, 그와 소냐, 전당포 노파의 집을 자신의 집 가까운 곳으로 설정했다. 그리고 등장인물들의 움직임을 철저히 계산했다.

작가가 《죄와 벌》을 집필한 방이 있는 아파트.

이런 창작 과정을 거친 덕분에 소설의 배경은 러시아의 상트페테르부르크에 지금도 고스란히 남아 관광객들의 발걸음을 잡고 있다. 도스토옙스키는 오른쪽 상단의 사진 속에 보이는 건물의 테라스가 딸린 이층 방에 머물며 《죄와 벌》을 완성했다. 그의 집은 가난한 사람들이 모여 사는 동네에 있었다.

아래 왼쪽 사진은 소설 속에서 주인공이 쏘다니던 '라스콜리니코프의 거리'이다. 작품의 주요한 배경인 이 거리는 과거에 술집과 여인숙들이 밀집한 빈민굴이었다. 아래 오른쪽 사진은 아직까지 보존되어 있는 라스콜리니코프의 방이다. 이 방은 소설에서 묘사되는 내용과 정확히 일치한다. 천장이 낮으며, 관 같은 느낌을 준다. 이곳에서 굶주림과 절망에 지친 주인공이 어떤 심리 상태로 지냈을지 어렵지 않게 짐작할 수 있다.

소설 속 주요한 배경이 된, 일명 '라스콜리니코프의 거리'.

주인공 라스콜리니코프의 방.

상트페테르부르크의 '라스콜리니코프의 집' 건물에 새겨진 주인공의 돋을새김.

람을 죽였다는 불안감 때문에 열병에 걸려 혼수상태에 빠진다. 그러다가 겨우 잠에서 깨어나 소환장을 받고 경찰서로 간다. 방세가 몇 달째 밀리자 하숙집 주인이 예전에 그에게서 받은 차용 증서를 근거로 빚 독촉을 했기 때문이다. 라스콜리니코프는 경찰서장과 부서장이 전당포 노파 살인 사건에 대해 이야기하는 것을 듣자마자 정신을 잃고 쓰러져 버린다. 그 바람에 경찰이 자신을 의심할지도 모른다는 불안감은 더욱 커진다.

그즈음에 라스콜리니코프를 특히 괴롭혔던 것은 이상과 현실 사이의 괴리감이었다. 스스로를 나폴레옹과 같은 비범한 인물로 생각하고 행동한 그 순간, 라스콜리니코프는 자신이 노파와 다를 바 없는 평범한 인간임을 깨닫게 된다. 이로 인한 고통 때문에 라스콜리니코프는 이 세상에 진실을 털어놓을 상대가 아무도 없다는 고독감에 빠진다. 그는 가까운 친구는 물론이고, 가족과도 멀어지면서 점점 더 고립되어 간다.

한편, 라스콜리니코프는 노파 살인 사건을 수사 중인 예심 판사 포르피리를 만나 이야기를 나누면서 그가 자신을 범인으로 생각하고 있음을 직감적으로 느낀다.

라스콜리니코프가 범죄를 저지르게 되는 결정적 계기는 돈이다. 그러나 돈이 그의 범죄를 전부 설명할 수는 없다. 거기에는 자신의 이론을 스스로 증명해 내고 싶었던 욕망이 숨어 있다.

라스콜리니코프가 논문 〈범죄에 대하여〉를 통해 밝힌 이론에 따르면, 세상 사람들은 평범한 사람과 비범한 사람으로 나뉜다. 그는 비범한 사람은 인류의 발전을 위해서 법률에 방해받지 않고 범죄를 저지를 수 있는 권리를 지녔다고 주장한다. 사회에 전혀 도움이 안 되는 노파를 살해함으로써 가난 때문에 뜻을 펼치지 못하는 청년들이 부활할 수 있다고 믿은 것, 이런 행동이 전적으로 옳다고 생각한 것은 이 때문이다.

하지만 자신이 구원하려 했던 불쌍한 사람 중 한 명인 리자베타까지 살해한 것으로 보아, 그의 논리는 그저 관념에 지나지 않는다는 것을 알 수 있다. 영웅적인 행동이라고 믿었던 살인 직후부터, 그는 생각지 못한 양심의 가책으로 괴로워하기 시작한다.

돈으로 영혼을 살 수 있을까?

《죄와 벌》에서 삶의 어두운 단면을 보여 주는 인물로는 알료나 이바노브나, 루진, 스비드리가일로프를 들 수 있다.

라스콜리니코프에게 살해당한 전당포 주인인 알료나 이바노브나는 돈이 삶의 유일한 목적이자 즐거움이다. 그녀는 이복동생 리자베타를 하녀처럼 부려 먹으며 온갖 고생을 시키고도 전 재산을 자신이 죽은 뒤 추도 비용으로 쓰도록 수도원에 기부하겠다고 유언장을 쓸 정도로 인색하다.

그래서 라스콜리니코프는 노파를 살해한 뒤에도 자신이 죄를 지은 것이 아니라 '가난한 사람들의 피를 빨아먹는 이' 같은 존재를 없앤 것이라고 생각한다. 도스토옙스키가 극심한 가난에 시달리면서 외투며 시계, 은수저까지 전당을 잡히고도 전당포 주인의 인색함에 분통을 터뜨리곤 했다는데, 이때 생긴 반감이 작

라스콜리니코프의 초인 사상, 니체와 만나다

주인공 라스콜리니코프로 하여금 살인을 저지르도록 만든 결정적인 계기는 그가 만들어 낸 이론이었다. 사회에 도움이 되지 않는 노파가 사라지는 대신, 노파의 재산으로 재능 있는 젊은이가 꿈을 펼치는 것이 공적인 이익이 될 거라고 믿었던 것이다. 그는 비범한 사람이라면 법이나 도덕 같은 사회적 제약을 밟고 넘어서 새로운 규범을 만들어 낼 수 있다고 생각했다. 이 대목에서 우리는 프리드리히 니체라는 거대한 지성인과 맞닥뜨리게 된다.

프리드리히 니체.

니체의 《차라투스트라는 이렇게 말했다》 초판 1부 표지.

니체의 '초인 사상(超人思想)'이 바로 라스콜리니코프의 신념에 그 뿌리를 두고 있기 때문이다. 초인 사상은 니체의 저서 《차라투스트라는 이렇게 말했다》에 등장하는 핵심적 사상이다. 이 작품에 등장하는 초인은 "신은 죽었다."라고 선언한다. 이 말이 단순히 하느님을 부정하는 의미라고 보긴 어렵다. 그보다는 막연한 존재인 신에 의해 휘둘리는 대신 인간 본연의 모습을 찾고 능력을 최대한 끌어내야 한다는 주장으로 볼 수 있다. 니체가 말하는 초인은 낡은 가치를 깨고 새로운 가치를 만들어 낼 능력을 갖고 있고, 스스로의 힘으로 세상에 우뚝 서는 인물이다.

니체가 마지막 3년을 보낸 독일 바이마르의 집.

니체의 초인 사상은 한때 히틀러의 독재에 사상적 근거가 되었다는 이유로 비난을 받기도 했다. 그러나 이는 인종 차별주의자였던 니체의 여동생 엘리자베스가 니체의 이론을 왜곡하여 히틀러를 지지했기 때문에 생긴 오해로 밝혀졌다.

여기서 우리는 소설 속에서 포르피리가 주인공에게 던진 질문을 떠올리게 된다.

만일 스스로를 비범한 사람이라고 생각하는 사람들이 많아진다면, 이 세상은 어떻게 될까?

품 속 인물에게도 고스란히 반영된 듯하다.

한편, 루진은 개인적인 이익이 충족된다면 사회적 이익도 충족된다는 이론을 내세우면서, 오로지 자신의 성공에만 관심을 보이는 천박하고 비열한 인물이다. 그는 가난하지만 품위 있고 지적인 라스콜리니코프의 여동생 두냐와 결혼하여 재산을 지키려고 한다. 인색하기 그지없는 루진은 약혼녀가 어머니와 여행을 하는데 삼등 열차를 타도록 하고, 상트페테르부르크에 도착한 모녀에게 형편없는 숙소를 마련해 준다.

루진은 두냐와 자신의 결혼을 방해하는 라스콜리니코프에게 화가 난 나머지 가족을 위해 매춘을 하는 소냐를 모욕한다. 이에 두냐는 루진이 가난한 자신의 처지를 이용할 만큼 비열한 사람이라는 것을 깨닫고 그와 파혼하기로 결정한다. 하지만 루진은 자신의 어떤 부분이 잘못되었는지 끝내 알지 못하고, 두냐에게 좀 더 돈을 썼으면 파혼까지 당하지는 않았을 거라고 생각하는 치졸함까지 보인다.

급기야 루진은 두냐에게 파혼당한 데 앙심을 품고 작은 음모를 꾸민다. 마르멜라도프의 추도식이 열리던 시각, 같은 아파트에 살고 있던 루진은 소냐를 불러 자신의 성의라며 십 루블을 건넨다. 그리고 곧바로 추도식이 열리는 방으로 가서 소냐가 자기 방에 왔다 간 후 백 루블이 사라졌다며 그녀를 도둑으로 몬다. 소냐의 계모인 카테리나 이바노브나가 그럴 리 없다며 소냐의 호주머니를 뒤집어 보이자, 거기서 여덟 겹으로 접혀진 백 루블짜리 지폐가 나온다.

이때 루진의 룸메이트인 레베쟈트니코프가 나타나 루진이 소냐의 호주머니에 몰래 지폐를 넣는 것을 보았다고 증언한다. 추도식에 뒤늦게 참석한 라스콜리니코프도 루진이 파혼당한 앙갚음을 하기 위해 자기 대신 소냐를 모욕하려고 했음을 밝힌다. 루진은 이렇게 돈을 이용해서 가난한 사람을 우롱하고 짓밟는 비도덕적인 모습을 보여 준다.

스비드리가일로프 역시 라스콜리니코프의 또 다른 자아를 보여 주는 인물이다. 그는 자신의 집에서 가정교사로 일하던 두냐를 유혹하려다가 실패하고 아내를 살해했다는 혐의를 받고 있다. 그뿐 아니라 처녀를 능욕해서 자살하게 만들었다는 의혹도 있고, 그 집에서 일하던 일꾼을 고문해서 죽게 했다는 소문도 있다. 그는 사회적 제약을 무시하고 스스로를 비범한 인물로 생각한다는 면에서 주인공 라스콜리니코프와 비슷한 모습을 보인다. 차이가 있다면 스비드리가일로프는 천성적으로 악한 인물이고, 자신의 잘못에 대해 전혀 후회하지 않는다는 점이다. 그는 후회하느니 차라리 절망하는 편을 택하는 인물이다.

스비드리가일로프는 두냐가 자신을 사랑하게 될 가능성이 전혀 없다는 사실을 깨닫고 절망에 빠져 권총으로 자살한다. 돈이면 무엇이든 이룰 수 있다고 믿었던 그에게 사랑의 실패는 크나큰 충격이었고, 삶의 무력감마저 느끼게 한 것이다.

도스토옙스키는 자살을 가장 용서받지 못할 죄라고 생각했다. 그래서인지 소설 속의 추악한 인물들은 자살로 삶을 마감하곤 한다.

'죄'를 용서하는 무조건적인 사랑, 그리고 희생

라스콜리니코프의 친구인 라주미힌은 밝고 긍정적인 성격으로, 한결같이 친구를 믿고 돌봐 주며 바른 길로 인도하는 인물이다. 그는 라스콜리니코프의 이론이 인간의 다양한 본성을 고려하지 않은 것이라는 점, 그리고 아무리 이론적으로 문제가 없을지라도 살인을 저지른 사람의 양심은 어떻게 되는지 반문한다. 그는 사람의 목숨은 소중한 것이며 살인을 비롯한 범죄를 묵인한다면 사회가 유지될 수 없다고 생각한다. 그렇기 때문에 평소에 이성적이고 고결한 성품을 지닌 라스콜리니코프가 자백을 하기 전까지는 그를 살인범이라고 의심조차 하지 않는다.

1956년, 미국 랜덤하우스에서 출간한 《죄와 벌》의 표지.

노파 살해 사건을 담당하고 있는 포르피리는 라스콜리니코프의 범죄 심리를 날카롭게 파악하고 그 본질을 파헤친다. 라스콜리니코프는 범죄 후 포르피리 앞에서 자연스럽게 행동하려 하지만, 이미 내적으로 분열되어 있기에 뜻대로 되지 않는다. 포르피리는 이런 그의 심리를 교묘하게 자극해서 그가 자수하도록 유도한다.

포르피리는 도스토옙스키의 생명 존중 사상과 '인간은 고난을 통해 정화되어야 한다.'라는 가치관을 대변하는 인물이다. 그는 라스콜리니코프가 자수를 하고 감옥에서 참회한다면 그의 영혼이 정화될 수 있다고 믿는다. 그래서 라스콜리니코프에게 삶은 소중한 것이니 쉽게 포기해서는 안 된다고 조언한다.

하지만 포르피리는 지나치게 분석적이고 이지적인 사람으로 라스콜리니코프를 구원하기에는 적합하지 않다. 라스콜리니코프에게는 그의 아픈 영혼을 조건 없이 안아 줄 사람이 필요하기 때문이다. 결국 라스콜리니코프는 포르피리 앞에서는 자신의 죄

상트페테르부르크에 보존되어 있는 도스토옙스키의 방.

를 자백하지 않는다.

라스콜리니코프의 무너진 내면을 바로잡아 주는 사람은 남들이 천대하는 밑바닥 인생을 사는 소냐이다. 소냐는 가족을 부양하기 위해 치욕적인 생활을 하면서도 신에 대한 믿음을 잃지 않는 종교적 인물이다. 라스콜리니코프는 소냐를 보면서 자신이 노파를 죽임으로써 불합리한 사회 문제를 해결한 것이 아니라 자기 안의 선(善)을 부정하고, 결국 자신을 죽였음을 깨닫는다.

이를 통해 《죄와 벌》은 전하고자 하는 바를 서서히 드러낸다. 이론에는 논리적 근거가 있어서 얼핏 완벽해 보인다. 그러나 무조건적으로 이론에 기대는 것은 위험하다. 작가는 극단적인 이론, 인간애를 무시한 초월적인 자아가 한 인간을 어떻게 무너뜨리는지 치밀하게 묘사한다. 그리고 인간애가 서서히 이론을 압도해 나가는 모습을 보여 준다.

도스토옙스키는 이 작품을 통해 인간애와 양심, 그리고 종교적인 신념이 얼마나 중요한지를 전하고 싶었던 것이다. 어떤 이는 여기에서 《죄와 벌》의 약점을 찾기도 한다. 라스콜리니코프가 주장한 이론은 논리적인 완결성을 갖추고 있지만, 신의 섭리에는 그런 것이 없다. 그러므로 라스콜리니코프가 범죄에 이르는 과정과 속죄하는 과정이 대구를 이루지 못한다는 것이다.

하지만 도스토옙스키는 한 인간이 양심을 버리고 파멸해 가는 과정을 치밀하게 묘사함으로써 굳이 근거가 없어도 이해할 수 있는 인간애를 설득력 있게 보여 준다. 그만큼 《죄와 벌》은 극적이면서도 깊이 있는 심리 묘사의 극치를 보여 주는 작품이다.

도스토옙스키는 19세기 러시아의 혼란기 속에서 젊은이들이 가질 법한 갈등을 이해한 작가였다. 그는 인간애를 못 미더워하고 이성을 맹신하기 시작한 젊은이들 속에서 라스콜리니코프라는 인물을 창조해 냈을 것이다. 그러므로 라스콜리니코프는 어느 극단적인 인물이 아닌, 시대의 상징이었다고 할 수 있다.

속죄를 통해 부활을 꿈꾸다

도스토옙스키의 소설의 주인공들은 대개 양면성을 갖고 있다. 라스콜리니코프는 병적으로 심약해 어둡고 우울한 모습을 보이다가도, 냉정하고 무정하며 상당히 분석적인 모습을 보이기도 한다. 이는 그가 범죄를 저지르고 난 다음에도 확연히 나타난다. 이성적으로는 자신의 이론에 따라 살인을 저질렀기 때문에 죄가 아니라 생각하지만, 내면은 끊임없이 혼란을 느낀다. 영혼이 황폐해 가는 것은 살인에 대한 심리적 징벌이라고 볼 수 있다.

라스콜리니코프가 겪는 갈등, 소설 속에서 전개되는 사건들은 소설적인 묘사에 의지하지 않고 대화를 통해 전개된다. 그래서인지 유난히 긴 대화체가 종종 눈에 띈다. 이는 인물들의 복잡한 심리 상태를 묘사하기 위해서이기도 하지만, 등장인물이 겪는 갈등 속으로 독자들을 깊이 끌어들이기 위한 기법이라고 할 수 있다.

라스콜리니코프는 엄청난 고통을 받은 끝에 자신이 만든 이론의 함정에 빠졌음을 인정한다. 그렇다고 이것이 완전한 속죄를 의미하는 것은 아니다. 라스콜리니코프는 자수를 한 것과 꼼꼼

한 진술, 훔친 물건을 하나도 쓰지 않고 지갑은 열어 보지도 않았다는 점, 그동안 베풀었던 자선 등으로 정상이 참작되어 팔 년형이라는 이급 징역형을 언도받고 시베리아에서 징역살이를 하게 된다.

소냐도 약속한 대로 라스콜리니코프를 따라 시베리아로 간다. 처음 일 년 동안 라스콜리니코프는 자신이 목숨을 끊지 못하고 감옥 생활을 한다는 사실을 치욕스럽게 여긴다. 그러면서도 자신의 죄를 진심으로 뉘우치지 못한다. 그저 자신이 사회적 제약을 뛰어넘을 수 있을 만큼 비범한 사람이 아니라는 점만 인정했을 뿐이다. 그러던 어느 날, 라스콜리니코프는 의미심장한 꿈을 꾼다. 꿈속에서 세상 사람들이 원인 모를 전염병에 걸려 인류 전체가 희생될 지경에 이른다. 병에 걸린 사람은 마치 혼자만 진리를 깨달은 것처럼 생각하게 되고, 서로를 이해하려 하지 않는다.

결국 세상의 모든 가치들은 뒤죽박죽이 되어 세상 전체가 혼란에 빠진다. 사람들은 왜인지도 모르고 서로를 증오하다가 마구잡이로 죽이기 시작한다. 이 꿈을 통해 라스콜리니코프는 자신이 세운 이론이 잘못되었음을 깨닫게 된다. 라스콜리니코프는 시베리아에 따라와서 다른 죄수들에게까지 사랑을 베푸는 소냐를 떠올린다. 그는 소냐가 진심으로 자신을 사랑하고 있다는 것을 느끼고 그녀 앞에서 무릎을 꿇는다. 그리고 지금까지 한 번도 들춰 보지 않았던 복음서를 찾아 들고 부활을 꿈꾼다.

1969년, 러시아에서 만들어진 《죄와 벌》의 영화 포스터.

《죄와 벌》 VS. 《부활》

도스토옙스키와 비슷한 시대를 살며 인류에게 또 하나의 문제작을 남긴 작가가 있다. 바로 톨스토이다. 그의 작품 중 《부활》은 《죄와 벌》과 은근히 닮아 있어 종종 비교가 되곤 한다.

첫째로 닮은 점은 시대적 배경이다. 두 작품 모두 농노제 폐지를 전후로 한 시대를 그리고 있다. 특히 그 시대에 도시로 내몰린 하층민의 삶을 정밀하고 묘사하고 있다는 점이 두드러진다.

둘째로 비슷한 점은 남자 주인공의 시련과 극복을 그리는 흐름이다. 라스콜리니코프가 살인을 저지르고 난 뒤 갈등과 고통을 겪듯이, 《부활》의 주인공인 네플류도프도 카추샤라는 처녀를 욕보이고 파멸에 이르게 했다가 뒤늦게 회개한다. 두 작품의 여주인공들이 가장 가난한 하층민을 대변한다는 점도 흥미롭다.

레프 톨스토이.

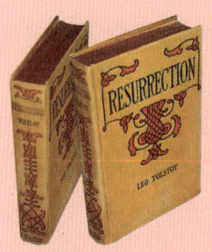

《부활》의 영문 판본.

이렇듯 닮아 있는 두 작품을 비교해 보는 것도 즐거운 독서 경험이 될 것이다. 예를 들어 가난한 이들을 바라보는 작가의 시선은 어땠는지, 혼란스러웠던 당시 사회상에 대해 작가로서 어떤 책임 의식을 갖고 있었는지 등을 살피다 보면, 두 대가에게 조금은 더 가까이 다가갈 수 있지 않을까?

이것은 어쩌면 《죄와 벌》에서 가장 문제적인 부분 중의 하나다. 지적인 대학생, 이론으로 무장되어 있던 라스콜리니코프가 의외로 가장 천대받는 계층의 여인이었던 소냐를 통해 구원에 이르게 된 것이다. 그는 그동안 부정했던 신의 존재를 긍정하고 삶을 헤쳐 나갈 용기를 얻게 된다.

가난한 군상들의 집합처,
상트페테르부르크의 뒷골목

《죄와 벌》의 배경은 1860년대 러시아의 수도 상트페테르부르크이다. 이 소설이 쓰여질 당시 러시아는 농노제를 기반으로 하는 사회 제도가 무너지고 자본주의 사회로 변하던 과도기에 있었다. 공장이 세워지고, 근대적인 법과 제도가 생기는 등 급격한 변화가 사회를 흔들었다.

그러나 변화가 꼭 좋은 방향으로만 일어나는 것은 아니었다. 근대화는 빈부 격차를 벌렸고, 농민들은 여전히, 아니면 예전보다 더 고단한 삶을 살았다. 먹고살기 어려워진 농민들이 일자리를 찾아 도시로 몰려온 결과, 표트르 대제가 정리해 놓은 도시는 깔끔한 모습을 잃었다. 갑작스러운 도시 인구 팽창은 실업 문제, 보건·위생 문제, 주택 문제 등을 불러일으켰고, 상트페테르부르크는 범죄와 매춘, 알코올 중독과 고리대금업의 온상이 되었다.

그 당시에는 라스콜리니코프처럼 사회 부조리를 해결하겠다며 일으킨 범죄가 성행했을 것이고, 마르멜라도프처럼 가난과 술에 빠져 살다가 마차에 깔려 죽는 비참한 죽음도 곳곳에서 발견되었을 것이다. 이 같은 불안정한 사회를 개혁하기 위한 다양한 정치 운동도 번지고 있었다. 도스토옙스키도 1840년대 후반에 사회주의 성향의 모임에 참여했다. 러시아 정부는 서유럽을 휩쓴 혁명 운동이 러시아에 영향을 줄 것을 걱정하여, 도스토옙스키가 참여한 모임의 회원들을 체포했다.

1849년 9월, 도스토옙스키는 사형 선고를 받았지만, 총살 직전에 극적으로 황제의 특별 사면을 받아 시베리아 유형에 처해졌다. 도스토옙스키의 정신 세계에 큰 상처를 남긴 이 사건은 정부

놓칠 수 없는 도스토옙스키의 또 다른 명작들

도스토옙스키의 작품 세계에 대해 더 알고 싶다면 꼭 통과해야 할 명작들이 있다.

첫 번째로 넘어 볼 만한 산은 《카라마조프 집안의 형제들》이다. 1880년에 발표된 이 작품은 도스토옙스키의 문학을 총결산했다고 평가받을 만큼 위대한 걸작으로 꼽힌다.

소설의 배경은 러시아의 한 시골 마을로, 카라마조프 집안의 아버지와 그의 네 아들 사이에서 일어나는 비극적인 사건을 다루고 있다. 도스토옙스키는 이 작품을 통해 인간의 본질에 대해 장대한 규모로 탐색했다는 평가를 받고 있다. 작가는 이 작품을 완성하고 석 달 만에 숨을 거두었다.

《러시아 통보》에 연재된 《카라마조프 집안의 형제들》의 첫 페이지.

《백치》는 1868년에 발표한 작품으로, 그의 작품들 중 가장 서정적인 편이다. 도스토옙스키는 이 작품을 통해서 자신이 추구하는 아름다움의 정수, 그것도 겉으로 드러나는 아름다움이 아닌 가장 고귀한 도덕을 가진 인물을 구현해 내려고 했다.

1872년에 발표한 작품 《악령》은 어느 혁명가가 동료를 살해한 사건에서 영감을 얻어 집필했다고 한다. 도스토옙스키의 모든 소설이 그렇지만, 특히 첨예한 사회 문제를 파헤친 명작으로 평가받고 있다.

《미성년》은 사생아로 태어난 주인공이 아버지의 사랑을 얻기 위해 애쓰면서 일어나는 일들을 다룬 소설이다. 이 작품은 소외된 한 인간의 내면과 사회적 문제를 아우르는 걸작으로 1875년에 발표되었다.

《백치》 영문판.   《악령》 영문판.

위의 네 작품에 《죄와 벌》을 더해서 '도스토옙스키의 5대 장편'이라고 부른다.

이 밖에도 도스토옙스키가 남긴 걸작들의 철학적 서론으로 평가받는 《지하로부터의 수기》, 도박에 대한 집착과 연인과의 애증 관계가 드러나는 《노름꾼》 등이 작가의 문학 세계를 이해하는 데 풍요로운 거름이 될 것이다. 특히 앙드레 지드는 《지하로부터의 수기》를 "도스토옙스키의 전 작품을 이해할 수 있는 열쇠"라고 말했다.

가 개혁 성향의 작가에게 본때를 보여 주고자 계획적으로 벌인 일이었다고 전해진다.

도스토옙스키는 시베리아의 옴스크 감옥에서 4년 동안 중노동을 하며 수감 생활을 했다. 이 시기의 체험을 바탕으로 후에 《지하 생활자의 수기》를 펴내기도 했다. 물론 《죄와 벌》에도 당시의 심리 상태가 고스란히 투영되었다.

《죄와 벌》에서 본격적으로 이야기가 펼쳐지는 공간은 화려한 귀부인들이 무도회를 열고 담소를 나누는 곳이 아닌, 빈민들이 사는 더럽고 지저분한 뒷골목이다. 상트페테르부르크의 뒷골목에서 가난에 시달리는 계모와 이복형제들을 먹여 살리느라 매춘을 하는 소냐, 가족의 처지를 뻔히 알면서도 월급을 술로 탕진하는 마르멜라도프, 가난한 사람들을 쥐어짜서 돈을 버는 고리대금업자인 알료나 이바노브나 같은 다양한 사람들이 부대끼며 살아간다.

도스토옙스키의 작품을 말할 때 '탁월한 심리 묘사'라는 평이 빠지지 않는데, 《죄와 벌》에서도 작가의 솜씨는 유감없이 발휘된다. 어머니가 '관'에 비유할 정도로 비좁고 더러운 방에서 라스콜리니코프는 범죄에 대한 생각을 싹틔운다. 도시 전체를 지배하는 후텁지근하고 답답한 공기, 악취와 추한 모습은 라스콜리니코프에게 짜증과 분노를 일으켜서 범죄를 저지르도록 부추기는 역할을 한다.

병적인 사색을 통해 얻은 결론, 즉 비범한 사람은 사회적 제약을 뛰어넘는다는 이론에 근거해서 살인을 저

V. I. 야코비의 작품 〈유형수들의 휴식〉. 시베리아로 향하는 죄수들이 고통스러워하는 모습이 담겨 있다. 이 그림만으로도 시베리아 유형이 얼마나 참혹했을지 짐작할 수 있다.

지른 라스콜리니코프. 그러나 생각했던 것과 달리 그는 깊은 죄의식에 시달리고, 점점 주위 사람들과 멀어져 고립된다. 소설 속에서 일어난 살인은 당대에 일어났던 살인 강도 사건에서 영감을 얻었다. 1865년 1월 〈목소리〉지에 실린 기사에 따르면, 게라심 치스토프라는 점원이 두 명의 노파를 살해했는데, 시신에 남은 상흔으로 보아 범행 도구는 도끼라는 것이 판명됐다고 한다.

궁핍과 고난으로 점철된 삶 속에서 걸작을 일구어 내다

도스토옙스키는 1821년 11월 11일 모스크바 자선 병원 의사의 둘째 아들로 태어났다. 아버지는 화를 잘 내고 시기심이 강했으며 지나치게 검소했다. 하지만 어머니는 교양과 품위를 지녔고, 시를 즐겨 읽었다. 자식들에게 상냥하고 사랑을 쏟던 어머니는 도스토옙스키가 열여섯 살 되던 해 숨을 거두었고, 오래지 않아 아버지는 농노들에게 살해당했다.

도스토옙스키는 아버지의 지나친 근검절약에 대한 반감으로 심한 낭비벽을 갖게 되었다. 그래서 돈과 관련된 사리 판단을 제대로 하지 못해 평생 가난과 빚 속에서 허덕였다. 그는 돈을 벌기 위해 작품을 창작했다고 해도 과언이 아니다.

도스토옙스키의 부인 안나의 회고에 의하면 미리 당겨쓴 원고료 때문에 급하게 작품을 마무리하느라 한 번도 여유 있게 퇴고한 적이 없었다고 한다. 그런 와중에도 세기를 뛰어넘는 위대한 작품을 창작한 것을 보면, 고통이 인간을 괴롭히기도 하지만 한편으로는 위대한 창작으로 이끄는 힘이 될 수도 있는 모양이다.

도스토옙스키에 관한 말, 말, 말!

도스토옙스키가 수많은 사상가와 작가들에게 미친 영향은 이루 설명하기 어려울 정도다. 독일의 철학자 니체는 자신이 도스토옙스키의 영향을 받았다고 공개적으로 인정하고 다음과 같은 말을 남겼다. "그는 내가 무엇인가를 배울 수 있었던 단 한 사람의 심리학자였다. 그는 내 생애에서 가장 아름다운 행운 가운데 하나다."

알베르트 아인슈타인은 "그는 어느 과학자보다도, 위대한 가우스보다도 많은 것을 나에게 줬다."라는 말로 도스토옙스키를 극찬한 바 있다. 이로써 그의 문학이 영역을 가로질러 과학자에게도 영감을 주었음을 느낄 수 있다.

역사상 가장 유명한 심리학자 중 한 사람인 지그문트 프로이트에게도 도스토옙스키는 높은 산이었다. 프로이트는 "(도스토옙스키는) 셰익스피어에 버금간다."라는 명료한 말로써, 그가 인간의 심리를 얼마나 깊이 있고 집요하게 파고들었는지 표현했다.

문학계에서도 도스토옙스키의 존재감은 컸다. 막심 고리키는 도스토옙스키를 "러시아가 낳은 악마적 천재"라고 정의 내렸고, 앙드레 지드는 "모든 책이 불타고 있을 때 몇 권만 구해야 한다면 성경, 셰익스피어, 도스토옙스키, 그리고 (볼테르의) 캉디드이다."라는 강렬한 평을 내렸다.

'왜 도스토옙스키를 읽어야 하는가?'라는 질문에 대해 가장 멋진 답을 준 이는 헤르만 헤세이다. 그는 "절망을 호흡하고 희망이 사라져 버렸을 때, 우리는 도스토옙스키를 읽어야 한다"라는 말을 남겼다.

거물급 소설가, 비평가는 물론이고 철학자, 심리학자, 과학자들까지 이렇듯 도스토옙스키를 칭송하는 이유는 무엇일까? 그의 19세기 문학 작품이 21세기인 지금까지도 '반드시 통과해야 할 늪'으로 남아 있는 까닭은 또 무엇일까?

그것은 아마도 그 늪을 통과하는 순간, 누구나 인간, 그리고 삶을 깊이 있게 이해할 수 있게 되기 때문일 것이다.

지그문트 프로이트.

막심 고리키.

앙드레 지드.

헤르만 헤세.

그는 1845년 스물네 살의 젊은 나이에 《가난한 사람들》을 집필하여 큰 성공을 거두었다. 《가난한 사람들》은 상트페테르부르크의 뒷골목에 사는 가난한 하급 관리와 한 소녀의 불행한 사랑을 그린 소설이다. 이 소설로 당시 거물급 비평가였던 V. G. 벨린스키에게 '제2의 고골리'라는 평을 받기도 했다. 이로써 도스토옙스키에게는 앞으로 탄탄한 미래가 펼쳐질 듯 보였다.

1846년에 출간된 《가난한 사람들》의 초판본.

하지만 성공적인 데뷔 후로 경제적인 어려움에 처하자 한 번에 돈을 벌겠다는 욕심으로 도박에 빠진다. 게다가 여대생 수슬로바와 외국 여행을 하며 노름판에서 큰 빚을 졌다. 1864년에는 형과 함께 새 잡지 《세기》를 창간하고 《지하로부터의 수기》를 발표한다. 그해에 별거 상태에 있던 아내도 죽고, 문학적으로 가장 가까운 동지이자 보호자였던 형이 죽으면서 정신적·경제적으로 매우 어려운 처지에 놓였다.

그가 《죄와 벌》을 집필할 당시에도 도박으로 모든 돈을 날리고 끼니조차 해결하지 못할 정도로 가난했다. 이 소설을 처음 구상한 것은 감옥 생활을 할 때였을 것으로 추측된다. 작가의 작품 노트를 보면, 이미 그 시점에서 작품의 세부적 요소를 고민했던 것으로 보이기 때문이다.

《죄와 벌》이 완결된 것은 1866년, 그가 45세 되던 해였다. 당시에도 돈에 쫓기던 그는 선불로 원고료를 받고 급하게 작품을 마무리했다고 한다. 이때 고용한 속기사 안나 스니트키나가 후에 도스토옙스키의 두 번째 아내가 된다. 결혼 후에 안나는 남편이 작품에 몰두하도록, 그리고 빚쟁이들의 독촉도 피할 겸 외국에서 함께 생활했다. 그러나 도스토옙스키는 여전히 도박에 빠져서 가지고 있는 돈을 몽땅 잃을 때까지 해야만 직성이 풀리곤 했

거장을 만든 공로자, 두 번째 부인 안나

도스토옙스키의 두 번째 부인 안나 스니트키나. 도스토옙스키보다 스무 살이나 어렸지만 누구보다 충실한 조력자였다. 안나는 도스토옙스키가 도박으로 돈을 잃었다고 책망한 적도 없었고, 심지어 말다툼을 벌인 적도 없었다고 한다.
이와 관련해 안나는 다음과 같이 적고 있다.
"나는 한순간도 돈을 따기를 바란 적이 없다. 희생될 백 달러가 너무 아까웠지만, 나는 이전의 경험을 통해 알고 있었다. 새로이 격렬한 감정을 체험하고 도박과 모험을 향한 자기 마음을 충족시키고 나면 표도르 미하일로비치는 안정될 것이고, 돈을 따겠다는 희망이 얼마나 공허한지 확신하면서 새로운 힘으로 창작에 매진하여 이삼 주 안에 잃은 돈을 모두 되찾을 것이라는 사실을……."

도스토옙스키의 두 번째 부인 안나 스니트키나.

다. 젊은 아내는 그런 남편을 매번 용서하며 감싸 안았다.

시련은 이뿐이 아니었다. 도스토옙스키는 간질병에 시달리고 있었는데, 둘 사이의 첫 아이가 아버지의 병을 물려받아 어린 나이에 죽었다. 그런데도 남편에 대한 안나의 믿음은 흔들리지 않았다. 이런 도스토옙스키와 안나의 모습은 《죄와 벌》의 라스콜리니코프와 소냐를 떠올리게 한다. 사형 선고와 시베리아 귀양살이, 간질병이라는 이력으로 세상으로부터 고립되어 살아온 도스토옙스키. 그런 그를 헌신적으로 내조한 안나의 도움이 없었다면 위대한 작품 몇몇은 세상에 나오기 힘들었을 것이다.

도스토옙스키는 《죄와 벌》 이후로 안나의 도움을 받아 《악령》,

《백치》,《미성년》 등 대표작을 발표했다. 특히 1880년에 탈고한 《카라마조프 집안의 형제들》은 3년 동안 창조력을 집중한 결과로 도스토옙스키 문학을 총결산하는 위대한 결과로 평가받고 있다.

도스토옙스키는 1881년 1월 28일, 60세로 눈을 감았다. 임종 때 아내에게 시베리아 귀양살이에서 가져온 성경을 읽어 달라고 부탁하고 조용히 죽음을 맞이했다. 인류가 이 위대한 작가를 잃은 지 백 년이 훨씬 넘었지만, 여전히 가장 널리 읽히는 소설가 중 한 명으로 남아 있다. 그 이유는 도스토옙스키가 인간이라는 존재, 그리고 인간이 겪는 종교·정치·도덕 문제들을 무서우리만치 깊이 있게 파고들었기 때문일 것이다. 후세는 그를 일컬어 '인간의 영혼을 파헤친 위대한 작가'라고 부른다.

《죄와 벌》은 물론이고 도스토옙스키의 작품들 중 어느 것도 그리 쉽게 넘을 수 있는 산이 아니다.《죄와 벌》만 봐도 끊임없이 사회적 부조리, 인간의 도덕성에 관한 문제에 맞닥뜨리게 된다.

어찌 보면 인간의 어두운 심연을 들여다보게 하는 이 소설 읽기란 고통스러운 경험일지도 모른다. 그러나 그는 분명히 인간의 추한 내면마저도 깊이 이해하고 인간에게 위안을 주는 작가이다. 그래서인지 19세기에 살았던 도스토옙스키가 21세기인 지금까지도 우리들에게 이렇게 말을 건네는 듯하다.

"신과 악마가 싸우고 있다. 그 싸움터가 인간의 마음이다."

푸른숲
징검다리
클래식
027

죄와 벌

첫판 1쇄 펴낸날 2009년 12월 24일
21쇄 펴낸날 2025년 7월 15일

지은이 표도르 M. 도스토옙스키 **옮긴이** 이규환
발행인 조한나
주니어 본부장 박창희
편집 박고은 정예림 강민영
디자인 전윤정 김혜은
마케팅 김인진 김은희
회계 양여진 김주연

펴낸곳 (주)도서출판 푸른숲
출판등록 2003년 12월 17일 제2003-000032호
주소 경기도 파주시 심학산로 10, 우편번호 10881
전화 031) 955-9010 **팩스** 031) 955-9009
홈페이지 www.prunsoop.co.kr **인스타그램** @psoopjr
이메일 psoopjr@prunsoop.co.kr

ⓒ 푸른숲주니어, 2009
ISBN 978-89-7184-826-5 44890
     978-89-7184-464-9 (세트)

* 잘못된 책은 구입하신 서점에서 바꾸어 드립니다.
* 이 책 내용의 전부 또는 일부를 재사용하려면 저작권자와 푸른숲주니어의 동의를 받아야 합니다.